KB036766

프랭클린 자서전

프랭클린 자서전

초판 1쇄 인쇄일 | 2017년 7월 12일   초판 1쇄 발행일 | 2017년 7월 20일

지은이 | 벤저민 프랭클린
옮긴이 | 강미경
펴낸이 | 강창용
책임편집 | 이윤희 · 김은재
디자인 | 가혜순
책임영업 | 최대현 · 민경업

펴낸곳 | 느낌이있는책
출판등록 | 1998년 5월 16일 제10-1588
주 소 | 경기도 고양시 일산동구 중앙로 1233(현대타운빌) 1202호
전 화 | (代)031-932-7474
팩 스 | 031-932-5962
홈페이지 | http://feelbooks.co.kr
이메일 | feelbooks@naver.com

ISBN 979-11-86966-36-5 03840

* 책값은 뒤표지에 있습니다.   * 잘못된 책은 구입처에서 교환해 드립니다.

이 도서의 국립중앙도서관 출판예정도서목록(CIP)은 서지정보유통지
원시스템 홈페이지(http://seoji.nl.go.kr)와 국가자료공동목록시스템
(http://www.nl.go.kr/kolisnet)에서 이용하실 수 있습니다.
(CIP제어번호 : CIP2017015500)

성공을 꿈꾸는 젊은이들의 영원한 인생 교과서

프랭클린 자서전

Benjamin Franklin

벤저민 프랭클린 지음 | 강미경 옮김

한 사내아이가 가난한 이민 가정에서 태어났다. 언제나 가난에 허덕여야만 했기 때문에 학교는 꿈도 꾸지 못했다. 대신 인쇄소의 수습공으로 사춘기를 보냈다. 하지만 그는 절망 대신 도전을 택했고 오락 대신 근면을 택했다. 낭비 대신 절약을 택했다. 그리고 그것을 바탕으로 선과 자선을 베풀며 살았다. 또 자국의 독립을 위해 헌신했다. 그가 바로 격동기를 아름답게 살다 간 벤저민 프랭클린이다.

프랭클린의 인품과 위대성은 많은 이로 하여금 존경을 표하게 했다. 마르크스는 '신대륙에 있어 최초의 위대한 경제학자'라고 경의를 보냈고, 영국의 유명한 철학자 데이비드 흄은 '신세계 최초의 철학자요, 나아가서는 최초의 위대한 문필가'라고 칭송했다.

프랭클린은 뛰어난 업적을 남긴 과학자이기도 했다. 때문에 외국인으로서는 처음으로 런던 왕립학회의 회원이 된 것은 물론이고 학회에서 과학 업적에 대해 수여하는 '고드프리 코플리 상'을 받기도 했다.

그 외에도 그는 필라델피아 도서관, 펜실베이니아 병원,

필라델피아 대학을 설립하는 데 주도적으로 참여한 사회 개혁가였고, 미국 국민의 이익과 자유를 위해 헌신한 정치가이자 외교관이었다.

또한 그는 성실했다. 그리고 근면했다. 가난을 딛고 일어나 부와 명예를 일군 사람이었으며 자신을 엄격하게 다스림으로써 세상을 지배한 인물이기도 했다. 이런 이유로 ≪프랭클린 자서전≫은 1791년 처음 세상에 나온 이래 근 200년 동안 미국뿐 아니라 전 세계의 젊은이들에게 큰 감동을 주고 있다.

나를 발전시키고자 하는 젊은이, 성공을 쟁취하고 싶은 젊은이, 미국이 태동하던 시대의 역사를 알고 싶어 하는 젊은이, 그 모든 이에게 ≪프랭클린 자서전≫은 훌륭한 교과서가 될 것이다.

강미경

{ 차례 }

제3장_ 성공을 향하여

제1장

사랑하는 아들에게

1771년, 트와이포드 성 아사프 주교관에서

어린 시절

사랑하는 아들아.

내게는 즐거운 취미가 하나 있단다. 우리 집안 선조들의 일화를 모으는 일이지. 그 이야기가 재미있거나 없거나, 또는 중요하거나 하찮거나 하는 것은 중요하지 않단다. 기억할지 모르겠구나. 언젠가 너와 함께 영국으로 여행을 갔을 때 말이다. 난 그곳에 있는 친척들에게 조상들에 대해 여러 가지를 물어봤었지. 너에게는 말하지 않았지만 사실 그러기 위해 여행을 간 것이었단다.

어쨌거나 내가 그랬던 것처럼 너 또한 그동안의 내 삶을 궁금해하리라 생각한다. 그만큼 내 생활을 모르고 있으니 말이다. 마침 이번에 일주일 동안 시골에서 한가롭게 지내게 되어 이 기회에 너를 위해 글을 쓰려고 한다.

물론 또 다른 목적이 있기도 하다. 난 이름도 재산도 없는 가난한 집에서 태어났다. 하지만 운 좋게도 지금은 남부럽지 않게 살 뿐 아니라 그런대로 세상에 이름을 알리게 되었다. 물론 하나님의 덕분이기는 하지만 내 후손들은 내가 성공을 하게 된 과정과 방법을 구체적으로 알고 싶어 할 것이다. 지금부터 하게 될 이야기가 그들이 삶을 살아가는 데 하나의 지침이 되었으면 하는 바람이다.

나는 '똑같은 삶을 살 기회가 주어진다면 어떻게 할 것이냐?'라는 질문을 받을 때마다 매번 기꺼이 그러겠노라고 대답한다. 돌아보면 나는 늘 행복했기 때문이다. 물론 책을 낼 때 초판의 실수를 개정판에서 고치듯 몇 가지 수정하고 싶은 부분이 있기는 하다. 실수뿐만 아니라 겪지 않았으면 좋았을 불행한 사건들을 피해갈 수 있다면 더할 나위 없겠지만, 설사 수정할 수 없다고 해도 다시 한 번 인생을 살아 보고 싶다.

하지만 인생을 다시 산다는 것은 말처럼 가능한 일이 아니구나. 따라서 인생을 다시 사는 것만큼이나 가치 있는 일을 해 보고자 한다. 바로 지나간 내 인생을 회상하고 재조명하여 기록으로 남기는 것이다.

글을 쓰다 보면 흔히 노인들이 그러듯 자잘한 신변잡기를 늘어놓거나 잘난 체를 할지도 모르겠다. 그렇다고 독자들이 윗사람에 대한 예의로 이 글을 억지로 읽기를 바라지는 않는다. 읽든 내팽개치든 그들의 몫이다. 난 내 인생을 나 나름대로 써나갈 것이다.

그런데 내가 부정한다 해도 아무도 믿지 않을 테니 미리 짚고 넘어가고자 하는 게 있다. 바로 이 글이 내 자존심을 만족시킬 것이라는 점이다. 애초에 내가 잘나서 하는 얘기가 아니라고 생각하고 있지만, 쓰다 보면 으레 우쭐대게 마련일 것이다. 일반적으로 사람은 어느 정도의 자만심을 가지고 있으면서도 남이 우쭐대는 것은 잘 참지 못한다. 하지만 나는 자만심이나 자존심은 매우 생산적인 것이라 생각한다. 따라서 누군가가 하나님께 자만심을 주셔서 감사드린다고 해도 어리석다고 비웃고 싶지 않다. 그저 타인의 자만심과 부딪힐 때마다 편견 없이 대하려고 애를 쓸 뿐이다.

아까도 말했지만, 난 내 인생을 하나님께 감사하고 있다. 내가 일생을 행복하게 지낼 수 있었던 것은 하나님의 축복과 자애로운 섭리가 있었기 때문이었다. 따라서 지금껏 하나님이 한결같은 축복을 내게 주시어 행복하게 살 수 있도록 해 주신 것처럼, 불행이 온다 하더라도 그 불행을 이겨낼 힘을 주실 거라고 믿는다. 물론 이것이 하나님의 뜻을 예측

13

한다는 말은 아니다. 그분의 뜻은 그분만이 알고 계신 만큼 앞으로의 내 삶이 어찌 될 것인지도 역시 그분만이 알고 계실 것이다. 행복이든 불행이든 모두 하나님이 우리에게 베풀어 준 것이니 말이다. 언젠가 난 친척 아저씨께 선조들에 관한 기록을 넘겨받은 일이 있다. 그분 역시 나와 마찬가지로 집안 선조들의 일화를 수집하는 취미를 가지고 계셨다. 어쨌든 난 그분이 주신 기록을 바탕으로 몇 가지 사실을 새롭게 알았다. 바로 우리 선조가 노샘프턴셔 지방 액틴에서 적어도 삼백 년 동안 살았다는 것이다. 언제부터 살았었는지까지는 알 수 없었다. 하지만 본래 프랭클린이 자유 토지를 보유한 계급의 명칭이었던 것을 생각하면 아마도 성이 없던 시절부터 살았던 것이 아닐까 싶다. 그러다 전국적으로 성을 사용하게 되면서 계급을 바로 성으로 사용한 것이 겠지. 어쨌든 우리 선조는 30에이커쯤 되는 토지를 가지고 있었고, 대장간을 겸업하고 있었다고 한다. 대장간 일은 대대로 장남에게 이어져 내려왔고, 그 결과 아저씨와 우리 아버지도 그 일에 종사하셨단다.

난 조금 더 자세히 알고 싶어서 액틴 교구에 가서 호적을 조사했단다. 그러나 1555년 이전의 기록은 찾을 수 없었다. 모두 그 이후의 출생, 결혼, 매장에 대한 기록이었을 뿐이었다. 다만 내가 5대에 걸쳐 이어져 내려온 막내아들 집안의 막내아들이라는 것을 새롭게 알게 되었다.

　내 할아버지는 토머스란 분이셨는데, 1598년에 액틴에서 태어나셨다. 그분은 연세가 드셔서 더 일할 수 없게 되었을 때 염색업을 하던 아들 존이 사는 옥스퍼드셔 밴버리에서 지내신 것을 제외하면 평생 액틴에서 사셨지. 내 아버지도 존 아저씨의 집에서 염색 일을 배우셨단다. 어쨌든 할아버지는 밴버리에서 돌아가셨고, 묻히셨다. 1758년인가, 할아버지의 무덤을 찾아간 일이 있었다. 할아버지가 사셨던 액틴 집은 할아버지의 큰아들인 토머스 백부님께서 물려받으셨고, 백부님은 다시 웰링버러의 피셔 집안과 결혼한 외동딸에게 전 재산을 물려주셨단다. 하지만 훗날 딸과 사위는 지금 주인인 아이스테드 씨에게 팔아 버리고 말았지.

　한편 할아버지는 모두 네 아들을 두셨단다. 첫째가 토머스, 그 밑으로 존, 벤저민, 조사이어 순이다. 그분들에 대해 자세히 말해주고 싶지만, 자료를 가지고 오지 않아 내 기억에 의존할 수밖에 없구나. 더 자세히 알고 싶다면 나중에 내가 모은 자료를 토대로 조사해 보렴. 그 자료가 분실되지만 않는다면 네 호기심을 충분히 충족시켜 줄 것이다.

　먼저 첫째인 토머스 백부님은 할아버지께 대장간 일을 배우셨다. 워낙 영리하셨기 때문에 당시 그 교구의 재력가였던 파머 씨의 도움을 받아 공부할 수 있었다. 할아버지의 네 아들 모두 파머 씨에게 도움을 받아 공부하셨다고 한다. 어쨌든 토머스 백부님은 덕분에 공중인의 자격을 얻으셨고, 후에 그 고을의 유력 인사가 되어 노 샘프턴셔주와 액틴을 위한 공공사업을 주도하셨단다.

핼리팩스 경이 그분의 든든한 후원자셨지. 그러다 백부님은 1702년, 구력으로 1월 6일에 돌아가셨다. 그리고 4년 후에 내가 태어났다. 언젠가 네가 액틴에서 그곳 노인들에게 토머스 백부에 대한 얘기를 듣고는 "만약 아버지가 큰할아버지 돌아가신 날에 태어났다면 모두 아버지를 큰할아버지의 환생이라고 생각했을 거예요."라며 놀라워했던 일이 생각나는구나. 반면 존 백부님은 염색 일을 하셨는데, 모직물을 다루셨던 것 같다.

셋째 벤저민 백부님도 런던에서 수습공으로 일하며 견직물 염색을 하셨지. 내가 어렸을 때 보스턴에 있는 우리 집에서 몇 해 동안 함께 살았기 때문에 그분에 대해 많은 것을 기억하고 있는데, 그분은 재주가 많은 분이셨단다. 사실 내가 벤저민 백부님과 같은 이름인 것은 아버지와 백부님의 우애가 특별히 좋았기 때문이란다.

벤저민 백부님은 장수하셨다. 그분의 손자, 사무엘은 지금 보스턴에 살고 있지. 그분은 종종 친구들이나 친척들에게 즉흥시를 써서 보내는 취미가 있으셨는데, 지금도 4절판

16

으로 된 원고가 두 권이나 남아 있다. 다음의 시는 그중의 하나로, 나에게 보내진 것이다. (원문에는 시가 인용되어 있지 않다. 아래 시는 1710년 7월 7일, 조카 벤저민에게 보낸 시로, 전쟁에 대한 생각이 잘 드러나 있다. — 역자 주)

칼은 많은 것을 만들기도 하고 많은 것을 없애기도 한다.
칼로써 많은 것이 쓰러져 일어나지 못하고
많은 빈자와 소수의 부자,
그리고 더 적은 수의 현자를 만들며
도시는 폐허로, 들판은 피로 채워진다.
그뿐이랴, 그것은 게으름의 방조자이자 오만의 방패다.
전쟁은 오늘날 아름답고 부유한 도시들의 내일을
빈곤과 비애로 가득 차게 만들고,
악을 키우는 폐허의 땅은 온몸과 상처를 찢어버렸다.
이것이 바로 참담한 전쟁의 결과란다.

그분은 자신이 고안한 속기술을 내게 가르쳐 주기도 하셨단다. 하지만 연습을 하지 않아서인지 아쉽게도 지금은 잊어버리고 말았구나. 그분은 자신의 속기술을 이용하여 명망 있는 목사님의 설교를 기록한 다음 설교집으로 만들기도 하셨지. 그만큼 신앙심이 아주 두터운 분이셨단다. 또한 좀

17

과하다 싶을 정도의 정치광이기도 하셨단다. 얼마 전엔 벤저민 백부님이 1641년부터 1717년까지 수집하셨던 팸플릿들을 얻게 되었는데, 그것은 바로 공공문제에 관련된 것들이었다.

여백마다 백부님의 메모가 가득했고 각각에는 모두 번호가 매겨져 있었는데, 중간중간 빈 것으로 봐서는 없어진 것도 있는 듯하더구나. 그런데도 모두 2절판이 8권, 4절판이 24권, 10절판이 24권이나 된다. 다행히 내가 자주 들르던 헌책방 주인이 우연히 발견하고 내게 보내 준 것이다. 벤저민 백부님께서 미국으로 오실 때 남겨둔 것이 흘러 흘러 그 헌책방까지 간 모양이다. 그렇게 따져 보니 무려 50년이나 더 된 것들이구나.

원래 우리 집안은 신교도였다. 집안이라고 해 봐야 이름도 없었던 집안이기는 하지만, 일찍부터 종교개혁 운동에 가담했다고 한다. 메리 여왕(재위 1553~1558년: 가톨릭교를 신봉하여 신교도를 박해한 영국 여왕 — 역자 주) 때는 가톨릭에 반항하는 바람에 위험을 감수해야 하기도 했었다.

벤저민 백부님께 들은 바에 의하면, 이런 일도 있었다고 한다. 우리 가족은 영어 성경을 가지고 있었는데, 이를 안전하게 감추기 위해 좌석 밑이 뚜껑처럼 열리는 조립식 의자 안에 편 채로 넣은 후 끈으로 매어 두었다고 한다. 성경책을 읽으려면 의자를 거꾸로 해서 무릎 위에 올려놓고 안에서 한 장 한 장 넘겨야 했다는구나. 아이 중 하나를 문간에 세워두고 혹시 종교재판소의 관리가 오지 않는지 살피게 하고 말이다. 만에 하나 관리가 들이닥칠 낌새가 있으면 곧바로 뚜껑을 덮고 의자를 제대로 한 후 아무것도 없다는 듯 행동하는 것이지.

하지만 찰스 2세(재위 1660~1685년; 크롬웰 사망 후 프랑스에서 귀국하여 왕정복고王政復古를 실현, 가톨릭 부활을 위한 전제정치를 펼친 영국 왕 —역자 주) 말년에는 영국국교회로 개종하고 말았다. 그때 영국국교회로 개종하는 것을 거부하다가 파면당한 몇 명의 목사가 교회의 눈을 피해 노샘프턴셔에서 비밀 예배를 열었는데, 벤저민 백부님과 내 아버지인 조사이어는 그 회합에 참가하셨단다. 그리고 다른 가족들과는 달리 평생 신념을 버리지 않으셨다. 내 아버지가 영국을 떠나 이 미국으로 오게 된 데에도 종교적인 문제가 한몫했다고 할 수 있다.

내 아버지 조사이어는 젊을 때 결혼하셨는데, 1682년경에 부인과 세 아이를 데리고 뉴잉글랜드로 이주하셨단다. 당시 영국은 국교회 외 종교 예배가 법으로 금지되어 있었기 때문에 여러모로 방해를 받는 일이 많았다고 한다. 그 때문에 아버지가 속한 모임에서도 종교의 자유를 위해 아메리카로 이주하기 시작했고, 결국 아버지도 그분들의 설득으로 이주를 결심하셨지. 그 후 뉴잉글랜드에서 아버지는 자식 넷을 더 두셨단다. 하지만 부인과 사별하셨고, 두 번째 부인을 두신 후 열 명의 자식을 더 낳아 열일곱이나 되는 아이들의 아버지가 되셨다. 언제였던가, 무사히 장성하여 결혼을 한 열세 명의 자식들과 식탁에 앉아 계시던 아버지의 모습이 기억에 남는구나.

나는 열일곱 중에 열다섯째였다. 밑으로 누이동생 둘이 있었으니 아들로서는 막내였지. 내가 태어난 곳은 뉴잉글랜드의 보스턴이다. 후처였던 내 어머니는 어바이어 폴저라는 분이다. 뉴잉글랜드 초기 이민자 중의 한 분이신 피터 폴저란 분의 따님이었다. 외할아버지 역시 청교도셨는데, 뉴잉글랜드 교회사를 정리한 책, ≪아메리카에서의 그리스도의 기적 (Magnalia Christ Americana)≫의 저자인 코튼 메더(1663~1728년; 아메리카의 대표적 청교도 목사이자 역사가 — 역자 주)는 그분을 일러 '신앙심이 깊고 학식 있는 영국인'이라고 하며 존경을 표하기도 했다.

들기로 외할아버지는 짤막한 시를 많이 지으셨다고 한다. 하지만 출판된 것은 1675년에 쓴 단 한 편뿐이다. 물론 그 시는 나도 본 적이 있다. 정부 관계자들에게 보내기 위해 쓴 시였는데, 당시 시대상과 사람들의 모습이 소박한 문체로 쓰여 있었다. 내용은 침례교나 퀘이커교, 심지어 다르다

프랭클린의 생가

는 이유로 박해받는 인디언에게 신앙의 자유를 줘야 한다는 것이었단다.

그분은 시에서 인디언과의 전쟁이나 여러 재난의 원인이 이런 종교적 탄압에 있다고 하셨다. 즉 종교적 박해라는 커다란 죄를 지었기 때문에 하나님께서 벌로 시련을 겪게 하신다는 것이었다. 따라서 그런 무자비한 법은 없애야 한다는 게 외할아버님의 생각이셨다. 한마디로 품격 있는 신사의 당당함과 자유의 정신을 엿볼 수 있는 시였단다. 애석하게도 처음 두 줄은 잊어버렸구나. 하지만 자신의 요구는 선의에서 기인한 것이므로 당당하게 이름을 밝힌다는 마지막 여섯 줄은 아직도 똑똑히 기억하고 있다.

비방하는 자로
남고 싶지 않아서
내가 사는 마을 셔번에서
내 이름을 밝힌다.
악의 없는 그대의 진정한 친구
그 이름은 피터 폴저

내 형들은 모두 수습공으로 각기 다른 직장에서 기술을
배웠다. 하지만 나는 교회에 십일조를 헌납하듯 아들 하나
를 교회에 바치고 싶으셨던 아버지 뜻에 따라 여덟 살에 그
래머스쿨(라틴어 문법을 주로 가르치는 학교 — 역자 주)에 들어갔
다. 사실 나는 글을 몰랐을 때를 기억하지 못할 정도로 일찍
부터 읽기를 할 수 있었단다. 때문에 아버지의 친구들은 어
린 나를 보고 훌륭한 학자가 될 것이라고 말했지. 그것이 열
일곱이나 되는 자식 중에서 내가 아버지의 선택을 받을 수
있었던 이유이기도 하다. 벤저민 백부님도 적극 찬성이셨
다. 심지어 원한다면 당신이 기록한 설교집을 줄 테니 그것
으로 공부하라고까지 하셨다.

학교에 가자마자 차차 성적이 올라갔다. 그 반의 수석이
된 덕분에 월반을 할 수 있었고, 그해 말에는 두 학년이나 월
반할 수 있게 되었다. 하지만 그게 끝이었다. 난 1년도 되지

않아 그 학교를 그만두고 말았다. 아버지의 생각이 바뀌었기 때문이었다. 대가족의 가장인 아버지에게 내 학비는 만만치 않은 거금이었다. 게다가 목사라는 직업이 그리 신통치 않은 것 같다고 생각하시게 된 것 같았다.

결국 아버지는 나를 그래머스쿨을 자퇴시킨 후 쓰기와 산수를 주로 가르치는 학교로 보내셨단다. 그 학교의 교장인 조지 브라우넬이란 사람은 온화한 품성과 칭찬을 많이 해 주는 방식의 수업으로 학생들의 실력을 향상시킨다는 것으로 매우 유명한 교사였다. 덕분에 학교를 다닌 지 얼마 되지 않아 글을 읽고 쓰는 데 어려움이 없을 정도가 되었다. 하지만 어쩐 일인지 셈하기 실력은 도통 늘지 않더구나.

그렇게 1년이 또 지났을 때 난 그 학교마저 그만두고 말았다. 열 살이 된 나는 집으로 돌아와서 아버지의 일을 돕게 되었다. 그때 아버지는 양초와 비누를 만드는 일을 하셨다. 본래는 염색을 하셨지만, 뉴잉글랜드에서는 염색만으로는 생계를 꾸릴 수 없었지. 그만큼 수요가 적었기 때문이었다. 그래서 뉴잉글랜드에 정착하자마자 어쩔 수 없이 양초와 비누 만드는 일을 시작하셨다.

일을 돕는다고는 했지만 어린 내가 하는 일이라고는 고작 양초의 심지를 자르고 녹인 촛농을 틀에 붓는 것이 아니면 가게를 지키거나 심부름을 하는 게 전부였다. 나는 그 일

집 앞에서 놀고 있는 프랭클린의 형제들

이 무척이나 싫었단다. 대신 선원이 되어 바다를 누비고 싶었지. 아버지는 반대하셨지만 말이다. 하지만 한 가지 다행스러운 것은 바다 가까이에서 살고 있어서 마음이 내키면 언제고 바다를 볼 수 있다는 것이었다.

　나는 늘 바다에 나가 놀곤 했다. 헤엄을 쳤고, 보트를 탔다. 특히 보트를 다루는 솜씨가 좋아서 아이들과 보트나 카누를 타고 놀 때면 으레 내가 대장 역할을 했단다. 특히 위험에 처하기라도 할라치면 여지없이 내가 지휘를 맡았다. 그래서인지 다른 일에서도 항상 아이들 앞에서 대장을 했고, 가끔은 친구들을 선동해 엉뚱한 일을 벌이기도 했다. 또 제대로 된 것이라고 말할 수는 없지만 어릴 적부터 공적인 일에 관심이 많았다.

한 번은 이런 일도 있었다. 우리가 살던 마을에는 물방아가 있는 저수지가 있었는데, 그 저수지의 한쪽은 물이 드나드는 늪지였다. 나와 내 친구들은 조수가 밀려오면 그곳에 고기를 잡으러 갔단다. 그런데 고기를 잡는다고 이리저리 설치고 다니면 그곳은 온통 진흙탕이 되어 버리곤 했다. 나는 고민 끝에 친구들에게 이렇게 우왕좌왕 몰려다니지 말고 낚시꾼들이 그러는 것처럼 앉아서 낚싯대를 드리울 수 있는 둔덕을 만들자고 했다. 마침 그리 멀지 않은 곳에 우리 목적에 딱 맞는 재료가 있었다. 집을 짓기 위해 쌓아놓은 돌들이었지. 우리는 늪지 한쪽에서 인부들이 돌아가기를 기다렸단다. 그리고 밤이 되어 인부들이 모두 돌아가자 나와 친구들은 돌을 늪으로 옮기기 시작했다. 너무 큰 돌은 두서넛이 힘을 합쳐야 했다. 마치 먹이를 나르는 개미 떼처럼 부지런히 돌을 날랐고, 마침내 우리가 원하는 둔덕을 완성했다. 하지만 다음 날, 집을 지으려던 인부들은 놀라지 않을 수 없었다. 공사를 하기 위해 마련해놓은 돌이 모두 없어졌으니, 왜 안 그랬겠니? 그리고 얼마 지나지 않아 자신들의 돌이 늪지 한가운데서 둔덕으로 변해 있다는 것을 발견했지. 우리의 소행이라는 것은 금세 발각되고 말았다. 덕분에 우리는 각자의 아버지에게 심한 꾸중을 들었다. 난 우리가 한 일이 얼마나 유용한지 설명했지만, 아버지는 정당한 일이 아니면 유용하다고 볼 수 없다고 하셨단다.

내 아버지, 바로 네 할아버지의 성품에 대해서는 너도 잘 알고 있을 것이다. 그분은 중간쯤 되는 키에 건장한 체격을 가지고 계셨단다. 그리고 건강하셨지. 머리도 좋으셨고 그림과 음악에도 재주가 있으셨으며, 항상 명랑하고 맑은 목소리로 말씀하시곤 했다. 간혹 아버지는 고단한 하루 일을 마친 저녁 시간에 바이올린을 켜시면서 찬송가를 부르셨는데, 난 그 시간을 무척이나 좋아했단다. 그뿐 아니었다. 아버지는 기계 다루는 데 남다른 재능을 가지고 계셨단다. 그래서 다른 사람의 장비를 빌리게 되더라도 다루지 못해 낭패에 빠지는 일은 없었다. 하지만 그분을 돋보이게 한 것은 그런 재능이 아니라 신중하고 공정한 판단력이었단다. 사적인 문제이든 공적인 문제이든 상관없이 어려운 일이 생기면 공정하고 분별력 있는 판단을 내리셨지. 한마디로 신뢰할 수 있는 분이셨단다.

사실 아버지는 공적인 일을 공식적으로 맡으신 적은 없으셨다. 대가족의 생계와 아이들의 교육에 들어가는 비용을 충당하려면 눈코 뜰 새 없이 생업에 매달리셔야만 했기 때문이다. 하지만 마을이나 교회에 일이 생기면 마을 유지들이 아버지를 찾아와 의견을 물었고, 아버지의 충고에 존경의 뜻을 내비치곤 했다. 그것은 어려운 일을 당한 이웃들도 마찬가지였다. 심지어 이웃 간에 다툼이 생길 때도 그들은 아버지에게 중재를 부탁했다.

또 아버지는 식탁에서 이야기하는 것을 즐기셨다. 가능한 한 자주 현명한 친구나 이웃 사람들을 불러서 독창적이면서도 유용한 주제로 이야기를 나누셨지. 아마도 함께 앉아 있는 자식들이 당신의 얘기를 들으면서 현명하게 자라기를 바라셨던 것은 아닌가 싶다. 실제로 이 방식은 우리에게 세상을 선하게 살아가는 게 무엇인지, 무엇이 현명한 것인지에 관심을 두게끔 해 주었다. 그래서인지 대화가 오갈 때 식탁 위에 있던 음식에 대해서는 별로 신경을 써 보지 못한 것 같구나. 간이 맞는지, 제철 음식인지, 맛이 있는지 없는지 따위는 안중에도 없었다. 심지어는 식사 후 두어 시간만 지나도 무엇을 먹었는지 기억하지 못할 정도였다. 그것은 성인이 되어서도 마찬가지였다. 이런 식습관 덕분에 난 여행할 때도 어려움을 겪지 않았다. 동행한 친구들처럼 미각을 만족시켜 줄 음식이 없다는 것에 불평하고 불편해한 적이 없었으니 말이다. 그런 면에서는 어머니도 음식을 준비하는 데 고민하지 않아 편하셨을지도 모르겠다.

어머니도 아버지만큼이나 건강한 분이셨단다. 열이나 되는 아이들을 모유로 기르셨으니 말이다. 아버지는 여든아홉

27

에, 어머니는 여든다섯에 돌아가셨는데, 아버지나 어머니가 편찮으셨던 기억이 한 번도 없구나. 지금 두 분은 합장되어 보스턴에 누워 계시는데 몇 해 전에 대리석으로 비석을 세웠단다. 비석에는 다음과 같은 비명을 새겨 넣었다.

조사이어 프랭클린과 그의 아내 어바이어 여기에 잠들다

두 사람이 다정한 부부로서 지낸 55년,
재산도 명예도 없었지만
남다른 성실함과 부지런함에 하나님의 축복이 더해
가정을 화목하게 일궜다.
열세 명의 자식과 일곱 명의 손자 손녀를
남부럽지 않게 키웠으니
이를 읽는 사람들은 용기를 얻어 당신의 삶에 충실하길,
그리고 하나님의 섭리를 의심하지 말기를 바란다.

신앙이 깊고 신중한 남편과
현명하고 온후한 아내의 막내아들이
두 분을 추모하여 이 비를 세운다.

조사이어 프랭클린 1655년생, 1744년 별세, 향년 89세
어바이어 프랭클린 1667년생, 1752년 별세, 향년 85세

이야기가 또 엉뚱한 데로 갔구나. 젊은 시절에는 질서 정연하게 글을 썼는데, 잘 안 되는 걸 보면 나도 늙은 모양이다. 하지만 집안끼리 모일 때 무도회에 나가듯이 정장을 차려입지는 않는 법이다. 하긴 이것도 핑계에 지나지 않겠지. 그래, 내가 태만해진 탓일 게다.

다시 앞으로 돌아가서 얘기를 계속하자꾸나. 열 살에 학교를 그만둔 나는 열두 살이 될 때까지, 그러니까 꼬박 2년 동안 아버지 일을 도왔다. 그러다 아버지께 일을 배우던 존형이 결혼을 하면서 로드아일랜드로 떠나 버린 탓에 꼼짝없이 가업을 이을 운명에 처하고 말았다. 하지만 난 그 일을 하지 않겠다고 고집을 부렸다. 이 때문에 아버지는 조사이어 형이 가출해서 선원이 된 것처럼 나도 그렇게 되지 않을까 고심하셨지. 내가 끝끝내 고집을 꺾지 않자 아버지는 결단을 내리셨단다. 내가 원하는 일을 할 수 있도록 기회를 주신 것이다.

아버지는 가끔 나를 데리고 나가 땜장이, 벽돌공, 선반공, 관측기록부 같은 사람들이 일하는 것을 보여주셨다. 그

러고는 내가 좋아하는 것이 무엇인가를 관찰하셨지. 아버지는 적어도 막내아들까지 바다에 빼앗기고 싶진 않으셨던 것 같다. 그래서 육지에서 할 수 있는 다양한 직업을 보여주셨단다.

그때부터였을 게다. 내가 숙련된 기술공들의 솜씨에 넋을 잃은 것이 말이다. 나는 그들의 일하는 모습이 좋았고 재미있었다. 덕분에 등 너머로 많은 기술을 배울 수 있었단다. 그래서 자질구레한 집안일은 직공을 부르지 않고 내 손으로 직접 고치게 되었고, 나중에는 조그마한 기계들을 만들 수 있게 되었단다. 그러다 보니 아버지는 나에게 칼장이를 시켜야겠다고 결정하셨지. 고민이 끝나자 아버지는 나를 벤저민 백부님의 아들, 사무엘에게 수습공으로 보내셨단다. 그는 런던에서 기술을 배워와 보스턴에서 개업을 하고 있었다. 하지만 내가 그곳에서 보낸 시간은 얼마 되지 않는다. 사무엘이 수습공 교습료를 청구했던 것이다. 아버지는 불쾌해하시면서 그 길로 나를 집으로 데리고 와 버렸다.

수습공 벤저민

　나는 어려서부터 책 읽는 것을 좋아했다. 그중에 ≪천로역정(天路歷程)≫은 무척 재미있게 읽었던 기억이 있다. 어쨌든 나는 적은 돈이라도 들어오게 되면 곧바로 책을 사는 데 써 버렸다. 내가 처음으로 사 모으기 시작한 책은 소형 책자로 된 버니언(1628~1688년; 영국 청교도주의 문학가 — 역자 주)의 작품들이었다. 물론 이것들은 나중에 R. 버튼의 ≪역사 총서≫를 사기 위해 다 팔 수밖에 없었다. 비록 행상인이 팔고 다니던 싸구려 책이었지만 무려 45권이나 되었기 때문에 내 지식욕을 채우기에는 더없이 좋았다. 하지만 지식에 목말라 하던 시기에 더 좋은 책을 많이 접할 수 없었다는 것은 지금 생각해봐도 아쉬운 일이다. 목사의 길을 포기할 정도였던 우리 형편상 어쩔 수 없는 일이긴 했지만 말이다. 아무튼 나는 닥치는 대로 읽어댔다. 물론 아버지가 가지고 있던 책들도 거의 다 읽었지.

신학상의 논쟁을 다룬 책, 역사를 다룬 책, 사상을 다룬 책 등 그 종류를 가리지 않았다. 그중에서도 ≪플루타르크 영웅전≫은 여러 번 읽었을 정도로 심취했었다. 또 디포의 ≪기업론≫이나 메더의 ≪선행론≫은 내 사고방식을 바꿔 주었고, 훗날 일어난 중요한 사건에 큰 영향을 끼쳤다. 지금 생각해봐도 그 시절의 독서는 내 인생의 밑거름이 된 듯하다.

독서를 향한 내 열망을 눈치챈 아버지는 나를 인쇄업에 종사시키겠다고 결심하신 듯했다. 그런 결정에는 이미 제임스 형이 보스턴에서 인쇄업을 하고 있다는 것도 한몫했다. 제임스 형은 1717년에 영국에서 인쇄기와 활자를 들여와 개업을 하고 있었다. 물론 나도 아버지의 양초 공장보다는 인쇄일이 훨씬 마음에 들었다. 하지만 바다에 대한 미련을 쉽게 버릴 수 없었다. 아버지도 내 마음을 잘 알고 계셨다. 아버지는 결코 내가 바다를 선택하는 일이 일어나지 않도록 하루라도 빨리 제임스 형에게 나를 맡기려 하셨다. 얼마간 나는 그 일을 하지 않겠다고 고집을 부렸다. 그러나 끝내 아버지에게 설득당하고 말았다. 열두 살 나이에 제임스 형이 내민 수습 계약서에 서명을 하고 말았던 것이다. 계약에 따라 나는 그로부터 스물한 살이 될 때까지 형 밑에서 수습공으로 일을 배웠다. 직공으로서 제대로 된 월급을 받은 것은 마지막 일 년뿐이었다. 기술을 터득하는 데는 그리 긴 시간이 필요치 않았다. 그래서 나는 제임스 형에게는 제법 유능한 일꾼이었다고 자부한다.

이 일을 하는 데 있어서 무엇보다 좋았던 것은 다양하고 훌륭한 내용의 책을 접할 수 있다는 점이었다. 책방 수습 점원들과 친해지면서 가끔이나마 책을 빌려 볼 수 있게 되었던 것이다. 하지만 서점 주인이 그 책이 없어진 것을 알게 되면 책을 빌려준 수습 직원의 입장이 난처해지기 때문에 난 거의 밤을 새우며 읽어야만 했단다. 보통 저녁때 책을 빌려서 아침 일찍 돌려주곤 했지. 또 내 책이 아니었기 때문에 더럽히지 않도록 조심해야만 했다.

그렇게 지내던 어느 날 나는 매튜 애덤스라는 분께 초대를 받았다. 사업가였던 그분은 우리 인쇄소에 종종 들르고는 하셨는데, 내가 책을 좋아한다는 것을 아시고는 눈여겨본 모양이었다. 그분의 집 서재에는 놀랄 만큼 많은 책이 있었단다. 그분은 친절하게도 내가 읽고 싶어 하는 책을 빌려주기까지 하셨지.

그 시절의 나는 시에 빠져 있었다. 읽는 것은 물론이고

33

짧은 시를 직접 쓰기도 했다. 그러자 제임스 형은 돈벌이가 될지도 모른다고 생각했는지 나를 독려해서 시사 민요(새로운 사건을 소재로 한 민요풍의 시로, 신문이 없던 시대에 성행했다. ― 역자 주)를 쓰라고 했고, 그렇게 해서 두 편을 지었다. 딸과 함께 바다에 빠져 죽은 위딜레이크 선장의 이야기를 다룬 〈등대의 비극〉과 티치라는 유명한 해적을 체포한 뱃사람들의 이야기를 다룬 〈검은 수염, 티치〉가 그것이다. 둘 다 유행가풍의 졸작이었지만 제임스 형이 그 시들을 인쇄해서 팔아보라고 격려하는 바람에 그렇게 하게 되었다. 다행히 비교적 최근 사건을 다룬 〈등대의 비극〉이 불티나게 팔렸다. 이 작은 성공에 나는 우쭐해져서는 어깨에 힘을 주고 다녔단다. 그러자 아버지께서는 내게 냉혹한 비판을 하셨다. 내 시를 형편없는 졸작이라고 하신 것이지. 그리고 시인이라고 하는 자들은 거의 다 빈곤한 삶을 살고 있다고 하시더구나. 덕분에 난 크게 낙심을 하고 말았다. 그리고 바로 시인의 길을 포기했다. 지금 생각해 보면 오히려 잘한 일이었다. 시인이 되었다고 해도 삼류밖에는 되지 못했을 테니 말이다.

한편 비록 시를 접기는 했지만 글쓰기를 그만둔 것은 아니었다. 글쓰기는 내 삶에 큰 도움을 주었다. 나를 성공으로 이끌어준 원동력이라고 해도 과언이 아니다. 그렇기 때문에 내가 어떻게 제대로 된 글쓰기를 할 수 있게 되었는지 말하지 않을 수 없구나. 그것은 존 콜린스라는 친구와 있었던 일에서 시작되었다.

　그는 나만큼이나 책을 좋아하는 친구였다. 같은 취미를 가졌기 때문에 우리는 금세 친해질 수 있었지. 우리는 자주 어울렸다. 그리고 그때마다 논쟁을 벌였다. 가끔은 논쟁 자체에 빠져 상대방을 이기기 위한 논조를 펼치기도 했단다. 하지만 논쟁을 좋아하는 것은 그리 좋은 대화 태도라고 할 수 없다. 논쟁 그 자체에 빠지면 무조건 상대의 의견에 반대되는 의견을 내세우게 되어 대화를 망치고 흥을 깨게 되며, 그러다 보면 상대를 혐오하거나 증오하게 되어 관계가 악화되게 마련이니 말이다. 이 생각은 아버지가 가지고 계신 종교적 논쟁에 관한 책을 읽은 후에 깨달은 것이다. 그 후로 난 논쟁을 조심하게 되었다. 사실 나중에 자세히 관찰해 보니 생각이 있는 사람들은 논쟁을 하지 않더구나. 법률가나 대학교수처럼 말로 벌어먹는 사람들과 에든버러 태생의 사람들은 제외하고 말이다.

　어쨌든 그런 깨달음이 있기 전에 이런 일이 있었다. 그 날 나와 콜린스는 '여성에게 교육받을 기회를 주는 것은 타당한가'에 대해서 논쟁을 벌였다. 그때 콜린스는 여성은 선천적으로 학문을 탐구할 능력이 없으므로 그것은 무의미한 일이라고 했고, 난 뚜렷한 의식이 있어서라기보다 논쟁을 즐기기

35

위해 반대 입장을 취했다. 콜린스는 타고난 언변가였다. 그는 논리가 아닌 유창한 말솜씨로 나의 주장에 반박했고, 나는 밀릴 수밖에 없었다. 결국 그날은 결론을 내지 못하고 헤어졌고, 다른 일로 한동안 만나지도 못했다. 하지만 나는 결론을 내고 싶었다. 그래서 내 논점을 잘 정리해서 콜린스에게 편지를 보냈다. 그는 바로 답신을 보내왔다. 나는 다시 편지를 보내 내 주장을 펼쳤다. 콜린스 역시 반박 편지를 보내왔다. 그렇게 서너 번 편지가 오갔을 때였다. 우연히 아버지가 내 편지를 읽게 되셨단다. 아버지는 나를 불러 앉혀 놓고 이런저런 이야기를 하셨는데, 그것은 논쟁의 내용에 관한 것이 아니었다. 바로 글쓰기 기술에 관한 것이었다. 아버지는 인쇄소를 다닌 덕분이기는 하지만 내 철자법과 구두법이 콜린스보다 우수하다고 하셨다. 반면 표현의 정교함이나 전개 방식, 그리고 논리 전개의 명석함에서는 떨어진다고 하셨지. 그리고 편지를 보면서 여러 가지를 지적해 주셨다. 아버지 말씀을 듣고 있자니 일리가 있더구나. 그 뒤로는 글을 쓸 때마다 아버지가 지적해 주신 내용을 가슴에 새기며 조심하게 되었고, 좋은 글을 쓰기 위해 노력하게 되었다.

그 무렵 나는 〈스펙테이터〉(1771년에서 1772년까지 발행된 평론 잡지로, 조셉 애디슨과 리처드 스틸이 편집했다.— 역자 주)라는 잡지를 보게 되었다. 세 번째로 발행된 것이었는데, 나에게는 적지 않은 충격이었다. 그 잡지는 그때까지 한 번도 본 적 없던 새로운 세계로 나를 이끌었다. 난 그 잡지를 사서 읽고, 또 읽었다. 실린 내용도 재미있었지만, 문장이 아주 뛰어났기 때문이었다. 나는 문장에 매료되어 단순히 읽는 것에 그치지 않고 그중 좋다고 생각되는 문장을 발췌해나갔다. 그러다 며칠 동안 쳐다보지도 않고 지내다가 문득 머리에 기사 내용에 적합할 것 같은 단어가 떠오르면, 그 단어를 이용하여 기사 내용을 자세히 기술하곤 했다. 물론 가능하면 원래 문장과 비슷하게 작성하도록 노력했다. 또 글이 완성되면 원문과 비교해서 잘못된 부분을 고치곤 했다.

그러는 사이 나는 나 자신에 대해 깨닫게 된 게 있었다. 바로 내가 아는 어휘가 풍부하지 않다는 것이었다. 정말이지 언제 어디에서든지 적당한 단어를 찾아내 사용할 수 있는 풍부한 어휘력을 가지고 싶었다. 그런 생각도 들더구나. 만약 시를 쓰는 것을 그만두지 않았다면 더 많은 단어를 알고 있지 않을까 하는 생각 말이다. 시를 쓰려면 운을 맞추기 위해 같은 의미 중에 길이나 소리가 다른 단어들을 찾게 마련이지 않니? 즉 언제나 새로운 단어들을 찾고자 노력했을 것이고, 머릿속에 있는 단어를 필요할 때마다 꺼내 쓰는 일에 능숙하게 되었을 텐데……. 생각이 여기에 미치자 나는 〈스펙테이터〉에 실린 이야기 중 몇 개를 골라 시로 고치는 작업을 하기 시작했다. 그리고 원래 기사의 문장을 거의 잊어버렸을 때쯤 내가 쓴 시를 다시 원문처럼 고치곤 했다. 또여러 기사를 한데 섞어놓았다가 원문이 기억나지 않을 때쯤 마치 하나의 이야기였던 것처럼 재구성하여 새로운 기사를 작성해 보기도 했다. 이런 일련의 노력은 생각을 질서정연하게 정리하는 법을 익히는 데 효과적이었다. 물론 재구성했다 해서 언제나 글이 완벽했던 것은 아니다. 원문과 비교해보면 여지없이 결점이 드러나곤 했지. 또 가끔이지만 원문보다 내 글이 더 나은 것 같을 때도 있었다. 아무튼 결점을 발견하고 고쳐나갈 때마다, 그리고 미미하지만 조금씩 발전해가는 어휘력과 표현력을 볼 때마다 희열을 느끼곤 했다. 이대로만 잘해나간다면 어쩌면 제법 괜찮은 작가가 될수도 있지 않을까 하는 희망도 가지게 되었지. 그래, 정말 작가가 되고 싶었단다.

하지만 일과 생활 속에서 작가가 되기 위한 준비를 한다는 것은 말처럼 쉬운 일은 아니었다. 글을 쓰는 연습이나 독서는 언제나 일이 끝난 뒤에 하게 마련이었다. 그러자니 결국 밤을 새우든가 아니면 아침 일을 시작하기 전 약간의 시간을 낼 수밖에 없었다. 마음 편하게 공부할 수 있는 날은 일요일뿐이었다. 일요일이 되면 가능한 한 교회를 가지 않고 인쇄소에 남아 공부를 했단다. 교회에 안 가도 된다고 여졌던 것은 아니다. 교회에 가는 것을 철칙으로 여기신 아버지 덕에 나 역시 교회에 가는 것을 의무라고 생각하고 있었으니까. 실제로 아버지와 함께 살 때는 일요일이면 어김없이 교회에 가곤 했었다. 다만 공부를 하자면 달리 방법이 없었기 때문에 선택한 궁여지책이었을 뿐이다. 적어도 그때는 그렇게 생각했다.

열여섯 살 때는 이런 일도 있었다. 트라이언이라고 하는 영국 채식주의자가 쓴 책을 읽은 후 앞으로 채식을 하기로 마음먹었던 것이다. 그때만 해도 미혼이었던 제임스 형은 다른 직공들과 함께 하숙을 하고 있었는데, 채식을 하겠다는 내 결심 때문에 무척 곤란해 했지. 불편해했던 건 다른 사람들도 마찬가지였다. 나중에는 별나게 굴지 말라고 잔소리를 해대더구나. 하지만 나는 내 결심을 꺾지 않았다. 그래서 내가 직접 트라이언식으로 조리해서 먹기로 했단다. 감자나 쌀을 익혀 먹거나 즉석 푸딩을 만드는 따위의 간단한 조리법이었다. 이런 방식에 익숙해지자 나는 제임스 형에게 한 가지 제안을 했단다. 그동안 매달 내게 지출되었던 식비의 반을 현금으로 준다면 식사를 스스로 해결하겠다고 한 것이다. 형은 경비를 절감할 수 있는 일이었기 때문에 두말하지 않고 허락해 주었다. 나 역시 이렇게 한 데는 나 나름대로 계산이 있어서였다. 트라이언식으로 간단한 채식 위주의 식사를 하게 되면 식비에 대한 부담을 줄일 수 있었기 때문이었다. 내 예상은 적중했다. 얼마간의 시간이 흐르자 애초 예상한 대로 형이 준 식비에서 반을 남길 수 있게 된 것이다. 난 그 돈으로 책을 구입했다.

또한 이런 식사는 경제적인 면뿐만 아니라 시간 절약이라는 이점도 있었다. 형이나 다른 직공들이 하숙집으로 식사를 하러 간 사이에 인쇄소에 남아 간단하게 식사를 했는데, 식사하는 데 오래 걸리지도 않았고, 또 이동할 필요가 없었기 때문에 제법 시간적인 여유가 생겼다. 그 시간에 공부를 했던 것은 두말할 나위도 없다. 식사라고 해야 물 한 잔과 비스킷, 빵 한 조각, 건포도 한 줌 정도이거나 제과점에서 산 작은 파이가 전부였지만 적은 양의 식사는 머리를 맑게 해주기 때문에 공부하는 데는 오히려 도움이 되었다.

하지만 어찌 된 일인지 계산만큼은 실력이 영 늘지 않더구나. 부끄러운 일이지만 학교 다닐 때 산수 과목에서 두 번이나 낙제하기도 했다. 계산을 잘못해서 여러 번 창피를 당하자 난 큰마음을 먹고 코커(1613~1674년; 영국의 수학자 ─ 역자 주)가 지은 산수책으로 공부하기 시작했다. 다행히 책은 어렵지 않았다. 결국 계산하는 데 전처럼 어려워하지 않게 되었다. 그즈음 난 셀러와 셔미가 지은 항해 관련 책도 읽었는데, 덕분에 기하학에 대해서도 조금은 알게 되었지. 하지만 응용할 수 있을 정도로 깊이 공부한 것은 아니었다. 한편 로크(1632~1704년; 영국의 철학자 — 역자주)의 《인간 오성론》이나 포르루아얄 학파(17세기 파리 근교의 수도원을 중심으로 자유의지와 예정설의 본질에 관한 이단적 교리를 제기한 가톨릭의 한 종파인 얀선주의를 표방한 학파 — 역자 주)였던 아르노와 피에르 니콜이 공저한 《포르루아얄의 논리학》을 읽은 것도 그때쯤이었다.

그러던 중 나는 매우 중요한 계기가 되는 책을 만나게 된다. 그린우드에서 나온 책으로 기억하는데, 영어 문법책이었단다. 이 책이 내 관심을 끈 것은 책 뒤에 부록으로 수록되어 있던 수사학과 논리학 기술에 관한 내용 때문이었다. 특히 논리학 부분은 소크라테스식 논쟁법을 예로 들면서 끝나고 있었지. 또 그 책을 읽은 지 얼마 지나지 않아 이번에는 그리스의 철학자인 크세노폰이 지은 《소크라테스의 추억》을 손에 넣게 되었다. 이 책 역시 소크라테스식 논쟁법의 예가 많이 실려 있었다. 난 이 두 권의 책을 읽고 논쟁법에 홀딱 반해 버려서 논쟁하는 데 있어서 남의 의견을 뚝 자르고 내 주장만 내세우는 방식을 버리고, 타인의 의견을 잘 듣다가 의문이 생기는 점이 있으면 겸손한 태도로 질문하기 시작했다. 마침 로크의 제자인 섀프츠베리(1671~1713년; 영국의 정치가이자 철학자 — 역자 주)와 앤터니 콜린스(1676~1729년;

성서 해석에서 지성의 자유로운 활동을 강조하면서 기성 종교의 광신성과 비도덕성에 반대한 영국의 철학자 — 역자 주)의 글을 읽으면서 기독교 교리에 대해 많은 의문을 품고 있었는데, 이에 관련된 논쟁을 하게 될 때마다 상대에게 질문하는 방식을 썼고, 그 결과 상대의 기분을 상하지 않게 하면서 상대를 꼼짝 못하게 만들 수 있었다. 논쟁에서 우위를 점할 수 있다는 것에 매료된 나는 한동안 이 소크라테스의 질문법을 즐겨 사용했다. 또 꾸준히 연습까지 했다. 그러다 보니 나보다 훨씬 아는 것이 많은 사람을 굴복시키기에 이르렀다. 가당치도 않은 논리를 가지고도 말이다. 이런 논쟁을 몇 년이나 계속했던 것으로 기억한다. 하지만 차차 그만두고 말았다. 물론 자신을 겸손하게 표현하는 법은 그대로 두고 말이다. 이를테면 반론이 나올 것 같은 의견이라 하더라도 '확실히', '정말', '의심할 여지 없이'처럼 단정적인 어휘를 사용하지 않았다. 대신 '나는 이러이러하다고 생각합니다', '내 생각에는 이렇습니다', '아마 그러지 않을까요?', 또는 '내가 틀리지 않았다면 이러이러할 겁니다'라는 표현을 사용했다. 이런 태도는 내가 추진하고 있는 일로 사람들을 납득시키고자 하거나 내 뜻을 관철하는 데 효과가 컸다.

원래 대화의 목적은 내 뜻만을 주장하여 승리하는 데 있는 것이 아니라 서로 지식이나 정보를 공유하고 설득하는

데 있다. 또 대화하면서 즐거움을 느껴야 한다. 아무리 똑똑하고 착한 사람이라도, 또 그가 하는 일이 아무리 선한 일이라 해도 거만하고 독단적으로 행동하면 반감을 사기 마련이다. 네가 정보를 제공하면서 독단적으로 네 주장만 옳다는 식으로 말한다면, 상대방은 이내 네가 주는 정보에 흥미를 잃게 될 것이다. 반대로 남에게 정보를 얻어 한 발 더 발전하고자 할 때 지금 네가 가지고 있는 생각에만 사로잡혀 주장을 굽히지 않는다면 발전은커녕 정보 얻기도 힘들 것이다. 또 겸손하고 생각이 깊은 사람은 네 주장에서 잘못된 점을 발견하더라도 친절하게 지적해 주지는 않을 것이다. 시인 포프는 이런 명언을 남겼단다.

사람을 가르칠 때는 가르치지 않는 것처럼 해야 하고
그 사람이 모르는 일은 깜빡 잊고 있는 것으로 여겨라.

그는 또 이런 말도 했다.

확실하다고 하더라도 겸허하게 말해야 한다.

다음 구절은 위의 구절과 연결해 놓았다면 더 좋았을 구절이다.

겸손하지 못한 것은 사리 분별이 모자란 것이다.

원래 구절은 다음과 같다.

거만한 말에는 변호의 여지가 없다.
겸손하지 못한 것은 사리 분별이 모자란 것이다.

하지만 겸손하지 못하다는 것에 대한 변명이 사리 분별이 모자람이 되어야 하지 않겠니? 다음 구절처럼 말이다.

거만한 말에는 한 가지 변명만 가능하니,
겸손하지 못한 것은 사리 분별이 모자란 탓이다.

어쨌든 이 점은 나보다도 현명한 사람들의 판단에 맡기기로 하자꾸나.

제임스 형이 〈뉴잉글랜드 커런트〉라는 신문을 발행하기 시작한 것은 1720년인가, 21년부터였다. 이 신문은 〈보스턴 회보〉 다음으로 미국에서 창간된 신문이다(이것은 프랭클린의 잘못된 기억으로 〈뉴잉글랜드 커런트〉는 1721년 8월 미국에서 네 번째로 발행된 신문이다. — 역자 주). 형이 신문을 발행하겠다고 했을

〈뉴잉글랜드 커런트〉의 1면

때 형의 친구들은 승산이 없다며 말렸다. 이미 발행되고 있
는 신문 하나면 충분하다는 게 그 이유였지. 하지만 1771년
인 지금 적어도 스물다섯 개 이상의 신문이 발행되고 있는
것을 보면 형은 앞을 내다봤던 것 같다. 어쨌든 형은 주위의
만류를 뿌리치고 신문 일을 시작했다. 그리고 나는 조판과
인쇄가 끝나는대로 거리로 나가 신문을 팔았다.

  형의 신문에는 일반 기사 외에도 다양한 주제의 짧은 글
들이 실렸는데, 그로 인해 형의 신문은 평판이 좋아졌고, 점
차 구독자도 늘어갔다. 원고는 형 친구 중 자신의 글이 신
문에 실리는 것을 좋아했던 똑똑한 지식인들이 맡았다. 그

들은 우리 인쇄소에 자주 들러 형과 대화를 나눴다. 간혹 자신들의 글에 대한 세상의 평을 자랑스레 얘기하곤 했다. 그런 모습을 지켜볼 때마다 나는 그들과 어울려 보고 싶었다. 하지만 스물도 되지 않았던 나는 그들과 어울리기에는 너무 어렸다. 무엇보다 내가 글을 썼다고 해도 내 글이라는 것을 형이 알면 신문에 실어 주지 않을 것이 뻔했다. 고민 끝에 필체를 바꾸고 익명으로 글을 쓴 후 밤에 인쇄소 문틈으로 몰래 밀어 넣기로 했다. 다음 날 원고는 무사히 형의 손에 들어갔다. 그리고 여느 때처럼 형의 친구들이 인쇄소에 들렀을 때 형이 그 원고를 그들에게 보여주는 것을 보게 되었다. 그들은 내가 있는 자리에서 아주 좋은 글이라고 칭찬을 했다. 심지어는 글을 쓴 사람이 학식 있고, 머리 좋은 사람일 거라고 하더구나. 그들은 저마다 이름만 들어도 알 만한 지식인의 이름을 거론했지. 나는 조마조마하면서도 속으로 쾌재를 불렀다. 지금 생각해 보면 그들이 정말 훌륭한 심사위원이었는지는 잘 모르겠다. 어쩌면 내가 생각했던 것만큼 뛰어난 평론가는 아니었을지도 모른다.

어쨌든 그 일로 인해 나는 글을 쓰는 데 큰 용기를 얻게 되었다. 몇 편의 글을 더 써서 똑같은 방법으로 인쇄소에 전달했지. 형 친구들에게 호의로 가득 찬 칭찬을 들은 것은 두말할 것도 없었다. 한동안 이 일은 나만의 비밀이었다. 하지

46

만 끝내 얕은 지식이 바닥나는 바람에 비밀을 털어놓지 않을 수 없었다.

형 친구들은 나를 다시 봤다며 인정해 주더구나. 그런데 어쩐 일인지 형은 그리 달가워하지 않았다. 훗날 우리 형제 사이가 벌어지기 시작했는데, 그때의 일도 계기로 작용했던 것 같구나. 형은 내가 너무 건방져질까 봐 염려했던 것 같다. 그는 나의 형이기도 했지만 앞서 고용주였기 때문에 내가 다른 고용인과 똑같이 일할 것을 기대했다. 하지만 나는 형이 내게만큼은 좀 더 관대하게 대해 주기를 원했다. 따라서 나는 형이 나를 지나치게 착취하고 있다고 생각했다. 이런 생각들은 우리를 자주 다투게 했고, 심지어는 아버지 앞에서까지 말다툼을 벌이게 했다. 그럴 때면 으레 아버지는 내 손을 들어 주셨다. 정확히는 모르겠지만 내 주장이 옳다고 여기셨든지 아니면 내가 말을 잘해서였든지 둘 중의 하나인 것은 분명하다.

그러나 형은 아버지의 결정에 굴복하지 않았다. 형은 불같은 성격의 소유자였다. 화를 잘 냈고, 가끔은 손찌검까지 했다. 난 폭력이 싫었다. 평생에 걸쳐 권력의 남용을 혐오한 것은 아마 형에게 가혹한 대우를 받았기 때문일 것이다. 그렇지 않아도 수습공 생활을 지겨워하고 있던 참이라 더욱 견디기 힘들었다. 그런저런 이유로 난 인쇄소를 그만둘 기회를 엿보기 시작했다. 그런데 기회는 생각지도 않은 곳에서 다가왔다.

어느 날 갑자기 형이 체포되고 말았던 것이다. 내용이 무엇이었는지 기억은 안 나지만 우리 신문 기사 중 정치에 관련된 글이 주(州) 의회의 미움을 산 모양이었다. 형은 의장의 명령으로 체포되어 조사를 받았고, 결국 감옥에 갇히고 말았다. 글을 쓴 필자의 이름을 밝히지 않는다는 이유에서였다. 나 역시 의회에 불려가서 조사를 받았다. 하지만 일개 수습공에게는 별로 흥미가 없었는지 만족할 만한 대답을 하지 않았는데도 훈계, 방면 조치를 받았다. 아마도 고용주의 비밀을 지키는 게 수습공으로서의 당연한 의무라고 생각했을 것이다.

어쨌든 그날부터 난 갇혀 있는 형을 대신해 신문사를 꾸려나갔다. 비록 형과 사이는 안 좋았지만 이런 당국의 처사에 참을 수가 없었다. 나는 보다 대담하게 의회와 정치인들을 비난하는 기사를 실었다. 형은 전과는 다르게 너그럽게 봐 주었다. 그렇다고 모두가 그랬던 것은 아니다. 어린 녀석이 남을 비방하는 재주가 뛰어나다는 등 곱지 않은 시선도 받았다.

형이 석방된 것은 꼭 한 달 만이었다. 그것도 '제임스 프랭클린은 더 이상 〈뉴잉글랜드 커런트〉를 발행할 수 없다'는 가당찮은 의회 판결을 받은 채로 말이다. 형과 그의 친구들은 인쇄소에 모여 이 난국을 어떻게 타개해나갈 것인지 의논했다. 신문의 이름을 바꾸자는 의견도 나왔다. 〈뉴잉글랜드 커런트〉를 발행할 수 없을 뿐이지 신문 자체를 발행해서는 안 된다는 판결이 아니었기 때문이었다. 하지만 형은 일종의 자존심 때문이었는지 여러 가지 이유를 들어 그 의견에 반대했다. 그들의 의견은 난항을 거듭했다. 그리고 결국 발행인을 바꾸기로 했다. '벤저민 프랭클린', 즉 내 이름으로 발행하자는 것으로 의견이 좁혀졌다. 하지만 문제가 있었

수습공 시절의 프랭클린

다. 내가 일개 수습공에 지나지 않는다는 것이었다. 수습공이 신문을 발행한다고 하면 의회의 문책을 피해가기 어려웠다. 신문 폐간을 바라는 의회에 꼬투리를 잡힐 수는 없었다.

그 때문에 형은 예전에 작성한 내 고용계약서 뒷면에 해고되었다는 기록을 첨부했다. 만약 의회에서 조사할 경우 현재 수습공이 아니라는 증거로 이 계약서를 보여주면 된다는 것이었다. 대신 지금까지와 마찬가지로 형의 노예로 일하기 위해 새로운 계약서에 서명해야만 했다. 물론 이 새 계약서는 외부에 절대 비밀이었다. 얄팍한 수법이었지만 즉시 실행되었고, 따라서 몇 달 동안 신문은 내 이름으로 발행되었다.

그러는 사이 형과 나는 다시 충돌하기 시작했다. 발단은 나였다. 새로운 계약서를 공공연하게 내놓을 수 없다는 형의 약점을 이용하여 자유를 주장했던 것이다. 물론 남의 약점을 이용하는 것은 치졸한 행동이다. 지금껏 내 일생 최대의 오점이라고 생각한다. 하지만 그때는 성미가 불같고 시때때로 폭력을 행사하는 형에게 분노를 느끼고 있었기 때문에 공정하지 않다는 건 안중에 없었다. 사실 제임스 형은 그렇게 고약한 사람은 아니었다. 만약 손찌검만 하지 않았다면 잘 지냈을지도 모르겠다. 어쩌면 그 손찌검도 내가 너무 건방지고 도전적이어서 형을 도발한 것일지도 모른다.

이유야 어떻든 나는 그만두기로 마음먹었다. 그런데 이를 눈치챈 형이 내가 다른 인쇄소에 들어가는 것을 막기 위해 인쇄소마다 찾아다니며 나를 채용하지 말라고 부탁했다. 결국 나는 보스턴에서 새 직장을 구할 수 없었다. 그렇다고 내 결심이 흔들리지는 않았다. 나는 다른 도시로 떠나기로 했다. 인쇄소가 있는 도시 중 가장 가까운 뉴욕으로 가기로 마음먹었다.

내가 보스턴을 떠나기로 한 데는 다른 이유도 있었다. 그것은 의회 때문이었다. 형 대신 신문을 발행하면서 의회의 눈 밖에 난 데다가, 비판을 수용하지 못하고 형을 감옥에 넣은 의회에는 미래가 없다고 생각한 것이다. 운이 좋아 다른 직장을 구한다고 하더라도 신문을 만들게 되면 또 다른 곤경에 빠질 게 뻔했다. 그뿐이 아니었다. 종종 종교적으로 치열한 논쟁을 한 덕분에 무신론자, 이단자라는 손가락질을 받던 참이었다. 이래저래 보스턴을 떠나고 싶은 마음뿐이었다.

하지만 아버지가 반대하셨다. 형의 편을 들어주신 것이다. 드러내놓고 떠날 준비를 했다가는 그대로 주저앉게 될 상황에 처하고 말았다. 그래서 나는 친구 콜린스의 도움을 받기로 했다. 그는 뉴욕행 범선의 선장을 만나 내가 그 배에 탈 수 있도록 주선했다. 물론 그 이유는 거짓으로 꾸며댔다. 내가 행실이 나쁜 여자의 꼬임에 넘어가 임신을 시켰고, 그것을 빌미로 여자 집안에서 강제로 결혼을 시키려고 하기 때문에 남몰래 도망가려고 한다고 말이다. 일은 성사되었고, 난 책을 팔아서 여비를 마련했다. 그리고 아무도 모르게 배에 올라 보스턴을 떠났다.

여행은 순조로웠다. 배는 순풍을 만났고, 덕분에 사흘 후 무사히 뉴욕에 닿았다. 그리하여 나는 아는 이도 없고, 추천장도 없이 돈 몇 푼을 쥔 채 집에서 3백 마일이나 떨어진 낯선 땅에 발을 딛게 되었다. 내 나이 열일곱 살 때의 일이다.

필라델피아에서의 새 출발

내가 선원이 되고 싶어 했다는 것은 이미 얘기했다. 그러나 이때쯤엔 바다를 향한 동경이 완전히 사라진 후였다. 그렇지 않았다면 보스턴을 떠남과 동시에 바다로 가버렸겠지. 어쨌든 뉴욕에 도착한 나는 나 자신이 꽤 괜찮은 기술자라고 생각하고 있었다. 그래서 도착하는 즉시 인쇄소를 찾아 나섰다. 처음 찾아간 곳은 윌리엄 브래드퍼드라는 노인이 운영하는 인쇄소였다. 그는 필라델피아 주 최초의 인쇄업자였는데, 동업자였던 조지라는 조카와 크게 싸운 후 결별하고 뉴욕으로 옮겨온 사람이었다. 내가 취직을 부탁하자 그는 '일은 없고 일하겠다는 사람은 많다'면서 채용할 수 없다고 했다. 내가 크게 낙담하자 그는 대신 이런 제안을 했다.

"필라델피아에 내 아들이 있는데, 아킬라 로즈라는 기술
자가 죽어서 일손이 크게 달리는 모양이더군. 그곳이라면
일자리를 구할 수 있을 걸세."

필라델피아는 뉴욕에서 1백 마일이나 떨어진 곳이다. 그
러나 선택의 여지가 없었다. 나는 그 길로 짐을 뒤의 배편에
맡긴 후 앰보이(뉴저지 항구 도시 — 역자 주)로 가는 작은 배에
올랐다.

그런데 뉴욕 만을 건너는 도중에 그만 돌풍을 만나고 말
았다. 오래되어 약해진 돛들은 갈가리 찢겨나갔고, 그 바람
에 내가 탄 배는 킬 해협으로 들어가지 못하고 롱 아일랜드
쪽으로 밀려갔다. 그 와중에 술에 만취한 네덜란드 사람 하
나가 바다로 떨어지는 일이 일어났다. 나는 급하게 손을 뻗
어 막 물에 가라앉으려고 하는 그 남자의 머리채를 휘어잡
아 간신히 배 위로 끌어올렸다. 물에 빠진 덕분에 술이 조금
이나마 깼는지 남자는 반쯤 뜬눈으로 주머니에서 책을 하나
꺼내더니 내게 말려 달라고 부탁했다. 그러고는 그대로 잠
이 들어 버렸다. 책은 예전부터 내가 즐겨 읽어온 존 버니언
의 《천로역정》이었다. 네덜란드어 판으로 고급 종이에 정
교한 인쇄, 게다가 동판 삽화가 수록되어 있었다. 또 제본은
그때까지 본 그 어떤 영어 판보다 훌륭했다. 유럽 대부분 나

라의 언어로 번역된 책이자 성경책 다음으로 많이 읽히는 책이라는 게 실감이 났다.

내가 알기로 존 버니언은 대화를 섞어 글을 쓴 최초의 작가다. 이런 서술 방식은 독자가 작품 속 인물들과 함께 이야기를 나누는 듯한 착각에 빠지게 하기 때문에 상당히 매력적이었다. 영국 작가 대니얼 디포는 ≪로빈슨 크루소≫와 ≪몰 플랜더스≫, ≪신성한 구혼≫, ≪가정교사≫ 등의 작품에서 버니언의 서술 방식을 채택하여 크게 성공을 거뒀고, 그것은 ≪파멜라≫의 리처드슨도 마찬가지였다.

다시 내 여정으로 돌아가자. 우리 배는 점점 이름 모를 섬에 가까워지고 있었는데, 도무지 배를 댈 만한 곳이 없었다. 하는 수 없이 바다에 닻을 내리고 섬 쪽으로 방향을 바꾸기 위해 회전을 했다. 마침 섬 해안에 있던 몇몇 사람이 우리를 향해 뭐라고 소리쳤다. 그러나 센 바람과 거친 파도 소리에 묻혀 전혀 알아들을 수 없었다. 우리는 물가에 조그마한 목선이 있는 것을 발견하고 그들에게 우리를 데려가 달라고 신호를 보냈다. 그러나 섬사람들은 우리가 보낸 신호의 뜻을 몰랐는지 아니면 이 파도에는 불가능하다고 생각해서였는지 그냥 가 버리고 말았다.

어느덧 밤이 찾아왔다. 우리가 할 수 있는 일이라고는 바다가 잔잔해지기를 기다리는 게 전부였다. 선원들과 나는

55

그동안만이라도 잠을 자 두기로 했다. 우리는 물에 빠졌던 아까 그 네덜란드 남자를 둘러메고 선창으로 갔다. 남자는 여전히 젖은 상태였다. 그런데 얼마 안 있어 배 위를 덮친 파도가 틈새로 떨어지면서 우리도 모두 흠뻑 젖어 버리고 말았다. 결국 우리는 한숨도 자지 못하고 뜬눈으로 밤을 지샜다. 다행히 다음날이 되자 바람이 멎었고, 바다도 잠잠해졌다. 우리는 서둘러 출발했고 덕분에 해가 지기 전에 앰보이에 도착할 수 있었다. 먹을 것도, 물도 없이 지저분한 럼주한 병으로 견디며 무려 서른 시간을 짜디짠 바다 위에서 보낸 것이다.

밤이 되자 나는 열이 나기 시작했다. 전에 냉수를 많이 마시면 열이 내려간다는 말을 어디선가 읽었던 기억이 나더구나. 그대로 했지. 그리고 밤새 땀을 엄청 흘렸고, 우연이었는지 정말 냉수 덕분이었는지 아침이 되자 열이 떨어졌다. 나는 곧바로 나루를 건너 필라델피아로 가는 배편이 있다는 벌링턴을 향해 걸어갔다. 그곳까지는 50마일 정도 되었다.

그날은 온종일 비가 내렸다. 나는 그 비를 다 맞고 걸었기 때문에 오후가 되기도 전에 지쳐 버리고 말았다. 하는 수 없이 허름한 여인숙 하나를 잡아 몸을 뉘었다. 상황이 이렇게 되자 대책 없이 집을 떠난 게 후회되기 시작했다. 고단한 몸도 몸이었지만 무엇보다 참을 수 없었던 것은 나를 보는 사람들의 시선이었다. 풍랑을 만났던 탓에 옷차림이며 몰 골이 말이 아니었기 때문이었겠지만, 어쨌든 사람들은 나를 도망친 노예쯤으로 생각하는 것 같았다. 이것저것 캐묻는 것은 물론이고 심지어 체포당할 뻔한 적도 있었다. 그러나 여행을 그만둘 수는 없었다.

다음날이 되자 나는 곧바로 길을 떠났다. 그리고 한결 가 벼워진 몸으로 부지런히 걸었다. 덕분에 저녁에는 벌링턴을 고작 8에서 9마일 정도 남겨두게 되었다. 그날 밤 나는 브라 운이라는 의사가 경영하는 여관에서 묵었다.

내가 간단하게 요기를 하고 있는데 브라운 씨가 말을 걸 어왔다. 이런저런 이야기를 나누는 동안 내가 글줄이나 읽 었다는 것을 눈치챈 그는 말이 통하는 친구와 만났다는 듯 이 다정하게 대해 주더구나. 그때의 인연으로 나는 그가 죽 을 때까지 연락을 하고 지냈단다. 그는 영국 말고도 유럽 어 느 나라에 대해서든 모르는 게 없었다. 짐작하건대 순회 의 사가 아니었을까 싶다. 그는 머리가 좋았고, 문학적 소양도 비교적 풍부했다. 한 가지 아쉬운 점이 있다면, 그가 무신론 자라는 것이었다. 몇 년 후 그는 코튼(1603~1687년; 영국의 시인 — 역자 주)이 베르길리우스(로마의 시인 — 역자 주)의 작품을 우 스꽝스러운 시로 고친 것처럼 성경을 시로 개작하려는 엉뚱한 짓을 하기도 했다. 이렇듯 그는 사물을 여러 방면에서 남과는 다른, 그러나 말도 안 되는 시각으로 바라보곤 했다. 그의 작품들이 출판되지 않았기에 망정이지 만에 하나 세상에 나왔더라면 우유부단한 사람들에게 해악을 끼쳤을 게 분명하다.

하여튼 그날 난 오래간만에 많은 대화를 한 후 편히 잠이 들었고, 날이 밝는 대로 출발해서 마침내 벌링턴에 도착했다. 그러나 그날 안으로 필라델피아에 도착할 것이라던 내 기대는 산산이 부서졌다. 정기선이 조금 전에 떠나 버렸던 것이다. 게다가 다음 주 화요일까지는 배가 없다고 했다. 그날이 토요일이었으니 무려 나흘을 꼼짝없이 그곳에서 머무르게 된 것이었다. 크게 낙담한 나는 다시 시내로 들어갔다. 나는 항구로 가기 전에 배에서 먹으려고 어느 할머니가 파는 생강 빵을 샀는데, 갈 곳도 없고 해서 그 할머니에게 가서 하소연했다. 할머니는 친절하게도 다음 배가 올 때까지 자신의 집에서 머무르라고 하셨다. 새벽부터 걷느라고 피곤했던 나는 두말하지 않고 승낙했다. 이런저런 얘기 끝에 내가 인쇄공이라는 것을 알게 된 할머니는 굳이 필라델피아에 가지 말고 이 마을에서 인쇄소를 차리는 게 어떠냐고 하셨다. 인쇄소를 차리는 데 엄청난 비용이 들어간다는 것을 모르셨기 때문에 하신 소리였다. 어쨌든 할머니는 그날 저녁 맥주

한 병값밖에 드리지 못했는데도 쇠고기 요리까지 곁들인 근사한 식사를 내주셨단다.

저녁을 마친 후 강변으로 산책을 갔다. 그런데 뜻하지 않은 행운과 마주쳤다. 필라델피아로 떠나는 작은 배를 발견한 것이지. 나는 화요일까지 머무르려던 계획을 접고 곧바로 선주의 승낙을 얻어 그 배에 올랐다. 바람이 없어서 배에 탄 대부분의 사람이 계속 노를 저어야 했지만 필라델피아로 갈 수 있다는 생각에 힘들지 않았단다. 그런데 어쩐 일인지 자정이 넘도록 항구가 보이지 않았다. 대부분의 사람은 그곳이 어디인지 알지 못했는데, 그중 몇몇이 항구를 지나친 것 같다고 했다. 결국 우리는 노 젓기를 그만두고 뱃머리를 돌려 수로로 들어갔다. 그러고는 낡은 울타리가 늘어선 곳에 배를 댔다. 때는 10월이었다. 한뎃잠을 자기에는 추운 밤이었다. 우리는 울타리를 헐어 모닥불을 피우고 동이 트기를 기다렸다. 날이 밝은 후에야 우리가 있는 곳을 알게 되었다. 한 사람이 필라델피아를 조금 지나쳤다면서 쿠퍼 강 지류 어디라고 말하더구나. 그 말은 사실이었다. 지류를 벗어나자마자 저만치에 필라델피아가 보였던 것이다. 그리고 드디어 필라델피아 시장에 붙은 항구에 발을 디딜 수 있었다. 일요일 아침 8, 9시 무렵이었다.

지금까지 집을 떠나 필라델피아에 도착하기까지의 여정

에 대해 비교적 자세히 얘기했다. 이제부터는 도착한 이후에 있었던 일에 관해 얘기하려고 한다. 아마 다 듣게 되면 내가 얼마나 초라하게 출발해서 큰 것을 이뤄냈는지 알게 될 것이다.

뉴욕에서 필라델피아로 올 때 난 가방 하나 들고 있지 않았다. 집을 나올 때 챙겨온 가방은 뉴욕을 떠날 때 다른 배편으로 부쳤다. 그 때문에 갈아입을 옷도 없었다. 출발할 때 입은 작업복은 두 번의 험난한 항해로 이미 엉망이 되었고, 주머니는 갈아 신고 쑤셔 넣은 양말들로 보기 흉하게 불룩해져 있었다. 아는 사람도 없었고, 잘 곳도 없었다. 어느 집에서 하숙을 놓은지도 알 수 없었다. 며칠을 걸은 데다가 전날 노를 저었고, 게다가 노숙을 한 탓에 온몸은 지칠 대로 지쳐 있었지만, 내가 가진 돈이라고는 고작 1달러짜리 네덜란드 지폐 하나와 1실링짜리 동전 하나가 전부였다. 그나마 동전은 뱃삯으로 내준 후였다. 사실 배 주인은 뱃삯을 받지 않으려 했다. 하지만 난 고집을 부려 기어코 주고야 말았다. 무릇 사람이란 많이 가졌을 때보다 넉넉하지 않을 때 씀씀이가 후한 법이다. 아마도 빈털터리라는 것을 들키고 싶지 않다는 허영심 때문일 것이다.

나는 사람들과 인사를 한 후 길을 따라 걸어 올라갔다. 두리번거리며 시장 근처까지 왔을 때였다. 빵을 들고 가는

한 아이를 보게 되게 되었지. 난 어린 시절부터 빵으로 끼니
를 때운 적이 많았다. 때문에 곧장 아이에게 다가가 그 빵을
어디에서 샀냐고 물었다. 난 아이가 가르쳐준 대로 2번가에
있는 빵집으로 달려갔다. 공부하기 위해 인쇄소에서 점심을
혼자 해결하던 시절 늘 먹던 비스킷을 사려고 했지만 그곳
엔 없었다. 그래서 3페니짜리 빵을 달라고 했는데 그나마도
없다고 했다. 3펜스짜리도 없다고 했다. 별수 없이 3펜스어
치만큼 아무 빵이나 달라고 했다. 그러자 빵집 주인은 커다
란 빵 세 덩어리를 안겨 주더구나. 당시 필라델피아의 물가
는 보스턴보다 쌌던 것이다. 물가 차이를 알지 못해 생긴 해
프닝이었다. 난 양이 많아서 놀라긴 했지만 셈을 치르고 빵
을 모두 샀단다. 주머니엔 양말이 가득했기 때문에 하는 수
없이 양팔에 하나씩 끼고 나머지 하나를 뜯어 먹으면서 걸
었다. 그런 상태로 시장을 지나 4번가까지 갔다. 그때 훗날
내 장인이 된 리드 씨의 집 앞을 지나게 되었지.

　나중에 들은 얘기지만 그날 미래의 아내가 내 모습을 보
았다더구나. 훗날 아내는 그때의 내 모습이 정말이지 우습
고 이상한 몰골이었다고 말했다. 나는 빵을 뜯어 먹으면서
한참을 돌아다녔다. 이리저리 돌아다니다 보니 어느새 다시
시장 거리에 붙은 항구에 와 있었다. 내가 타고 온 배는 아
직도 항구에 정박해 있었다. 나는 그 배 곁으로 가서 강물을

떠다가 한 모금 마셨다. 그런 다음 들고 있던 빵 두 덩어리를 함께 배를 타고 왔던 여자와 그녀의 아이에게 주었다. 그들은 갈아탈 배를 기다리던 중이었다.

오래전부터 소식을 해왔기 때문에 빵 한 덩어리만으로 배가 불렀던 나는 다시 기운을 차린 후 거리를 거슬러 올라갔다. 그런데 말쑥하게 차려입은 사람들이 한 방향으로 몰려가고 있었다. 나도 아무 생각 없이 그들을 따라갔다. 그들이 간 곳은 시장 근처에 있던 퀘이커교(1647년에 영국에서 창시한 개신교의 한 교파)의 교회였다. 나는 그들 틈에 앉아 잠깐 주위를 둘러보았다. 그들은 모두 아무 소리도 내지 않고 기도에 열중하고 있었다(퀘이커 교도들은 신의 음성을 듣기 위해 침묵 속에서 예배를 본다. ― 역자 주).

얼마 동안 조용한 가운데 가만히 있자니 전날의 수면 부족과 그때까지의 피로가 한꺼번에 엄습해왔다. 결국 참지 못하고 잠이 들어 버리고 말았다. 누군가 친절하게 깨워 줄 때까지 세상모르고 잤다. 눈을 떴을 때 예배가 끝나서 모두 돌아간 후였다. 이렇게 해서 그 교회는 필라델피아에서 처음으로 방문한, 또 처음으로 잠을 잔 곳이 되고 말았다.

교회를 나와 다시 강 쪽으로 가면서 두리번거리며 사람들의 인상을 살펴보았다. 그러다 '세 명의 뱃사람'이라는 간판이 저만치 보이는 곳에서 인상이 좋아 보이는 젊은 퀘이커 교도를 만났다. 나는 그에게 다가가 이곳에 처음 왔는데 타지 사람이 머물 만한 곳이 있으면 알려 달라고 했다. 그는 인상만큼이나 친절한 사람이었다. 그는 그 간판을 가리키며 "저곳도 그런 곳이지만 평판이 좋지 않습니다. 좀 더 나은 곳을 알려드릴 테니 저를 따라오십시오."라고 했다. 그가 데려간 곳은 워터가에 있는 '구부러진 지팡이'란 이름의 조그만 여인숙이었다. 나는 방을 하나 부탁하고 점심을 먹었다. 그런데 식사를 하는 동안 따가운 시선을 느껴야 했다. 급기야 그곳에 있는 몇몇이 내게 이것저것 물어대기 시작했다. 아마 어디에서 도망친 게 틀림없다고 여기는 듯했다. 하기야 어린 나이에 그런 몰골로 갑자기 나타났으니 그런 의심을 하지 않는 게 오히려 이상할지도 모르겠다. 점심을 마치자마자 다시 잠이 쏟아졌다. 나는 주인에게 방을 안내받은 후 옷도 벗지 않은 채 그대로 잠에 곯아떨어졌다. 저녁 6시에 저녁을 먹으라고 깨우는 바람에 잠깐 일어나 식사한 것을 제외하고는 다음 날 아침까지 실컷 잤다.

아침이 되자 가능한 한 깨끗하게 옷을 입고 필라델피아에 온 목적을 이루기 위해 뉴욕에서 소개받은 '앤드류 브래드퍼드 인쇄소'를 찾아갔다. 그런데 그곳에서 난 뜻밖의 인물을 만났다. 바로 내게 이곳을 소개해준 브래드퍼드 노인이었다. 그는 말을 타고 육지로 왔다고 했다. 황당하기는 했

빵을 먹으며 거리를 걷고 있는 프랭클린

지만 노인이 나를 자신의 아들에게 소개해 줘서 훨씬 일이 수월하게 진행되는 듯했다.

아들은 정중했고, 아침 식사까지 대접해 주었다. 그러나 안타깝게도 일자리는 줄 수가 없다고 했다. 내가 오기 전에 이미 사람을 구했다는 것이었다. 대신 근방에 키머라는 사람이 새로 개업한 인쇄소가 있으니 그곳에 가면 일자리가 있을지도 모른다고 알려 주었다. 그리고 만약 그곳에서도 거절당하면 자신의 집에서 하숙하며 지내라고 했다. 게다가 일자리를 구할 때까지 작게나마 일거리를 마련해 주겠다고 도 했다.

아버지 브래드퍼드 씨는 키머 씨의 인쇄소까지 나를 데

64

려다주었다. 그뿐 아니었다. 키머 씨를 만나자마자 다짜고
짜 "안녕하시오? 인쇄소를 열었다기에 사람이 필요할 것 같
아서 괜찮은 기술자 한 명 데리고 왔는데, 어떠시오?" 하며
나를 소개해주었다. 키머 씨는 내게 몇 가지 질문을 한 후
식자용 스틱을 내주며 해 보라고 했다. 그는 내가 하는 양을
세세히 살펴보더니 이내 "지금 당장은 일이 없지만, 그래도
고용하겠네."라고 하면서 흔쾌히 승낙했다.

　키머 씨와 브래드퍼드 씨는 서로 초면이었다. 특히 키머
씨는 브래드퍼드 씨가 자신에게 호의를 가진 마음 좋은 노
인으로 여겼는지 사업 계획과 장래에 대해 늘어놓기 시작
했고, 브래드퍼드 씨는 인쇄업계에서 거물이 되겠다는 키머
씨의 야심 찬 계획을 인자한 얼굴로 듣기만 했다. 간혹 교묘
한 질문을 던지기도 하고 동조도 해가면서 말이다. 물론 그
는 자신이 인쇄업자라는 사실을 밝히지 않았다. 상대가 자
신의 얘기에 관심을 보이자 키머 씨는 신이 나서 자금원이
며 앞으로 어떻게 사업을 진행할 것인지에 대한 얘기까지
하고 말았다. 옆에서 그 모습을 보고 있자니 한 사람은 노련
하고 교활한 궤변가이고, 또 한 사람은 완전히 풋내기라는
것을 알 수 있었다. 브래드퍼드 씨가 간 후 그가 뉴욕에서
제법 큰 인쇄소를 하는 사업가라는 것을 알려 주자 짐작한
대로 키머 씨는 깜짝 놀라더구나.

키머 씨의 인쇄소에는 낡은 인쇄기와 닳아빠진 활자 한 벌 말고는 아무것도 없었다. 그때 키머 씨는 얼마 전에 죽은 아킬라 로즈를 추모하는 애도의 시를 직접 조판하고 있었다. 아킬라 로즈는 앞서서도 얘기했듯이 앤드류 브래드퍼드 씨의 인쇄소에서 일하던 기술자였는데, 키머 씨 말로는 주의회에서 서기로 일했을 정도로 총명한 데다가 인품이 뛰어나서 이 마을에서 제법 인정을 받던 젊은이였다고 했다. 또 뛰어난 시인이었다고도 칭찬했다. 키머 씨는 시를 쓰기는 했는데 재능이 있다고는 할 수 없었다. 아니, 시라고 하기에도 민망한 것들이었다.

그도 그럴 것이 머릿속에 떠오르는 그대로 조판을 하고 있었다. 애초에 원고가 없었다. 어쨌든 달랑 하나 있는 활자로 애도의 시를 조판하고 있었기 때문에 돕고 싶어도 도울 수가 없었다. 그래서 나는 인쇄기를 정비해서 금방이라도 사용할 수 있게 준비했다. 키머 씨는 그때까지 인쇄기를 단 한 번도 작동하지 않았다고 했다. 아니, 그 사용법도 모르고 있었다. 그래서 나는 그의 작업이 끝나는 대로 다시 와서 인쇄를 돕겠다고 말한 뒤 브래드퍼드 씨 댁으로 갔다.

그날부터 나는 그 집에서 숙식을 해결하게 되었다. 브래드퍼드 씨는 약속대로 당장 할 수 있는 자잘한 일을 내주었다. 며칠 뒤 키머 씨에게 조판이 끝났다는 연락이 왔다. 그

당시의 인쇄소 풍경

동안 활자도 한 벌 더 준비되어 있었다. 나는 먼저 키머 씨의 시를 인쇄했고, 새로 마련된 활자로는 팸플릿 일을 했다.

사실 이제 와 하는 말이지만, 브래드퍼드 씨나 키머 씨나 인쇄업을 하기에는 자질이 부족했다. 일단 브래드퍼드 씨는 인쇄 기술을 정식으로 배운 사람이 아니어서 아는 게 거의 없었다. 게다가 일자무식이었다. 반면 키머 씨는 문맹은 아니었다. 하지만 일에 관해서 할 줄 아는 건 식자밖에 없었다. 인쇄 작업에 대해서는 아무것도 몰랐다. 그는 원래 프랑스 예언자(프랑스 남부에서 발생한 광신적인 신교도의 한 종파 — 역자 주)의 신도였다는데, 그때쯤에는 특정 종교에 매여 있지 않았다. 때에 따라서 여러 개 중 하나를 선택해 이용했다.

세상 돌아가는 일에도 도통 관심이 없었다. 또 지내다 보니 어딘지 악한 구석도 있었다.

한편 키머 씨는 내가 브래드퍼드 씨 댁에서 지내는 것을 탐탁해 하지 않았다. 그렇다고 키머 씨와 함께 살 수도 없었다. 집은 있었지만 세간이 없었던 것이다. 결국 그는 리드 씨 댁에서 하숙하도록 주선해 주었다. 바로 앞에서도 말했듯이 미래에 내 장인이 되신 분 말이다. 어쨌든 그때는 다른 배에 실었던 내 짐이 도착해 있었기 때문에 처음 빵을 뜯어먹으며 거리를 활보하던 부랑자 같은 모습은 하지 않을 수 있었다. 적어도 내 첫인상보다는 훨씬 나았을 것이다.

비로소 새 생활이 시작되었다. 얼마 지나지 않아서 책을 좋아하는 내 또래의 마을 젊은이들도 알게 되었고, 그들과 어울려 즐거운 저녁 시간을 보내곤 했다. 일도 열심히 했다. 부지런하고 검소하게 생활한 덕에 난 꽤 많은 돈을 모으게 되었다. 난 내 생활에 더없이 만족하고 있었다. 보스턴은 잊어버리려고 애썼다. 물론 가족이나 그 누구에게도 내 소식을 알리지 않았다. 내 가출을 도와줬던 친구 콜린스에게는 편지를 보내 소식을 전했지만, 그는 내 비밀을 지켜 주었다. 하지만 세상엔 비밀이 없었다. 뜻밖에도 발신인이 로버츠 홈즈라고 된 편지를 받게 된 것이다. 보스턴과 델라웨어를 오가던 무역선의 선장이었던 로버츠 홈즈는 내 누이의 남편, 즉 매형이었다. 그는 필라델피아에서 40마일 떨어진 뉴캐슬에 머물다가 바로 그곳에서 내 소문을 들었다고 했다. 편지의 내용은 한마디로 집으로 돌아오라는 것이었다. 갑자기 내가 사라져 버려서 보스턴에 있는 가족들과 친구들이 무척 걱정하고 있다고 했다. 모두 나를 사랑하고 있다는 말도 잊지 않았다. 돌아가기만 한다면 모든 일이 내 뜻대로 될 것이라고도 했다. 그는 내가 무슨 잘못을 해서 도망친 거라고 생각한 모양이었다. 나는 곧바로 답장을 썼다. 충고에 감사한다고 말이다. 그리고 내가 보스턴을 떠나야 했던 이유를 자세히 설명해서 오해를 풀어 주려 했다.

난 편지를 뉴캐슬에 있던 홈즈 매형에게 보냈다. 그런데 편지가 배달되었을 때 그는 마침 펜실베이니아주지사 윌리엄 키드(1717년에서 1726년까지 펜실베이니아주지사를 지낸 정치가 ― 역자 주) 경과 함께 있었다. 매형은 그에게 내 얘기를 하면서 편지까지 보여주었고, 키드 경은 내 나이를 매형에게 듣고는 깜짝 놀라면서 "이런 유망한 젊은이는 격려해 줘야 하네. 필라델피아에 있는 인쇄업자들치고 괜찮은 자가 없지 않은가. 이런 젊은이가 인쇄업을 하면 틀림없이 성공하게 될 걸세. 정말이지 개업을 한다면 내가 정부 일을 맡기는 것은 물론이고 힘닿는 데까지 도와주겠네."라고 말했다고 한다. 그때 일은 나중에 보스턴에서 매형에게 직접 들은 후에야 알게 된 것이다. 그 전까지는 짐작도 하지 못했지. 그러니 갑자기 나를 찾아온 신사들을 보고 놀랄 수밖에 없었다.

어느 날이었다. 내가 키머 씨와 함께 창가에서 일을 하고 있는데, 잘 차려입은 주지사와 또 한 명의 신사 ― 프렌치 대령이라는 것은 나중에 알았다 ― 가 우리 인쇄소를 향해 곧바로 오고 있는 게 보였다. 곧이어 문을 두드리는 소리가 났다. 키머 씨는 자신을 찾아온 손님인 줄 알고 재빠르게 뛰어나 갔다. 하지만 그들은 나를 찾았고, 어리둥절해 하는 내게 다가오더니 지금껏 한 번도 본 적 없는 겸손하고 정중한 태도로 나의 칭찬을 했고, 앞으로 나와 잘 지내고 싶다고 했다.

인사가 대충 끝나자 그들은 내게 술집에 가자고 했다. 그들은 마침 고급 마데이라(백포도주의 일종 ― 역자 주)를 한잔하러 가는 길이라고 했다. 난 이 모든 상황이 놀랍기만 했다. 키머 씨 역시 독약을 마신 돼지처럼 눈을 휘둥그렇게 뜨고 그들과 나를 번갈아 봤다. 아무튼 나는 그들에게 이끌려 3번 가 모퉁이에 있는 술집으로 갔다.

그곳에서 나는 놀라운 얘기를 들었다. 주지사가 마데이라를 마시면서 내게 인쇄소를 차려 보라고 권했던 것이다. 그러고는 성공할 수밖에 없는 여러 가지 이유를 늘어놓았다. 게다가 프렌치 대령과 자신이 주 정부의 일을 맡아서 할 수 있도록 도와주겠다고 했다. 그러나 개업을 하자면 아버지의 도움을 받아야 했는데 아버지가 허락하실 리 없었다. 내가 그런 이유로 망설이자 주지사는 자신이 아버지 앞으로 직접 편지를 써서 이 사업으로 생기는 이익을 설명하면 반대하시지 않을 거라고 했다. 결국 그날 나는 주지사가 편지를 써 주면 그것을 들고 보스턴으로 가서 허락을 받겠다고 약속했다. 그들과 헤어진 나는 인쇄소로 돌아와 하던 일을 계속했다. 그리고 누구에게도 그들과 나눈 이야기를 하지 않았다. 그 일이 있고 난 후 주지사는 고맙게도 가끔 나를 식사에 초대해 주었다. 나는 그것을 영광으로 생각했다. 주지사는 아주 친절하고 다정한 사람이었다. 언제나 허물없이 우정에 찬 어조로 많은 이야기를 들려주곤 했다.

달콤한 유혹

1724년 4월 말, 드디어 나는 보스턴으로 가는 작은 배에 올랐다. 그 전에 친구들을 만나러 간다는 거짓말로 키머 씨에게 허락을 받아냈다. 주지사는 약속대로 아버지께 보내는 편지를 써 주었는데, 거기에는 나를 칭찬하는 말들이 가득했다. 물론 필라델피아에서 인쇄업을 하면 분명히 성공하게 될 것이라는 설득의 말도 빼놓지 않았다.

그런데 내가 탄 배가 만을 따라 내려가던 도중에 모래톱에 부딪히면서 바닥이 뚫어지는 사고가 나고 말았다. 때문에 배에 탄 사람들은 너나 할 것 없이 배 안으로 고여드는 물을 퍼내느라고 고생을 해야만 했다. 사람들은 조를 짜서 교

72

대로 물을 퍼냈다. 덕분에 2주 만에 무사히 보스턴에 도착할 수 있었다. 집을 떠난 지 일곱 달 만의 일이었다.

그동안 내 소식에 대해 아는 것이 아무것도 없었던 친구들은 나의 출현에 무척 놀랐다. 홈즈 매형이 아직 돌아오지 않은 탓이었다. 그래서 내가 주지사의 지원을 받게 될 것이라는 사실은 고사하고 필라델피아에서 살고 있다는 것도 모르고 있었다. 놀라기는 가족들도 마찬가지였다. 하지만 모두 기쁜 마음으로 따뜻하게 맞아줬다. 제임스 형만 제외하고.

나는 형을 만나기 위해 인쇄소에 찾아갔다. 난 떠나기 전과는 비교도 되지 않을 만큼 근사하게 차려입고 갔다. 점잖은 색상의 새 양복을 잘 차려입은 데다가 번쩍이는 손목시계까지 차고 있었다. 또 주머니에는 5파운드나 되는 은화들이 들어 있었다. 하지만 형은 나를 보고도 본체만체했다. 아래위로 훑어보고는 그대로 고개를 돌려 버렸다.

하지만 함께 일했던 직공들은 놀라움을 감추지 못하고 질문을 퍼부어댔다. 지금 어디에서 살고 있는지, 그곳은 어떤지, 마음에는 드는지 등등 그들의 호기심은 끝이 없었다. 나는 우쭐한 마음에 필라델피아 자랑을 늘어놓기 시작했다. 그곳은 정말 살기 좋은 곳이고, 지금 더없이 행복하며, 다시 돌아갈 것이라고 떠벌렸다. 그렇게 떠들어 대던 중에 누군가가 그곳에서는 어떤 화폐를 사용하는지를 물었다. 나는 주머니에 있던 은화를 한 움큼 집어서 탁자 위에 호기롭게 늘어놓았다. 당시 보스턴에서는 지폐만 사용하고 있었기 때문에 그들에게 은화는 신기한 구경거리가 되었다. 나는 내친김에 손목시계까지 풀어서 보여주었다. 내가 직공들과 한데 몰려서 그러고 있는 사이 형은 여전히 뿌루퉁하게 골이 난 표정으로 저만치에서 일에만 열중하고 있었다. 나는 마지막으로 나중에 술이나 한잔하라며 스페인 달러를 그들에게 주고 나왔다. 그런데 이 일이 내 의도와는 달리 형의 화를 돋운 결과를 낳고 말았다. 그 일이 있은 지 얼마 지나지 않아 어머니는 나와 형을 불러다 놓고는 "너희들이 앞으로는 의좋게 지내는 것이 내 소원이다."라고 하셨다. 그러자 형은 버럭 화를 내며 내가 인쇄소에 찾아와 직공들이 보는 앞에서 자신을 무시했는데, 그 일을 절대 잊을 수도, 용서할 수도 없다고 했다. 그제야 거들먹거린 내 행동 때문에 형이 화가 났다는 것을 알게 되었다. 하지만 형을 모욕하려고 그랬던 것은 아니다. 그 점은 절대로 형의 오해였다.

한편 아버지는 주지사가 보낸 편지를 보시고는 무척 놀라신 것 같았다. 하지만 며칠이 지나도록 아무 말도 하지 않으셨다. 그러는 사이 뉴캐슬에 있던 홈즈 매형이 돌아왔고, 아버지는 매형에게 키드 지사가 어떤 사람인지, 매형과는 어떤 관계인지 등 여러 가지를 물어보셨다. 그러고는 말끝에 성인이 되려면 3년이나 있어야 하는 아이에게 사업을 하라는 등 부추기는 걸 보면 신중한 사람은 아닌 것 같다는 말씀을 덧붙이셨다. 홈즈 매형은 이번 일이 성사되는 쪽으로 설득했지만 아버지의 마음을 돌리기에는 역부족이었다. 결국 제안을 거절하셨고, 정중한 어조로 주지사에게 보낼 답장을 쓰셨다. 편지에는 "부족한 제 아들에게 친절을 베풀어주셔서 감사드립니다. 하지만 막대한 자금이 들어가는 큰 사업을 맡아 경영하기에 제 아들은 아직 어리다고 생각합니다. 따라서 귀하의 제안을 정중히 거절합니다."라고 쓰여 있었다.

그 와중에도 나는 나와 비밀을 나누던 친구인 콜린스를 만나 그동안 겪었던 일이며 어떻게 지내고 있는지 말해주었다. 그때 콜린스는 우체국 사무원으로 일하고 있었는데, 내이야기를 듣고는 자신도 필라델피아로 가겠다고 했다. 그러더니 내가 아버지의 결정을 기다리고 있는 사이 육로를 이용해 로드아일랜드를 향해 먼저 출발하고 말았다. 그는 출발할 때 그간 모아왔던 수학과 과학 분야의 많은 책을 내게 부탁했다. 자기 대신 뉴욕으로 가져와 달라는 것이었다. 그래서 나는 집에 남겨 뒀던 내 책과 그의 책들을 모두 뉴욕으로 가지고 가기로 했다.

드디어 뉴욕으로 돌아가는 날이 되었다. 아버지는 주지
사의 제안을 거절하셨지만, 어린 자식이 타지에서 명사의
총애를 받고 있다는 사실에 흐뭇해하셨다. 짧은 시간에 당
당히 자립한 것 역시 내가 부지런하고 신중하게 행동했기
때문이라고 생각하셨다. 그리고 제임스 형과 내가 화해하는
게 불가능하다고 여기신 것 같았다. 어쨌든 이런저런 이유
로 해서 아버지는 내가 필라델피아로 돌아가는 것을 허락하
셨다. 이런 당부도 하셨다.

"사람들 앞에서는 항상 공손하게 행동하고, 매사에 신중
해서 존경을 받을 수 있도록 해라. 또 너 자신은 돌아보지도
않고 남의 잘못만 들춰내거나 비꼬는 것은 삼가야 한다. 그
리고 지금처럼만 열심히 일하고 절약한다면 스물한 살이 되
었을 때는 사업 밑천을 마련할 수 있을 게다. 그렇게 하고도
모자란다면 그때는 두말하지 않고 도와주마."

이것이 내가 애정의 표시로 받은 조그만 물건을 제외하
고 부모님께 받은 유일한 선물이었다. 그리고 지난번과는
다르게 부모님의 동의와 축복을 받으며 떠날 수 있었다.

배가 로드아일랜드의 뉴포트에 기항했을 때 나는 결혼한
후 수년 동안 그곳에서 살고 있던 존(조사이어와 어바이어 사이
에서 태어난 맏아들 — 역자 주) 형을 찾아갔다. 제임스 형과는 달
리 존 형은 언제나 내게 잘해 주었다. 그때도 형은 언제나처

럼 따뜻하게 맞아 주었다. 형에게는 버논이란 친구가 있었는데, 그는 내가 필라델피아로 간다고 하자 부탁을 하나 했다. 자신이 펜실베이니아의 어떤 사람에게 35파운드를 빌려줬는데, 나보고 대신 돈을 받아달라면서 지불 명령서를 써준 것이었다. 그는 당장은 그것을 맡아두고 있다가 연락을 하면 보내 달라고 했다. 결국 이 일로 인해 나는 큰 곤욕을 치르게 된다.

우리 배는 뉴포트를 떠날 때 새로운 손님을 받았다. 그들은 모두 뉴욕이 목적지였다. 그중에는 시종까지 거느린 점잖고 품위 있는 퀘이커 교도 부인도 있었다. 그런데 우연히 그 부인의 잔심부름을 하게 되었고, 덕분에 부인은 내게 친절하게 대해 주었다. 나를 괜찮게 본 모양이었다. 한편 새로운 얼굴 중에는 친구 사이인 듯한 두 명의 젊은 여자도 있었다. 젊은 사람들이 많지 않았기 때문인지 그녀들은 내게 접근해왔고, 우리는 점점 가까워졌다. 그러자 이를 지켜보던 부인이 어느 날 조용히 나를 부르더니 이런 말을 했다.

"젊은 양반, 보아하니 일행도 없고 세상 물정도 잘 모르는 것 같군요. 보통 그런 사람들이 함정에 빠지기 쉬운 법이지요. 조금 걱정이 돼서 하는 말인데, 내가 보기에 저 여자들은 질이 좋지 않아요. 당신은 잘 모르겠지만 난 행동하는 것만 봐도 금방 알 수 있지요. 분명 당신을 위험에 빠뜨릴 거예요. 게다가 처음 보는 사람들이잖아요. 진심으로 당신을 걱정해서 하는 말이니 오해하지 않았으면 좋겠군요. 다시 한 번 말하지만 저 여자들과는 친하게 지내지 않으시는 게 좋을 거예요."

그리고 부인은 자신이 직접 본 것과 다른 사람에게 들은 것을 예로 들어가며 나를 설득했다. 나는 부인의 말을 듣고도 처음에는 젊은 여자들이 질이 나쁘다고는 생각하지 않았다. 하지만 점점 부인의 말을 믿게 되었다. 그래서 부인에게 고맙다는 말을 하고 충고에 따르겠다고 약속했다. 뉴욕에 배가 닿자 여자들은 내게 놀러 오라며 주소를 써주었지만 나는 가지 않았다. 결과적으로 그것은 잘한 일이었다. 이튿날 선장의 방에서 은수저 한 벌과 몇 가지 물건이 없어졌는데, 범인으로 그 여자들이 지목되었던 것이다. 선장은 그녀들이 매춘부라고 밝힌 후 가택 수색 영장을 받아 그 여자들의 집을 수색했다. 그리고 도난당한 물건을 찾아냈다. 범인들이 그에 합당한 벌을 받았음은 말할 것도 없었다. 어쨌든 그 일을 겪으면서 나는 안도의 한숨을 내쉬었다. 항해 도중 암초에 걸릴 뻔했던 것보다 그 여자들에게 엮이지 않은 것이 더 다행스러웠을 정도였으니까 말이다.

나는 뉴욕에 도착하자마자 콜린스를 찾았다. 그는 며칠 전에 도착했다고 했다. 앞에서도 말했지만, 콜린스와 나는 어릴 때부터 둘도 없는 친구였다. 보스턴에 있던 시절 나는 대부분 시간을 그와 보냈다. 함께 책도 많이 읽었고, 논쟁도 많이 했다. 독서와 연구에 투자한 시간은 오히려 그가 나를 능가했다. 또 그는 특히 수학에 비상한 능력이 있었는데, 나로서는 그 부분만큼은 도저히 따라잡을 수 없었다. 내가 기억하는 한 보스턴 시절의 콜린스는 술도 마시지 않는 착실하고 근면한 청년이었다. 그가 뛰어난 재원이라고 생각한 것은 비단 나만의 생각이 아니었다. 목사나 어른들도 콜린스의 지식에 혀를 내둘렀고, 훗날 분명히 크게 출세할 거라고 공공연하게 칭찬을 하곤 했다.

그런데 그가 변해 있었다. 내가 보스턴을 떠나 있던 사이 브랜디에 빠져 버린 것이다. 허구한 날 만취하도록 브랜디를 퍼마시면서 가진 돈을 낭비했다고 했다. 사람들의 말에 의하면, 그는 뉴욕에 도착한 후에도 하루가 멀다 하고 술에 취해서는 이상한 행동을 했다고 한다. 게다가 도박에까지 손을 댔다. 내가 도착했을 때 그는 이미 무일푼이었고, 결국 그가 묵었던 여관의 숙박비는 물론이고, 여행 경비며 필라델피아에서의 생활비까지 내가 대줘야만 했다. 한마디로 새로운 골칫거리를 떠맡은 꼴이 되고 말았다.

한편 나는 필라델피아로 가는 도중 배의 선장으로부터 누군가가 나를 만나고 싶어 한다는 말을 전해 들었다. 그 사람은 버넷 주교(1643~1715년; 영국의 저명한 성직자이며 역사가 ─ 역자 주)의 아들이자 당시 뉴욕의 지사였던 버넷이었는데, 선장으로부터 한 젊은이가 많은 책을 가지고 있더라는 말을 전해 듣고는 나를 만나게 해 달라고 선장에게 부탁했다고 한다. 나는 버넷 지사를 만나러 갔다. 만약 콜린스가 제정신 이었다면 함께 갔을 테지만, 그는 그날도 술에 취해 몸을 못 가누고 있는 상태였기 때문에 조용히 나 혼자만 갔다. 버넷 지사는 어린 나를 정중하게 대해 주었다. 그리고 자신이 가지고 있던 책을 보여주었다. 그의 선실에는 엄청난 양의 책들이 빼곡하게 들어차 있었다. 그날 우리는 책과 저자들에 관해서 오랫동안 얘기를 나눴다. 이렇게 해서 버넷 지사는 두 번째로 나를 알아봐 준 지사가 되었다. 나같이 가난한 소년에게 이런 일들은 참으로 즐거운 일이었다.

필라델피아로 가는 도중 펜실베이니아에 들러 존 형의 친구인 버번 씨가 부탁한 돈을 받았다. 만약 이 돈이 없었다 면 우리는 여행을 끝마칠 수 없었을지도 모른다. 회계 사무 소에 취직하고 싶어 했던 콜린스는 필라델피아에 도착하자 마자 여러 곳에 지원서를 집어넣었다. 하지만 입을 열 때마 다 나는 술 냄새 때문인지, 휘청거리는 기이한 태도 때문인 지 추천장을 가지고 있었으면서도 번번이 미끄러지고 말았 다. 상황이 이러니 독립은 엄두도 못 내고 나와 함께 지내야만 했다. 그 때문에 그의 하숙비까지 내가 치러야만 했다. 그뿐이 아니었다. 그는 술값이 떨어지면 '취직하면 곧바로 갚겠다'라며 내게 돈까지 빌려 갔다. 내가 버논 씨의 돈을 맡고 있다는 것을 알고 있었기 때문에 거절할 수도 없었다. 그가 빌려 간 돈의 액수가 점점 불어나자 나는 버논 씨가 돈을 돌려 달라고 할까 봐 전전긍긍하는 처지가 되고 말았다. 하지만 그는 술 마시는 것을 멈추지 않았다.

게다가 그는 술에 취하기만 하면 난폭하게 변했다. 별것도 아닌 일에 버럭 화를 내는가 하면 괴팍하게 굴었다. 한번은 이런 일도 있었다. 어느 날 우리는 내 또래의 친구들과 함께 작은 배를 타고 델라웨어로 가고 있었다. 우리는 번갈아 노를 저었는데, 콜린스가 자신의 차례가 되자 노를 젓지 않겠다고 한 것이었다. "노를 저어서 나를 집까지 모셔라." 하며 거들먹거리기까지 했다. 어이가 없었던 나는 "너를 위해 노 저을 생각은 없다."라고 했고, 이에 그는 "노를 젓든지 밤새 물 위에 있든지 네 마음대로 해라."라고 하며 버럭 화를 냈다. 분위기는 단번에 어색해져 버리고 말았다. 결국 친구들은 "자, 대단한 일도 아닌데 그만해. 우리가 그냥 젓자." 며 나를 달랬다. 하지만 평소 콜린스에게 불만이 많았던 나는 끝내 대신 노를 저을 생각이 없다고 버텼다. 그러자 콜린스는 벌떡 일어나더니 "노를 젓지 않으면 물속에 던져 버리고 말 테다."라고 한 후 욕을 하며 배를 가로질러 내게 다가왔다. 하지만 정작 물에 빠진 건 내가 아니라 콜린스였다. 나는 그의 가랑이 속으로 손을 넣어 들어 올린 후 그대로 물속으로 던져 버리고 말았다. 달려드는 힘을 역이용했기 때문에 과히 큰 힘을 들이지 않았는데도 그는 벌렁 나가떨어졌다. 물론 그가 헤엄을 잘 친다는 것을 알고 있었기 때문에 마음 놓고 물속으로 던져 버릴 수 있었다. 나는 그가 배에 다시 오르기 위해 손을 뻗으려고 하면 노를 저어서 배의 방향을 바꿔 버렸다. 이럴 때마다 나는 그에게 "이래도 노를 젓지 않을 테냐? 노를 젓겠다면 배에 올려 주지."라며 그를 피해 다녔다. 콜린스는 점점 지쳐서 헐떡이는 지경이 되었어도, 화가 있는 대로 치밀어서는 노를 안 젓겠다고 악을 썼다. 결국 우리는 그의 고집에 지고 말았다. 노를 젓지 않는다고 물에 빠져 죽게 만들 수는 없었으니 말이다. 그가 더 이상 물에 떠 있을 수 없을 지경이 되어서야 우리는 그를 배로 끌어올렸다. 그리고 물이 뚝뚝 떨어지는 상태로 집으로 데려갔다. 그 일이 있고 난 뒤 콜린스와 나는 얼굴만 마주쳐도 싸우게 되었다. 그러는 사이에 서인도 제도를 오가는 어떤 배의 선장으로부터 바바도스에 사는 어떤 신사가 아들의 가정 교사를 구한다는 말을 듣게 되었다. 선장은 콜린스에게 제안했고, 그는 두말하지 않고 승낙했다. 그래서 월급을 받는 대로 빌린 돈을 보내 주겠다는 약속을 하고 필라델피아를 떠났다. 그러나 그게 마지막이었다. 그 뒤로 그에 대해서는 소식조차 들은 일이 없었다.

어쨌든 버논 씨의 돈을 임의로 사용한 것은 내 일생에 가장 큰 과오였다. 큰 사업을 맡기에는 세상을 아직 잘 모르는 어린애에 불과하다는 아버지의 판단이 맞았던 셈이지. 그러나 키드 경은 아버지의 답장을 읽고도 자신의 뜻을 굽히지 않았다. 심지어는 아버지가 소심한 분인 것 같다고 하면서 이런 말을 덧붙였다.

"사람마다 개인차가 있기 마련이지. 나이는 분별력을 판가름할 수 있는 기준은 아니거든. 나이가 많다고 해서 꼭 분별력이 있는 것은 아니라네."

그는 또 이런 제안을 했다.

"자네 아버지가 정 돕지 않겠다면 내가 직접 인쇄소를 차려 줌세. 필요한 물품 목록을 만들어주면 내가 영국에 가서 사오겠네. 비용은 자네가 성공하게 되면 그때 조금씩 갚는 거로 하세. 정말이지 난 이곳에도 제대로 된 인쇄소가 있어야 한다고 생각하네. 물론 걱정할 것 없네. 자네는 크게 성공할 테니 말이야."

그는 더없이 진지한 표정으로 말했고, 나는 그의 말을 곧이곧대로 믿었다. 사실 그때까지도 나는 필라델피아에서 인쇄소를 차리겠다는 계획을 그곳의 누구에게도 말한 적이 없었다. 그 때문에 내가 키드 경과 이런 이야기를 하면서 사업 구상을 하고 있는 것을 아무도 알지 못했다. 이것은 내가 또 다른 과오를 저지르게 되는 빌미가 되고 말았다. 내가 그를 의지하고 있다는 것을 누군가 알았다면 '그 사람을 믿지 말라'는 충고를 받았을 테니까. 나중에 알게 된 바에 의하면, 키드 지사는 지키지도 않을 약속을 마구 떠벌리는 사람이었다. 그러나 타지에서 온 가난한 소년에게는 이 후한 제안의 진위를 따질 만한 분별력이 없었다. 실제로 그때 나는 그가 세상에서 가장 좋은 사람이라고 믿고 있었다.

나는 곧바로 인쇄소를 개업하는 데 필요한 물품 목록을 작성해서 지사에게 주었다. 규모가 작은 것을 차리는 데도 무려 은화 1백 파운드가 소요될 것 같았다. 하지만 지사는 두 번 보지도 않고 좋다고 했다. 그리고 내가 직접 영국에 가서 활자를 고르는 게 어떠냐고 제안했다.

"활자나 다른 물품들은 아무래도 직접 골라 보는 게 좋을 것 같은데, 어떤가? 그렇게 되면 그곳 사람들과 안면도 익히게 될 거고, 운이 좋으면 거래처도 뚫을 수 있지 않겠나?"

나 역시 그의 말에 동의했다.

"그러면 애니스호를 타고 가야 할 테니, 그동안 준비를 잘하게."

애니스호는 필라델피아와 런던을 오가는 정기선이었다. 비록 1년에 한 번밖에는 출항하지 않았지만, 그나마 정기적으로 운항하는 것은 애니스호가 유일했다.

애니스호가 출항하려면 몇 달 여유가 있었다. 따라서 나는 키머 씨의 인쇄소에서 계속 일을 했다. 콜린스가 빌려 간 돈 때문에 마음이 편하지 않기 때문에 일을 하지 않고 빈둥거릴 수는 없었다. 그리고 혹시라도 버논 씨가 돈을 돌려 달라고 하는 것은 아닌지 걱정이 되어서 매일매일 불안해했다. 어쨌든 다행스럽게도 버논 씨에게서는 그 후로도 몇 년 동안이나 아무 소식이 없었다.

말을 하다 보니 한 가지 빼먹은 것이 있어서 잠깐 과거로 돌아가겠다. 이것은 처음 보스턴에서 떠나올 때 배에서 있었던 일이다. 그날은 바람이 없었기 때문에 항해가 불가능했다. 그래서 블록아일랜드 근처에서 정박하기로 했다. 그러자 사람들이 저마다 낚시를 하기 시작했고, 제법 많은 대구가 잡혀 올라왔다. 그때까지 나는 존경하는 트라이언의 가르침대로 육식을 하지 않고 있었다. 육식하기 위해 도축을 하는 것은 일종의 이유 없는 살생이라고 여겼다. 물고기는 우리에게 죽임을 당할 이유가 없었다. 이 때문에 낚시를 하는 게 탐탁지 않았다. 하지만 정작 대구가 프라이팬 위에서 지글거리며 구워지자 내 마음은 흔들리기 시작했다. 원래 생선을 무척 좋아했었던 나로서는 정말이지 참기 어려운 유혹이었다. 그렇게 의지와 욕망 사이에서 갈팡질팡하고 있는데, 문득 배를 가른 큰 생선의 뱃속에서 작은 생선 한 마리가 나오는 것을 보게 되었다. 그러자 내 욕망이 고개를 번쩍 들었다.

'물고기도 이렇게 서로 잡아먹는데 내가 먹지 않을 이유는 없어.'

결국 그날 나는 배가 터지도록 대구를 실컷 먹었다. 그렇다고 채식을 그만둔 것은 아니었다. 하지만 다른 사람들과 있을 때, 불가피하게 육류를 먹게 되었을 때는 생선 요리를 먹었다. 이처럼 인간은 때에 따라 합리를 따진다. 참으로 편리한 일이다. 하고 싶은 일이 무엇이든 그에 합당한 이유를 찾아내거나 만들어내니 말이다.

한편 키머 씨와는 뜻도 잘 통해서 별문제 없이 잘 지냈다. 물론 내가 개업할 계획을 하고 있다는 것을 말하지 않았기 때문이었을 거다. 사업을 확장하겠다는 이전의 야망을 그대로 품고 있었던 그로서는 내 개업을 달가워할 리 없었을 테니 말이다. 어쨌든 아무것도 몰랐던 그는 나와 논쟁하는 것을 좋아했다. 나는 그럴 때마다 소크라테스 문답법을 이용하여 그를 내 마음대로 요리했다. 처음에는 주제와 전혀 관련 없는 것처럼 보이는 질문으로 시작해서 차차 문제의 중심으로 다가가 몰아붙이고, 자기모순에 빠지게 하는 식이었다. 그러면 그는 내가 질문을 할 때마다 당황해서 진땀을 흘리며 쩔쩔맸다. 그래서 아무것도 아닌 질문에도 조심스러워져서는 "질문의 의도가 정확히 뭐야?"라고 물어본 후에야 대답하곤 했다. 키머 씨는 논쟁에서 매번 지기는 했지만 내 대화법을 높이 평가했다. 그래서 이런 제안을 하기도 했다.

"내가 새로운 종파를 세우려고 하는데 자네가 동참해 줬으면 좋겠네. 설교는 내가 맡을 테니 자네는 우리 종파에 반대하는 자들을 상대해 주게. 자네 언변이라면 그런 자들을 꼼짝 못 하게 하고도 남을 거야."

하지만 그가 설명해 준 교리에는 내가 동참할 수 없는 몇 가지 요소들이 있었다. 그래서 내 의견을 수용해 주지 않으면 동참하지 않겠다고 했다.

먼저 키머 씨는 모세의 율법 어딘가에 '수염 끝을 자르지 말라'라는 구절이 있다는 이유로 수염을 기르고 있었는데, 모든 교인이 이 교리를 지켜야만 한다고 했다. 또 그는 제7일(토요일)을 안식일로 삼고 이를 지켜야 한다고 했다. 난 이 두 가지가 마음에 안 들었다. 하지만 동참하는 대신 채식을 한다는 조항을 넣어 달라고 했다. 그러면 위의 두 교리도 따르겠다고 했다. 키머 씨는 내 제안에 망설였다. 그는 엄청난 대식가였기 때문이다.

"글쎄, 고기를 안 먹고 버텨낼 수 있을까?"

나는 버틸 수 있을 뿐만 아니라 오히려 몸이 좋아질 것이라고 했다. 사실 그의 평소 식습관으로 본다면 고기를 먹지 않는 것만으로도 허기져서 힘들어할 게 뻔했다. 나는 그런 그의 모습을 지켜보는 것도 재미있겠다 싶었다.

"자네도 같이한다면 한번 도전해 봄세."

나는 좋다고 했고, 그렇게 해서 우리의 채식이 시작되었다. 키머 씨는 무려 석 달 동안이나 잘 참아냈다. 점심은 이웃집 여자가 준비해서 날라다 주었는데, 나는 소고기, 돼지고기는 물론이고 생선이나 닭고기도 들어가지 않는 마흔 가지 음식을 적어서 여자에게 주고 매번 다른 음식을 준비해 달라고 부탁했다. 이때의 채식은 내게 큰 도움이 되었다. 일주일 치 식비를 18펜스까지 줄일 수 있었다. 난 그 후로 몇 년간이나 채식을 계속했다. 물론 가끔 채식을 그만두고 보통 식사로 바꾸기도 했다. 단, 사순절(예수가 40일간 광야에서 금식한 절기 — 역자 주)만큼은 엄격하게 지켰다. 보통 식습관은 서서히 변화시켜야 한다고 하지만, 내게는 별로 통용되지 않았던 것 같다. 갑작스럽게 식습관을 바꿔도 조금도 불편하지 않았다.

어쨌든 나는 채식이 즐거웠다. 하지만 키머 씨는 아니었다. 고통스러워하는 것이 불쌍하기까지 했다. 석 달이 지난 어느 날 그는 마침내 폭발하고 말았다. 채식에 진절머리가 난 그는 실컷 고기를 먹겠다고 선언한 후 돼지고기구이를 주문했다. 그날 그는 나와 여자 친구를 두 명이나 초대했는데, 요리가 나오자 참을 수 없었던 키머 씨는 우리가 도착하기도 전에 혼자서 다 먹어 버리고 말았다.

그즈음 난 리드 양과 사귀고 있었다. 나는 그녀에게 애정을 느끼고 있었을 뿐만 아니라 존경하고 있었다. 그녀 역시 내게 같은 마음이었다고 생각한다. 그러나 나는 키머 경과 약속한 대로 조만간 긴 여행을 가야만 했다. 더구나 난 그때 열여덟을 갓 넘긴 풋내기였다. 그것은 리드 양도 마찬가지였다. 사정이 이렇다 보니 그녀의 어머니는 우리 관계가 진전되는 것을 바라지 않았다. 만약 결혼한다고 해도 내가 자리를 잡은 후에 해야 한다고 하셨다. 나는 내 미래가 자신 있었지만, 그녀의 어머니는 타지에서 온 가난한 인쇄소 직원이 미덥지 못했을 것이다.

친구들

　그때 나는 찰스 오즈번, 조셉 왓슨, 그리고 제임스 랠프라는 친구들과 친분을 맺고 있었다. 랠프는 상점 점원이었고 나머지 두 사람은 마을에서 가장 유명한 공증인인 찰스 브로그덴 밑에서 서기로 일하고 있었는데, 모두 대단한 독서광이었다.

　왓슨은 신앙심이 깊었고 매우 똑똑했다. 한마디로 흠잡을 데 없이 반듯한 친구였다. 반면 오즈번이나 랠프는 종교적 규율에 그리 구애받지 않는 편이었다. 특히 랠프는 콜린스처럼 나로 인해 종교적으로 혼란스러워하고 있었기 때문에 매번 나를 괴롭히곤 했다.

한편 오즈번은 재치가 있는 친구였다. 또 하고 싶은 말을 거리낌 없이 하는 편이었다. 특히 문학을 논할 때면 그 글의 흠을 잡는 것을 지나치다 싶을 정도로 좋아했다. 하지만 다른 면에 있어서나 친구들에게는 더없이 진실하고 상냥하게 굴었다.

랠프 역시 재능이 있는 친구였다. 영리했고 점잖았으며 무엇보다도 말을 잘했다. 뛰어난 웅변가였다. 내 기억으로는 내가 지금껏 만난 사람 중에서 그 분야에서만큼은 최고라 할 만했다. 오즈번과 랠프는 모두 시에 푹 빠져 있었는데, 이따금 짧은 시를 직접 짓기도 했다. 특히 랠프는 시를 정식으로 공부하고 싶어 했다. 그래서 유명한 시인이 되면 큰돈을 벌 수 있을 거라고 생각했다.

"위대한 시인들도 처음에는 나만큼이나 많은 과오를 범했을 거야."

랠프는 이런 말을 하며 자신의 미래를 확신했다. 하지만 오즈번은 "넌 시에는 소질이 없어. 그러니 다 포기하고 지금 하는 일에 최선을 다해."라고 충고했다. 이대로 부지런하게 장사하는 것을 잘 배운다면 자본이 없더라도 대리 경영을 하게 될 테고, 그 후 모은 돈으로 자신 명의의 상점을 열면 된다는 게 오즈번의 주장이었다. 나 역시 랠프가 시인이 되는 데 반대했다. 그래서 가끔 시를 쓰는 것은 좋지만, 어휘력을 늘리는 것 이상의 성과를 얻기는 어려울 것 같다고 했다.

어쨌든 우리 넷은 일요일이면 스쿨킬 강 근처의 숲 속을 산책하며 서로에게 책을 읽어 주었다. 그리고 글에 대해서 의견을 나누기도 했다. 그러던 어느 날 다음에 만날 때 각자 시를 한 편씩 지어 오기로 했다. 글을 제대로 비평하고, 좀 더 나은 방향으로 수정하는 능력을 키우자는 취지에서였다. 하지만 새로운 작품을 창작하자는 것은 아니었다. 우리가 관심을 가진 것은 다양한 어휘와 표현 방법이었기 때문이었다. 그래서 선택한 것이 바로 성경의 시편 제18장이었다. 하나님의 강림하심을 묘사한 18장을 개작하는 것이 우리의 과제가 된 것이다.

약속한 날이 가까워졌을 때였다. 랠프가 나를 찾아오더니 시를 완성했다면서 자신의 시를 한번 봐 달라고 했다. 그때까지 나는 바쁘기도 했고, 생각도 나지 않고 해서 완성하지 못한 상태였다. 랠프의 시는 썩 괜찮았다. 내가 잘했다고 칭찬을 하자 랠프는 이런 말을 했다.

"오즈번은 내가 쓴 거라고 하면 무조건 깎아내릴 거야. 아마 이걸 보여주면 흠을 천 가지도 더 넘게 늘어놓겠지. 질투하는 게 틀림없어. 그런데 네 글은 그렇게 시기하는 것 같지 않거든. 그러니까 난 시간이 없어서 못 쓴 걸로 할 테니 이것을 네가 쓴 것으로 해서 내놓자. 녀석이 뭐라고 하는지

들어 봐야겠어."

나는 두말하지 않고 찬성했다. 그리고 내가 쓴 것처럼 하기 위해 옮겨 적었다.

드디어 약속한 날이 왔다. 제일 처음 작품을 낭독한 사람은 왓슨이었다. 제법 그럴싸한 부분도 있었지만 결점도 많았다. 오즈번이 두 번째로 낭독했다. 그의 작품은 왓슨의 것보다는 훨씬 나았다. 랠프는 공손한 자세로 오즈번의 작품을 비평했다. 약간의 결점을 지적했고, 또 아름다운 부분은 칭찬했다. 다음은 랠프 차례였다. 하지만 그는 나와 미리 약속한 대로 바빠서 쓰지 못했다고 미안해했다.

내 차례가 되었을 때 나는 시간이 없어서 충분히 손보지 못했다는 등 아직 완성된 것이 아니라는 등 핑계를 대며 우물쭈물하는 태도를 보여주었다. 그런 다음 나는 약간 민망한 표정을 지으며 내 작품, 아니 랠프의 작품을 낭독했다. 낭독이 끝났을 때 친구들은 한 번 더 읽어 보라고 청했다. 경청하고 있던 왓슨과 오즈번은 낭독이 끝나자마자 경쟁하고 있다는 것도 잊은 채 "정말 너한테는 두 손 다 들었다."라며 작품에 대해 칭찬하기 시작했다. 랠프는 이런저런 부분이 미흡하다면서 몇 군데 손보라고 했지만, 나는 원문을 끝까지 고집했다. 그러자 이번에는 오즈번이 "너는 시를 짓는 것도 그렇지만 비평하는 것도 어째 그 모양이냐?"며 랠프를 비판하고 나섰다. 그러자 랠프는 입을 다물어 버렸다. 나중에 랠프에게 들은 얘기로는 집에 가는 방향이 같았던 오즈번이 그와 함께 가면서 내 작품(실제로는 랠프의 작품)을 입에 침이 마르도록 칭찬했다고 한다. 심지어는 내 앞에서 칭찬하면 입에 발린 아첨 같을까 봐 억지로 참았다고도 했다는 것이다.

"놀라운 일이야, 프랭클린이 그런 글을 쓸 수 있다니. 묘사, 필력, 게다가 그 열정은 어떻고! 원문보다 훨씬 나은 것 같지? 말할 때는 제대로 된 단어 하나 선택하지 못하고 우물우물하더니만 그 친구가 그런 글을 써낼 줄이야. 세상에!"

물론 다음 모임에서 랠프와 나는 우리의 음모를 밝혔고, 그로 인해 오즈번은 꽤 오랫동안 놀림을 받았다.

하여간 그 일로 인해 랠프는 시인이 되기로 결심을 굳혔다. 나는 어떻게 해서든지 그를 말리려고 했지만, 그의 결심을 바꾸게는 하지 못했다. 결국 랠프는 포프(1688~1744년; 영국의 시인이자 비평가 — 역자 주)가 ≪우인열전(The Dunciad)≫(1728년)을 통해 그를 신랄하게 비판할 때까지 시를 썼다. 어쨌든 랠프는 그렇게 시를 접었지만 산문에서는 꽤 이름을 날리게 된다. 그에 대해서는 다음에도 얘기할 기회가 있을 테니 이쯤에서 그만두고, 다른 두 친구에 관해 얘기해야겠다.

그 일이 있은 지 몇 년 후 왓슨이 내 팔에 안겨서 죽음을 맞았다. 우리 중 가장 반듯하고 훌륭한 친구였는데……. 지금 생각해도 안타까운 일이다. 한편 오즈번은 서인도 제도로 이주했는데, 그곳에서 유능한 변호사가 되어 많은 돈을 벌었다. 하지만 그 역시 일찍 죽고 말았다. 그가 죽기 전, 그와 나는 한 가지 진지한 약속을 한 게 있었다. 먼저 죽는 사람이 사후 세계에 대해 살아남은 자에게 얘기해 주기로 한 것이었지. 하지만 그는 아직도 그 약속을 지키지 않고 있다.

첫 번째 항해

키드 지사는 여전히 가끔이지만 나를 자기 집에 초대했다. 나하고 얘기하는 것이 좋은 모양이었다. 그리고 그때마다 빠뜨리지 않고 내게 인쇄소를 차려 주는 것을 기정사실로 얘기했다. 나는 영국에 있는 그의 친구들에게 보여줄 추천장들과 인쇄기나 활자, 또 종이들을 구입할 때 필요한 돈을 빌릴 수 있는 신용장을 가지고 떠날 수 있도록 지사에게 부탁했다. 그리고 완성하는 대로 그때그때 받기로 했다. 하지만 지사는 차일피일 미루기만 할 뿐 좀처럼 써 주지 않았다. 게다가 영국으로 가는 배의 출항까지 자꾸만 미뤄졌다. 그러다 겨우 출발하게 되었지만 지사는 여전히 문제였다.

출발 전날 작별 인사도 할 겸 추천장과 신용장도 받을 겸 들렀지만, 만날 수조차 없었다. 비서인 바드 박사에게 "지사님께서 지금 바쁘시니 오늘은 그냥 돌아가게. 대신 지사님이 배보다 먼저 뉴캐슬에서 가 계실 테니 필요한 서류는 그때 받도록 하게."라는 말만 전해 들었을 뿐이었다.

이번 여행에 나는 혼자가 아니었다. 랠프가 동행하기로 되어 있었다. 그때 그는 이미 기혼자로 아이도 하나 있었지만, 나는 그가 영국 거래처들과 안면을 터서 장사를 확장하려는 줄 알고 말리지 않았다. 하지만 나중에 알고 보니 아내와 불화가 생겨 그녀 곁을 떠나 버리려고 한 것이었다. 이런 사정은 우리가 런던에 도착한 후에 알게 되었다. 그때 그는 미국으로는 영영 돌아가지 않겠다고 해서 나를 놀라게 했다. 어쨌든 우리는 아무것도 모른 채 친구들과 작별을 했다. 그 와중에 나는 남몰래 리드 양과 장래를 약속했다. 그리고 배에 올랐고, 필라델피아를 떠났다. 다음 기항지는 뉴캐슬이었다. 약속대로 지사는 먼저 와 있었다. 하지만 이번에도 지사는 만날 수 없었다. 그가 묵고 있는 숙소에 찾아가자 이번에도 비서만 나와서 지사의 말을 전해 주었다.

"이거 참, 미안하게 됐군. 지사님께서 지금 너무 중대한 일을 하고 계셔서 만나 뵐 수가 없다네. 하지만 필요한 서류는 배로 꼭 보내 줄 테니 아무 걱정하지 말고 무사히 잘 다녀

오게. 좋은 여행이 되기를 바라네."

나는 어리둥절했지만 그 말을 조금도 의심하지 않은 채 배에 다시 올랐다.

내가 탄 배에는 필라델피아에서 변호사로 이름을 날리고 있던 앤드류 해밀턴 씨가 그의 아들과 함께 타고 있었다. 그들은 퀘이커 교도이자 상인인 데넘 씨, 메릴랜드에서 철강업을 하는 어니언 씨와 러셀 씨 등과 함께 넓고 쾌적한 일등실을 썼다. 그러나 아는 사람도 없고, 돈도 없었던 랠프와 나는 삼등실을 써야만 했다. 그런데 뉴캐슬을 떠난 지 얼마 되지 않아 해밀턴 씨에게 압류당한 선박을 변호해 달라는 의뢰가 들어왔고, 하는 수 없이 배는 머리를 돌려 필라델피아로 돌아와야 했다. 해밀턴 부자는 필라델피아에서 내렸고, 대신 출발 직전 프렌치 대령이 배에 올랐다. 대령은 나를 보자 아주 정중하게 인사를 했다. 그러자 지금껏 평범한 인간으로 취급받던 우리는 사람들의 주목을 받게 되었다. 나중에는 일등실에 머물던 신사들에게 '일등실에 자리가 비었으니 그리로 와서 함께 지내자'라는 권유를 받게 되었다. 우리로서는 마다할 이유가 없었다. 그리하여 우리는 그날부터 일등실에서 지내게 되었다.

나는 당연히 프렌치 대령이 내가 받기로 한 키드 지사의 추천장과 신용장을 가지고 탔을 거라고 생각했다. 그래서

선장에게 대령의 짐 속에 내게 온 편지들이 있을 테니 찾아
봐 달라고 부탁했다. 선장은 "편지들은 모두 우편 화물로 처
리되어 한데 묶여 있기 때문에 당장 찾을 수 없소. 하지만
영국에 도착하기 전에 기회를 봐서 꼭 찾아 주리다."라고 했
다. 다른 방법이 없었던 나는 그 말만 믿고 별걱정 없이 배
에서의 생활을 즐겼다.

　일등실에서의 생활은 즐거웠다. 신사들은 붙임성이 좋았
고 친절했다. 또 해밀턴 부자가 준비해 왔던 음식들을 모두
남겨 놓고 간 덕분에 배곯을 일도 없었다. 그중에서도 데넘
씨와 각별히 친해졌는데, 그와 맺은 우정은 그가 죽을 때까
지 변하지 않았다. 우리의 생활은 부족함이 없었다. 하지만

18세기 대양을 오갔던 대표적 쾌속 범선, 클리퍼

날씨는 대서양을 건너는 동안 내내 나빠서 항해만큼은 그리 즐겁지 않았다.

우여곡절 끝에 배가 영국 해협에 들어서자 선장은 나를 따로 부르더니 우편물 중에서 내 것을 찾아보라고 했다. 그런데 아무리 찾아봐도 내 앞으로 온 것은 하나도 없었다. 그래서 필체를 보고 키드 지사가 보낸 것이 확실한 예닐곱 개를 추려냈다. 그중에는 왕실에 인쇄물을 대주는 배스킷이란 사람에게 보낸 것도 있었다. 또 어떤 서적 상인에게 보내는 것도 있었다.

드디어 런던에 도착했다. 나는 먼저 서적 상인을 찾아가 키드 지사께서 보내신 거라며 편지를 건네줬다. 그러자 그는 "난 그런 사람 모르는데······."라며 고개를 갸웃거렸다. 하지만 막상 편지를 뜯어보자 얼굴빛이 달라졌다. 그러고는 "리들스덴이 보낸 편지로군요. 최근에 안 일이지만, 이 작자 아주 몹쓸 인간이랍니다. 난 이 자와 볼일 없으니 이 편지도 받지 않겠소. 자, 도로 가져가시오."라고 하더니 편지를 내 손에 쥐어 주고는 그대로 등을 돌려 버렸다. 나는 그가 다른 손님을 상대했기 때문에 편지를 돌려줄 수도 없었다. 하지만 정작 당황스러웠던 것은 내가 확신해 마지않았던 지사의 필체가 정작 그의 것이 아니라는 것이었다. 그제야 키드 지사가 의심스러워지기 시작했다. 그간의 정황을 되짚어 돌아

보고서야 키드 지사에게 진실이라고는 애당초 없었다는 것을 깨달았다. 나는 답답한 마음에 친구인 데넘 씨에게 그간 있었던 일을 털어놓았다. 그리고 그 자리에서 난 키드 지사의 인간성에 대해 듣게 되었다. 한마디로 키드 지사를 신용하는 사람은 아무도 없다는 것이었다. 더불어 데넘 씨는 그가 나를 위해 추천장을 써줄 리 만무하다고 했다. 설사 그가 추천장이나 신용장을 써 준다 하더라도 아무 소용없을 거라고 했다.

"신용이 없는 자가 신용장을 써 준다고 하다니 기가 막히는군."

데넘 씨는 이렇게 말하면서 허탈하게 웃었다. 그리고 내가 크게 낙담하여 앞으로의 일을 걱정하자 "이곳에서 일하다 보면 미국에서보다 실력도 늘 테고, 또 나중에 미국에서 개업할 때도 훨씬 유리할 걸세."라고 하면서 영국에 있는 인쇄소에 취직해 보라고 충고해 줬다.

한편 우리는 서적 상인에게 보낸 편지로 인해 리들스덴이라는 자가 질이 나쁜 인간이라는 것을 알게 되었다. 편지의 내용으로 보면, 그는 내가 하숙을 하던 집의 주인이자 리드 양의 아버지를 동업을 미끼로 꾀어서는 파산 지경까지 이르게 했고, 또 이번에는 일 때문에 필라델피아로 돌아갔던 해밀턴 변호사를 곤경에 빠뜨리기 위해 음모를 꾸미고 있는 듯했다. 게다가 이 음모에는 키드 지사가 가담하고 있었다. 해밀턴 씨의 친구였던 데넘 씨는 당장 친구에게 이 사실을 알려 줘야 한다고 흥분했다. 마침 해밀턴 씨가 다른 배로 영국에 도착했기 때문에 기꺼이 나는 그에게 문제의 편지를 보여주었다. 물론 여기에는 키드 지사와 리들스덴에 대한 노여움이 다분히 담겨 있었다. 해밀턴 씨는 중요한 정보를 줬다며 정중하게 감사의 뜻을 전했고, 그날 이후 그는 나의 친구가 되어 많은 도움을 주었다.

상황이 어찌 되었든 간에 아무것도 모르는 가난한 소년에게 장난을 치고도 모자라서 이 먼 타국까지 보낸 키드 지사를 용서할 수 없었다.

'누구에게나 잘 보이고 싶다. 그러나 정작 줄 만한 것은 없다. 그러니 기대에 부풀게 하자.'

그것이 그자의 습관이었다.

이런 점만 제외하면 그는 수완도 좋고, 분별력도 있으며, 글도 잘 쓰는 사람이었다. 또 필라델피아 지사로서도 제법 훌륭하게 일했다. 우리 주 법안 중에는 그가 재임하던 중에 입안하고 통과시킨 것도 몇 개나 된다. 종종 훈령을 무시해서 지방 유력자들의 애를 먹이기는 했지만 말이다.

런던에서의 1년 반

런던에서 지내는 사이 랠프와 나는 둘도 없는 친구가 되었다. 우리는 리틀 브리튼에 있는 어느 작은 하숙집에서 주에 3실링 6펜스를 내고 지냈는데, 당시 우리 주머니 사정으로는 그 정도의 집밖에 구할 수 없었다. 랠프는 영국에 있던 친척들까지 만나 봤지만 그들 역시 가난했기 때문에 우리를 도와줄 수가 없었다. 랠프가 영국에 남겠다고 선언한 것은 그때쯤이었다. 그는 필라델피아로 돌아갈 생각이 없다고 했다. 하지만 필라델피아에서 가져온 돈은 모두 뱃삯으로 지불한 후였기 때문에 그는 빈털터리였다. 반면 나는 15피스톨(옛 스페인의 금화 단위 — 역자 주)이 있었다. 그는 일자리를 구하러 다니는 동안 내게 조금씩 돈을 빌려 갔다. 그가 맨 처음 생각한 직업은 배우였다. 랠프는 자신이 배우가 될 소질이 있다고 믿고 있었다. 따라서 극단을 찾아다니며 기회를 달라고 했다. 하지만 당시 배우로서 이름을 날리고 있던 윌크스에게 "자네는 배우가 될 소질이 없네. 성공할 가망성이 없으니 애초에 그만두는 게 좋아."라는 진심 어린 비판을 받고서야 꿈을 접었다. 다음으로 그가 찾아다닌 곳은 출판사였다. 패터노스터 거리에 있는 출판사의 경영자인 로버츠 씨를 찾아가 〈스펙테이터〉 같은 주간지에 글을 쓰게 해 달라고 했다. 하지만 로버츠 씨는 랠프가 제시한 조건으로는 어렵겠다면서 거절했다. 그래서 이번에는 출판사나 변호사 사무실 같은 데서 문서를 작성하는 일을 맡고자 했다. 하지만 그나마도 자리가 없었다. 반면 나는 얼마 안 가 인쇄소에 취직했다. 그곳은 바르톨로뮤 클로스에서 꽤 유명한 인쇄소였는데, 파머라는 사람이 경영하고 있었다. 나는 무려 1년 동안이나 그곳에서 일했다.

나는 열심히 일했다. 하지만 필라델피아에서처럼 돈을 모을 수는 없었다. 돈을 받는 족족 연극 구경과 놀러 다니는 것에 다 써 버렸기 때문이다. 결국 나중에는 가지고 있던 금화마저도 바닥이 나서 그날 벌어 그날 사는 형편이 되어 버렸다. 그러는 사이 랠프는 아내와 아이의 존재를 완전히 잊어버렸고, 덩달아 나도 리드 양과의 약속을 거의 잊고 살게 되었다. 1년을 지내는 동안 나는 리드 양에게 꼭 한 번 편지를 했다. 그것도 당분간은 돌아갈 수 없을 것 같다는 내용으로 말이다. 실제로 너무 씀씀이가 헤퍼서 고국으로 돌아갈 여비조차 없었다. 이것이야말로 내 인생의 가장 큰 실수였다. 다시 한 번 삶이 주어진다면 절대로 그런 방탕한 생활은 하지 않을 것이다.

그때 파머 인쇄소에서는 월러스턴(1660~1724년; 영국의 논리학자 — 역자 주)이 쓴 《자연의 종교》라는 책의 재판을 찍고 있었는데, 내가 식자를 맡게 되었다. 그런데 일을 하다 보니 그의 논거에 몇 가지 석연치 않은 점이 있었다. 그래서 나는 그 부분에 반박하는 추상적인 논문을 썼다. 제목은 〈자유와 필연, 쾌락과 고통에 대한 소고〉였다. 그리고 '랠프에게 바친다'라는 말을 단 후 몇 부 인쇄해 친구들에게 보여주었는데, 특히 파머 씨는 내 논리 중 몇 가지에 대해 상당히 불쾌해하며 신랄한 비판을 했다. 하지만 이 일은 그가 나를 제법 영리한 젊은이로 보게 되는 계기가 되었다. 그러나 결과적으로 이 소고를 인쇄한 것은 내 인생에 있어서 또 하나의 실수가 되고 말았다.

리틀 브리튼의 내 하숙집 바로 옆에 큰 서점이 있었는데, 나는 하숙을 시작한 지 얼마 안 있어 서점 주인인 윌콕스 씨와 친하게 되었다. 그의 서점에는 오래된 중고 서적이 무척 많았다. 만약 지금이라면 도서관에서 책을 빌렸겠지만 당시에는 도서관이 없었다. 그래서 나는 윌콕스 씨와 모종의 계약을 맺었다. 그것은 어떤 조건을 걸고 그의 서점에서 아무 책이든 내 마음대로 빌려 볼 수 있다는 것이었다. 지금은 조건이 무엇이었는지 잊어버렸지만, 분명한 것은 내게 아주 유리한 계약이었다는 것이다.

한편 어느 날 ≪인간 판단의 정확성≫이라는 책의 저자이기도 한 외과 의사 라이언스 박사가 나를 찾아왔다. 그는 어떤 경로를 통해서였는지 말하지 않았지만 내 논문을 손에 넣었고, 그 후로 나를 만나고 싶었다고 했다. 이 일로 우리는 매우 친한 사이가 되었다. 나를 매우 높이 평가했던 그는 종종 나를 찾아와 비슷한 주제를 가지고 논쟁을 벌였다. 그리고 그때마다 우리는 치프 사이드가에 있는 '혼즈'라는 이름의 허름한 술집으로 갔는데, 거기서 나는 ≪꿀벌의 우화≫를 쓴 맨더빌 박사를 소개받기도 했다. 맨더빌 박사는 그 술집에서 모이는 어떤 클럽의 중심인물이었는데, 농담을 잘하는 아주 재미있는 사람이었다.

또 라이언스 박사는 뱃슨 커피숍에서 팸버튼 박사라는 사람을 소개해주기도 했다. 팸버튼 박사는 내게 조만간 아이작 뉴턴(1643~1727년; 만유인력의 법칙을 발견한 영국의 물리학자

― 역자 주)을 소개해준다고 해서 나를 들뜨게 했지만, 내 기대와는 달리 그 일은 결국 성사되지 않았다.

또 다른 만남도 있었다. 한스 슬로안(당대의 유명한 의사이자 골동품 수집가. 그의 수집품을 토대로 대영박물관이 세워졌다. ― 역자 주) 경이 블룸즈버리 광장 옆에 있던 자기 저택으로 나를 초대한 일이 있었다. 내가 영국으로 오면서 가져온 몇 가지 골동품에 대한 소문을 들었기 때문이라고 했다. 그것은 바로 불을 가까이 대면 광채가 나는 석면으로 만든 지갑이었다. 그는 내게 그동안 수집해 온 갖가지 신기한 물건을 보여주었다. 그리고 내가 가지고 있는 그 지갑이 자신의 수집품 중

《꿀벌의 우화》의 첫 페이지
(1723년 초판)

의 하나가 되었으면 좋겠다고 설득했다. 물론 난 그 대가로
충분한 사례를 받았다.

내가 그러는 사이 랠프는 한 여자에게 마음을 빼앗겼다.
그녀는 우리와 같은 집에서 하숙하는 T라고 하는 젊은 부인
이었다. 한 아이의 어머니이기도 했던 그녀는 클로이스터스
에서 모자 가게를 운영하고 있었는데, 가정 교육을 잘 받았
는지 사려가 깊었고 성격도 명랑한 데다가 무엇보다 대화가
통하는 여성이었다. 어쨌든 랠프가 저녁마다 그녀의 방에
찾아가 희곡을 읽어 주는가 싶었는데, 어느새 그 둘은 가까
운 사이가 되어 있었다. 그러다가 부인이 하숙집을 다른 곳
으로 옮기자 랠프도 그녀를 따라 나가 버렸다. 한동안 그들
은 함께 살았다. 하지만 랠프에게는 여전히 직업이 없었다.
또 그녀의 수입은 아이까지 포함한 세 사람을 먹여 살리기
엔 턱없이 부족했다.

결국 랠프는 런던을 떠나기로 마음먹었다. 시골에 가서
작은 학교라도 차려 볼 생각이었던 것이다. 랠프는 글쓰기
는 물론이고 셈하기에도 능했다. 그 때문에 학교 선생보다
자신에게 꼭 맞는 일은 없을 거라고 여긴 것 같았다. 그렇
다 하더라도 선생이라는 직업을 자랑스러워 했던 것은 아니
다. 오히려 자신의 능력에 미치지 못하는 미천한 일로 여겼
다. 언젠가는 제대로 된 일로 명성을 날리게 될 것이라고 여

겼던 그로서는 자신의 이름을 그대로 사용하고 싶지 않았던지 이름을 바꿨다. 한때 초라한 일을 했다는 것이 알려지면 곤란해질지도 모른다는 생각에서였는데, 영광스럽게도 내 이름을 가명으로 사용했다. 그렇게 그는 내 이름을 가지고 혼자 조용히 런던을 떠났다. 그리고 얼마 안 있어 그에게 편지가 왔다. 편지에서 그는 작은 시골 마을 — 아마도 버크샤이어였던 것 같다 — 에 자리를 잡았다고 했다. 아이 한 명당 일주일에 6펜스를 받고 가르치는데 지금은 아이들이 무려 10~12명이나 된다고 했다. 그리고 편지 끝에 두 가지 당부를 했다. 하나는 T부인을 잘 돌봐 달라는 것이었고, 다른 하나는 자신에게 편지를 보낼 때 '프랭클린 선생 앞으로 보내 달라는 것이었다.

랠프는 자주 편지를 보내왔다. 그때마다 지금 쓰는 작품이라면서 긴 서사시를 동봉하는 걸 잊지 않았다. 또 그는 자신의 작품마다 내 평가를 부탁했고, 잘못된 것은 수정해 달라고 했다. 나는 비판한 내용과 수정한 사항들을 더러 보내주기도 했지만, 대체로 그가 시쓰는 것을 그만두게 하는 데더 주력했다. 그러던 중 마침 영(1683~1765년; 영국의 시인 — 역자 주)이 쓴 풍자시가 출판되었고, 난 랠프에게 영의 시를 옮겨 적어 보냈다. 대체로 입신 출세를 꿈꾸며 뮤즈를 찾아다니는 자들의 어리석음을 비판하는 내용의 시들이었다. 그러나 내 노력에도 불구하고 랠프는 여전히 자작시를 보내왔다.

랠프와 내가 시 문제로 옥신각신하는 동안 런던에 남아 있던 T부인은 어려운 생활을 하고 있었다. 랠프와 함께 산 것 때문에 친구도 일자리도 모두 잃어버렸던 것이다. 생활고에 시달리기 시작한 부인은 가끔 내게 돈을 빌리러 왔다. 그러는 사이 내 마음속에 그녀가 자리 잡게 되었다. 그래서 곤궁한 그녀에게 내가 없어서는 안 될 존재라는 것을 이용하여 엉큼한 짓을 하려고 했다. 그때는 특정 종교에 속해 있지 않았기 때문에 거리낄 게 없다고 생각했던 것 같다. 하지만 이건 정말이지 해서는 안 되는 짓이었다. 인생에 있어 또 커다란 잘못을 저지르고 말았다. 부인은 당연히 화를 냈고, 랠프에게 편지를 보내 자신이 당한 짓을 고해바쳤다. 랠프가 불같이 화를 낸 것은 두말할 나위도 없었다. 결국 이 일로 우리 사이에는 큰 금이 가고 말았다. 랠프는 그 길로 런던에 달려와 내게 "이번 일은 모두 네가 자초한 거야. 그러니 지금껏 네게 진 빚은 무효가 되었어. 앞으로 내게 돈을 받을 수 있으리라고는 생각도 하지 마."라고 했다. 물론 그의 선언이 없었다 해도 채무 관계에 있어 크게 달라질 것은 없었다. 어차피 랠프는 내게 빌려 간 돈을 갚을 만한 능력도, 돈도 없었으니 말이다. 어쨌든 그 일이 있고 난 뒤 나는 그에게 빌려준 돈을 한 푼도 받지 못했고, 오랜 친구 하나를

인쇄 기술자였던 프랭클린
(동상- 필라델피아 소재)

잃어버리고 말았다. 그러나 한편으로는 무거운 짐을 벗은
듯 홀가분하기도 했다. 그만큼 랠프는 경제적으로 내게 큰
짐이었던 것이다.

랠프가 다시 떠나자 나는 이제부터는 돈을 모아야겠다고
생각했다. 그래서 그동안 일했던 파머 인쇄소를 그만두고,
대신 링컨스 인 필즈에 있는 와츠 인쇄소에 들어갔다. 그곳
은 이전에 일했던 어느 곳보다도 규모가 큰 인쇄소였다. 난
런던을 떠날 때까지 그곳에서 일했다.

직장을 옮긴 후 내가 제일 먼저 맡은 일은 인쇄였다. 물
론 내 의지였다. 당시 영국의 인쇄는 미국과 달리 식자와 인
쇄 일이 구분되어 있었는데, 보통 식자를 하다 보면 몸을 좀
처럼 움직일 수 없었다. 그래서 나는 체력에 문제가 생길 것

을 염려하여 인쇄 쪽을 선택했다.

나는 일할 때 물만 마셨다. 하지만 50명이나 되는 다른 직공들은 무서울 정도로 맥주를 마셔댔다. 또 나는 커다란 활자판을 양손에 하나씩 들고 계단을 오르락내리락했지만, 다른 직공들은 겨우 하나만 들고 다녔다. 이런 모습을 본 사람들은 물만 마시는 미국인이 맥주를 마시는 자신들보다 기운이 센 것을 의아하게 바라보았다. 힘든 일을 하려면 진한 맥주를 마셔야만 한다고 생각한 듯하다. 인쇄소 안에는 직공들에게 맥주를 대주기 위한 맥줏집 점원이 항상 대기하고 있었다. 점원은 주문을 받는 즉시 주점으로 달려가 맥주를 가져왔다. 어떤 직공은 보통 아침 식사 전에 1파인트, 점심때 1파인트, 오후 6시쯤에 1파인트, 그리고 일이 끝난 후 1파인트씩을 마셨는데, 하루도 거르는 법이 없었다. 내가 보기엔 아주 나쁜 습관이었지만, 그들은 그렇게 생각하지 않았다. 나는 맥주에서 얻을 수 있는 에너지라는 건 고작해야 맥주 안에 녹아 있는 보릿가루의 양만큼일 뿐이라고 그들에게 말해 줬다. 1페니짜리 빵에 들어 있는 밀가루의 양보다 적은 양이라고 말이다. 따라서 힘을 내기 위해서는 맥주 2파인트보다 빵 한 덩어리와 물 1파인트를 마시는 게 낫다고 역설했다. 하지만 그들은 내 진심 어린 충고를 무시하고 그전처럼 맥주를 마셔댔다. 그 결과 그들은 토요일 저녁마다 주

급에서 4~5실링을 맥줏집 점원에게 내줘야만 했다. 이렇게 해서 그 가련한 사람들은 가난의 굴레에서 끝끝내 벗어나지 못했다.

몇 주가 지났을 때 난 그들과 헤어졌다. 사장인 와츠 씨의 바람대로 인쇄부에서 식자부로 자리를 옮겼던 것이다. 내가 식자부로 옮긴 첫날 식자공들은 나를 환영하는 자리를 가져야 하니 5실링을 내라고 했다. 그러나 이미 인쇄부에서 환영 목적으로 돈을 지불했던 나로서는 이를 부당하다고 생각했다. 와츠 씨도 그럴 필요 없다고 했기 때문에 나는 5실링을 내지 않고 버텼다. 결국 나는 식자부에서 따돌림을 받게 되었다. 그들은 내가 잠깐이라도 자리를 비울라치면 애써 맞춰놓은 활자나 페이지를 마구 바꿔 버리거나 활자판을 통째로 엎어 버리는 등 갖가지 방법으로 나를 괴롭혔다. 그러고 나서 내게는 그 모든 것을 유령의 짓이라고 얼버무렸다. 그 유령은 오래된 관습을 깨뜨린 직공에게 붙어 괴롭힌 다는 것이었다. 그 와중에도 나는 3주가량을 버텨냈다. 하지만 아무리 사장이 옹호해 준다고 하더라도 동료들과 반목해서는 아무 일도 되지 않는다는 것을 깨달았다. 그래서 결국 애초 그들이 원했던 5실링을 내고야 말았다.

그 후로 동료들과는 별문제 없이 잘 지냈다. 그뿐 아니라 상당한 영향력을 발휘하게 되었다. 나는 먼저 인쇄소 내 우

113

리가 예배당이라고 부르는 곳의 규칙을 현실에 맞게 뜯어고치는 데 앞장섰다. 많은 반대가 있었지만 나는 끝끝내 내 의지를 관철했다. 또 나를 따르던 동료들은 빵과 치즈에 맥주를 곁들이는 식의 말도 안 되는 아침 식사를 그만뒀다. 대신 나처럼 이웃집에 부탁해서 간단하면서도 뜨끈뜨끈한 죽을 먹었다. 죽에는 후추도 들어가고, 빵가루와 버터가 들어가 있어서 든든했을 뿐만 아니라 맛도 좋았다. 게다가 뱃속도 편안했고, 머릿속도 맑아졌다. 무엇보다 이런 식사의 이점은 맥주 1파인트 값인 1페니 반도 되지 않았기 때문에 돈을 절약할 수 있다는 것이었다.

반면 여전히 맥주를 마셔대던 직공들은 상대적으로 돈에 쪼들릴 수밖에 없었다. 주머니에 있는 돈보다 맥줏값으로 지불되는 돈이 많았기 때문에 항상 외상을 했고, 나중에는 술집 주인이 술을 팔지 않을 정도로 외상이 쌓였다. 그럴 때면 그들은 으레 나를 찾아와 "여보게 프랭클린, 지금 난 불이 꺼져 버렸다네."라고 하며 이자를 줄 테니 돈을 빌려 달라고 했다. 결국 주급이 나오는 토요일 오후가 되면 경리과 책상에 앉아 그동안 빌려준 돈을 받아내는 일이 내 일과가 되어 버렸다. 어떨 때는 한 사람에게서 무려 30실링을 받은 적도 있었다.

인쇄소에서 내 입지가 굳어진 데에는 내 입담도 한몫했

다. 동료들은 나를 대단히 능란한 익살꾼에 풍자꾼이라고
여겼다. 또 술을 거의 마시지 않은 탓에 월요일에도 쉬는 일
(일반적으로 노동자들은 일요일에 술을 많이 마셨고, 그 결과 월요일에
쉬는 일이 많았다. — 역자 주) 없이 열심히 일했다. 덕분에 사장
의 신임도 얻었다. 식자 속도가 빠른 것도 다른 사람들의 부
러움을 샀다. 급하게 처리해야 하는 일이 들어오면 그것은
으레 내 차지가 되었다. 물론 이런 경우 다른 일에 비해 돈
도 많이 받았다. 상황이 이쯤 되자 하루하루가 즐거웠다. 영
국에 온 이후로 점차 심적으로든 경제적으로든 안정을 찾아
가고 있었다.

그즈음 난 하숙집을 옮겼다. 리틀 브리튼은 인쇄소에서
너무 멀었다. 새 하숙집은 듀크가 성당 맞은편 이탈리아 식
료품점이 있는 건물이었다. 내 방은 3층 뒷방이었다. 주인
은 중년의 미망인으로 1층에서 식품점을 운영하고 있었는
데, 딸 하나와 식모와 함께 살고 있었다. 가게를 관리하는
점원도 한 명 있었는데, 그는 다른 곳에서 살고 있었다. 여
주인은 내가 전에 살던 리틀 브리튼에 사람을 보내 내 성품
을 알아본 후에 받아들였을 정도로 꼼꼼한 사람이었다. 하
숙비는 전과 같이 일주일에 3실링 6펜스였다. 여기에는 여
주인의 이해관계가 작용했는데, 그것은 여자들끼리만 살면
쓸쓸하기도 하고 위험한 것 같아 남자를 들인다는 것이었

다. 가끔 여주인은 하숙비를 싸게 해 주었다면서 공치사를 하기도 했다.

여주인은 목사였던 그녀 아버지의 영향으로 원래 신교도였다고 했다. 그러나 결혼 후 남편을 따라 가톨릭으로 개종했다. 그녀는 아직도 죽은 남편을 항상 그리워하며 그와의 추억을 소중하게 기억하고 있었다. 그리고 전에는 상류층의 사람들과 어울려 살았다고 했는데, 그 때문인지 찰스 2세 때부터 전해오는 상류 사회 이야기를 많이 알고 있었다. 신경통이 심해서 다리를 절었기 때문에 나들이가 쉽지 않았던 그녀는 가끔 내게 말동무가 되어 달라고 청했고, 그녀가워낙 말을 잘하고 아는 것도 많았기 때문에 난 기꺼이 그녀의 부탁을 들어주었다. 또 그럴 때면 그녀는 저녁을 함께하자고 권했다. 저녁이라고 해 봐야 버터를 바른 빵 한 조각과절인 생선 반 토막, 그리고 맥주 반 파인트를 둘이서 나눠 마시는 것이 전부였지만, 그녀가 들려주는 무궁무진한 소재의이야기들 덕분에 나는 그 저녁 식탁이 성찬처럼 느껴졌다.

그녀는 좋은 말동무라는 것 외에도 내가 늘 시간을 지키고, 다른 사람들에게 폐를 끼칠 일을 하지 않는다는 이유로나를 마음에 들어 했다. 그래서 내가 인쇄소에서 더 가깝고하숙비도 2실링밖에 안 되는 곳으로 이사하려고 하자, 그녀는 지금 하숙비에서 2실링을 깎아줄 테니 나가지 말라고 했다. 결국 나는 런던에 머무는 내내 그 하숙집에서 살았다. 일주일에 1실링 6펜스만 내고…….

　그 집 다락방에는 일흔이 다 된 할머니 한 분이 살고 계셨다. 미혼이었던 그분은 세상과는 아예 연을 끊고 살았는데, 여주인 말에 의하면 그 할머니는 본래 가톨릭 신자로 젊은 시절 수녀가 되기 위해 외국에 있는 수도원에 들어갔다고 한다. 당시에는 영국에 수도원이 없었기 때문이었다. 그러나 그곳 풍토가 몸에 맞지 않아 돌아올 수밖에 없었고, 결국 정식 수녀의 길을 포기한 채 수녀와 같이 정갈한 삶의 방식으로 살아가기로 마음먹었다는 것이다. 그 후 할머니는 1년 동안의 생활비로 12파운드만 남긴 채 가진 재산을 모두 자선 기관에 기부했다. 물론 그 12파운드도 가난하고 어려운 사람을 돕는 데 거의 다 썼다. 덕분에 할머니 당신은 죽한 그릇으로 겨우 연명했고, 아무리 추워도 죽을 끓일 때 말고는 불을 피우지 않는다고 했다. 마침 가톨릭 신자였던 여주인은 그런 분을 곁에 두는 것을 축복으로 여겼고, 덕분에 할머니는 수년 동안 그 집에서 집세 걱정 없이 살고 있었다. 할머니에게는 하루에 한 번 찾아오는 손님이 있었다. 신부가 매일 들러 할머니의 고해를 들어주고 있었던 것이다. 하루는 여주인이 할머니에게 "당신 같은 분께서 무슨 죄를 지으신다고 매일같이 고해를 하세요?" 하고 물은 일이 있었다.

그러자 할머니는 "아휴, 말도 말게. 온종일 잡생각이 들락거리지 뭔가?"라고 말하며 손사래를 치셨다. 내가 그 할머니 방에 들어간 건 딱 한 번뿐이었다. 물론 그녀의 친절한 허락을 받고서 말이다. 그때 내가 그분에게 받은 느낌은 밝고 쾌활하다는 것이었다. 또 할머니는 이야기도 재미있게 하는 분이셨다. 세간이라고 해 봐야 침대, 십자가와 성경책이 놓인 테이블, 나에게 앉으라고 내놓은 나무의자가 전부였다. 그리고 손수건을 펼쳐 든 성 베로니카의 그림이 난로 위에 걸려 있을 뿐이었다. 그날 할머니는 내게 아주 엄숙한 표정으로 이 그림에 대해 설명해 주셨는데, 그분의 말씀에 따르면 베로니카의 손수건에는 불가사의하게도 피를 흘리고 있는 예수님의 얼굴이 나타난다는 것이었다. 어쨌든 할머니는 창백했지만 한 번도 앓은 일이 없었다. 나는 그분을 통해 적은 수입으로도 얼마든지 건강하고 행복하게 살 수 있다는 것을 깨달았다.

한편 난 와츠 인쇄소에서 일하면서 와이게이트라는 똑똑한 청년과 사귀게 되었다. 그 역시 와츠 인쇄소의 직공이었는데, 부유한 친척이 있었기 때문에 다른 사람들보다는 교육을 많이 받은 사람이었다. 불어는 물론이고 라틴어까지 꽤 잘했으며, 나처럼 책 읽는 것을 좋아했다. 나는 와이게이트와 그의 친구에게 수영을 가르쳐 준 일이 있었는데, 그들은 단 두 번 만에 수영에 능숙해졌다. 그런저런 이유로 친하게 된 그들은 신사 몇 분을 내게 소개해 줬다. 그 신사들은 대학과 돈 살데로(제임스 솔타가 골동품 수집가였던 한스 슬로안 경에게 물려받은 골동품을 전시·진열한 곳 — 역자 주)를 둘러보기 위해 배를 타고 첼시에 온 시골 사람들이었다.

그들과 동행해서 구경을 하고 오던 중 와이게이트가 내 수영 솜씨에 대해 떠벌리기 시작했다. 급기야 시골 신사들이 한번 보여 달라고 부추기기 시작했다. 나는 하는 수 없이 옷을 벗고 강에 뛰어들었다. 그리고 첼시에서 블랙프라이어까지 헤엄쳐 가면서 물 위아래를 넘나들며 수영 실력을 뽐냈다. 그들은 그것이 무척 신기했던지 손뼉까지 치며 즐거워했다.

사실 나는 어렸을 때부터 수영을 좋아했다. 그래서 프랑스의 유명한 수영 선수인 데브노의 영법을 수시로 연습했다. 그뿐만 아니라 그 영법을 바탕으로 실제로 유용하면서도 아름답게 보이는 나만의 영법을 만들어 사용하고 있었다. 난 사람들의 반응에 우쭐해져서는 내가 보여 줄 수 있는 모든 것을 보여주었다. 이 일로 인해 와이게이트는 나의 둘도 없는 친구가 되었다. 공부나 독서의 취향도 비슷한 데다가 그가 내 영법과 묘기를 배우고 싶어 했기 때문이었다. 그러던 어느 날 와이게이트가 함께 유럽 여행을 떠나자는 제안을 해 왔다. 여비는 각지의 인쇄소에서 일용직으로 일하면서 벌어 쓰자고 했다. 솔직히 난 그의 제안에 솔깃했다. 그래서 영국으로 오던 중에 친해져서 가끔 만나고 있었던 데넘 씨에게 의견을 물었다. 데넘 씨의 의견은 한마디로 '노'였다. "자네는 펜실베이니아로 돌아가는 것 말고는 아무것도 생각하지 말게."라며 딱 잘라 말했다.

여기서 잠깐 데넘 씨의 훌륭한 인격을 설명하지 않을 수 없구나. 그는 원래 브리스틀에서 장사를 했다. 하지만 크게 실패를 했고, 덕분에 빚더미에 올라앉게 되었다. 다행히 채권자들과 얘기가 잘돼서 빚을 탕감했고, 그 길로 아메리카로 건너갔다. 아메리카에서의 사업은 일사천리로 잘 진행되었고, 이삼 년 만에 큰 재산을 모을 수 있었다. 그렇게 돈을 벌어 귀국하던 배에서 나와 처음 만나게 된 것이었다. 그는 영국으로 돌아온 즉시 그동안 자신에게 관용을 베풀어 준 채권자들을 식사에 초대했다. 채권자들은 식사 외에 아무것도 기대하지 않았다고 한다. 그러나 첫 번째 접시가 치워졌을 때 그 밑에는 그간 갚지 못했던 돈과 그에 따른 이자가 한 장의 수표가 되어 놓여 있었다.

앞의 얘기로 돌아와서, 데넘 씨는 머지않아 큰 상점을 차리기 위해 필라델피아로 돌아갈 것이라고 했다.

"그러자면 많은 물건을 싣고 가야 하는데, 난 자네가 내가게 점원이 돼서 장부와 문서들을 정리하고, 상점도 관리해 줬으면 하네."

그러고 나서 데넘 씨는 장부 기록을 가르쳐 주는 것은 물론이고, 내가 장사에 익숙해지면 밀가루나 빵 같은 물건을 거래하기 위해 서인도로 갈 때 데리고 가 줄 것이며, 돈벌이가 될 만한 일도 알선해 주겠다고 했다. 또 나중에는 독립을 시켜 주겠다고도 했다. 나로서는 차마 거부할 수 없는 조건이었다. 사실 그맘때쯤 나는 런던 생활에 싫증을 내고 있던 참이었다. 그리고 펜실베이니아에서의 즐거운 생활을 몹시도 그리워하고 있었다. 나는 두말도 않고 데넘 씨의 조건을 수락했다. 그래서 나는 펜실베이니아 돈으로 1년에 50파운드를 받기로 하고 그가 열기로 한 상점의 점원이 되기로 했다. 물론 식자공 월급보다는 적었지만 장래를 생각하면 훨씬 나은 일이라고 생각했다.

일이 이렇게 되자 여태 해 왔던 일인 인쇄와 영영 이별하게 될 것 같았다. 먼저 인쇄소를 그만둔 나는 그날부터 데넘 씨와 함께 매일같이 아메리카로 가져갈 물건을 사기 위해 돌아다녔다. 그리고 장사꾼들에게서 엄청난 양의 물건을 사들인 후 배에 적재했다. 또 간간이 데넘 씨의 심부름도 했고, 일꾼들을 불러 문서를 발송하는 등 여러 가지 일을 했다. 부지런히 짐을 배에 다 실었을 때는 출항 이삼일 전이었다. 그런데 그때 뜻하지 않은 곳에서 연락이 왔다. 나를 찾아온 심부름꾼의 말로는 이름만 겨우 알고 있던 그 유명한 윌리엄 윈덤(1687~1740년; 영국의 정치가 — 역자 주) 경이 나를 만나고 싶어 한다는 것이었다. 나는 심부름꾼을 따라 윈덤 경을 만나러 갔다. 그는 어떻게 들었는지 내가 첼시에서 블랙프라이어까지 헤엄친 일이며 와이게이트와 그의 친구에게 단 두 번 만에 수영을 가르친 일을 모두 알고 있었다. 그러면서 이번에 아들 둘과 함께 여행을 하려 하는데 그전에 아들들에게 수영을 가르쳐 주었으면 한다고 부탁했다. 물론 사례는 섭섭지 않게 하겠다고 했다.

그러나 나는 이미 며칠 후면 이곳을 떠나기로 되어 있다. 게다가 윈덤 경의 아들들이 런던에 오려면 아직 며칠이나 더 있어야 했다. 하지만 이대로 런던에서 수영 학교를 연다면 제법 큰 돈을 벌 수 있을 것도 같았다. 때문에 윈덤 경을 조금만 더 빨리 만났더라면 그대로 런던에 주저앉아 버렸을지도 모르겠다.

고민 끝에 결국 난 데넘 씨와의 약속을 지키기 위해 그의 제안을 거절했다. 그렇다고 해서 윈덤 경과의 인연이 거기에서 끝난 것은 아니었다. 훗날 에그레몬트 백작이 된 윈덤 경의 아들 중 한 명과 좀 더 깊은 관계를 맺게 되기 때문이다. 하지만 이 얘기는 나중에 자세히 하겠다.

그렇게 나는 18개월 동안의 런던 생활을 청산했다. 대부분 열심히 일했고, 연극을 보거나 책을 읽는 것 말고는 나를 위해 보낸 시간이 별로 없었다. 그런데도 무려 27파운드나 빌려 간 친구 랠프 덕분에 가난뱅이가 되어 있었다. 보잘것없는 내 수입을 생각하면 어마어마한 돈을 고스란히 날려버리고 만 것이다. 그렇다고 해서 랠프를 미워하지는 않았다. 나는 그를 무척이나 사랑했다. 장점을 많이 가지고 있는 친구였기 때문이었다. 어쨌든 난 런던에 있는 동안 큰 돈을 번 것은 아니었지만 똑똑한 친구들과도 친분을 맺었고, 그들과의 대화를 통해 견문을 넓혔다. 그리고 많은 책을 읽을 수도 있었다.

새로운 시작

나를 태운 배는 그레이브젠드 항에서 아메리카를 향해
출발했다. 때는 1726년 7월 23일이었다. 배 안에서의 일은
일기에 상세히 기록되어 있다. 거기에는 내가 앞으로 어떻
게 살아가야 할지 기록해 놓은 '인생 계획서'도 있다. 그 계
획을 난 지금껏 지켜나가고 있다. 어린 나이에 그런 계획을
세웠다는 것이 지금 생각해도 기특할 뿐이다.

10월 11일 필라델피아에 도착했다. 그사이 많은 것이 변
해 있었다. 먼저 키드 경이 물러나고 고든 소령이 지사가 되
어 있었다. 한 번은 평범한 시민이 되어 길을 걷고 있는 키
드 경과 마주친 일이 있었는데, 그는 나를 보자 약간 겸연쩍

은 표정을 짓더니 아무 말도 없이 이내 고개를 돌려 가던 길을 가 버렸다. 만약 내가 리드 양을 만났더라면 나도 그처럼 행동했을 것이다. 내가 돌아왔을 때 리드 양은 이미 결혼해 있었다. 내가 보낸 편지를 보고 그녀의 친구들이 내가 돌아오기는 틀렸다고 한 모양이었다. 결국 그들은 리드 양을 부추겨 다른 남자와 결혼시키고 말았다. 리드 양의 남편이 된 사람은 로저스라는 청년이었는데, 사기그릇을 만드는 도공이었다. 하지만 그들의 결혼 생활은 불행했다. 결혼 후 얼마 지나지 않아 남편에게 다른 여자가 있다는 것을 알게 되었기 때문이다. 결국 그녀는 남편과 동거하기를 거부했을 뿐만 아니라 그의 성을 붙이는 것조차 거절했다. 로저스는 훌륭한 기술자였기 때문에 그녀의 친구들 사이에서는 좋은 신랑감으로 통했다고 한다. 하지만 기술만 빼면 그는 별 볼 일 없는 작자였다. 결국 많은 빚을 지고 도망치듯 서인도 제도로 갔는데, 1727년인가 1728년인가 그곳에서 죽고 말았다.

한편 키머 씨는 그간 사업이 잘됐는지 훨씬 크고 좋은 건물에서 일하고 있었다. 또 문방구와 새 활자도 많이 들여놨고, 실력은 그저 그렇다고 해도 꽤 여러 명의 직공을 거느리고 있었다.

필라델피아에 도착하자마자 데넘 씨는 워터가에 상점을 얻었다. 가게는 런던에서 가져온 물건들로 채워졌고, 우리는 곧바로 장사를 시작했다. 나는 한눈팔지 않고 부지런히 일했다. 그리고 열심히 배웠다. 덕분에 얼마 안 돼서 장사에 익숙해졌다. 그러는 동안 데넘 씨와 난 한집에서 먹고 잤다. 그는 나를 아버지가 아들을 대하듯 진심으로 걱정했고, 이것저것 챙겨 줬다. 나도 그를 존경했고 사랑했다. 우리 둘은 부족함 없이 행복한 생활을 했다. 그리고 언제까지나 계속되리라 여겼다. 그런데 갑자기 불행의 그림자가 찾아왔다. 내가 스물한 살을 갓 넘겼을 때였다. 그러니까 1727년 2월 우리 둘은 약속이나 한 듯 똑같이 병에 걸리고 말았다. 내 병명은 늑막염이었다. 어찌나 고생을 했는지 꼭 죽는 줄로 알았다. 그러나 다행스럽게도 얼마 후 내 병은 점점 회복되기 시작했다. 다시는 살아날 수 없다고 어느 정도는 체념하고 있었기 때문인지 그때는 다시 지겨운 일상으로 돌아가야 한다는 생각에 회복된다는 것이 마냥 즐겁지만은 않았다. 내 생각이야 어떻든 난 그렇게 병을 털고 자리에서 일어났다. 반면 데넘 씨는 끝내 다시 일어나지 못했다. 무슨 병이었는지는 기억나지 않지만 그는 무척 오랫동안 고통에 시달렸고, 끝내 죽음을 맞이했다. 임종 직전 그는 나를 향한 애정의 표시로 내게 약간의 유산을 남겨주었다. 그의 죽음과 함께 가게는 유언 집행인에게 넘어갔고, 그에 따라 내 고용 계약도 끝나 버렸다. 그렇게 해서 난 또 한 번 이 넓은 세상에 홀로 남겨졌다.

그즈음 필라델피아에 있던 홈즈 매형은 원래 하던 일을 다시 시작하라고 했다. 마침 키머 씨에게서 함께 일하자는 연락도 왔다. 키머 씨는 내가 인쇄소를 맡아 주면 자신은 문 방구 쪽 일에 전념하겠다고 하면서 거액의 연봉을 제시했 다. 하지만 난 내키지 않았다. 런던에 있을 때 만난 키머 부 인과 그녀의 친구들로부터 키머 씨의 품성이 좋지 않다는 얘기를 들었던 탓이었다. 그러나 선택의 여지가 없었다. 다 른 상점에 점원 자리를 알아보았지만 여의치 않았다. 결국 난 다시 키머 씨의 인쇄소에서 일하게 되었다.

키머 씨의 인쇄소에는 전과 다르게 나 외에 다른 직공들 이 있었다. 먼저, 휴 메러디스는 웨일스 계 펜실베이니아인 으로 나이는 서른이었다. 일찍이 농사를 배웠다는 그는 독 서도 많이 했는데, 매사에 성실하고 정직했으며 착실했다. 한 가지 흠이라면 술을 지나치게 많이 마신다는 것이었다. 이제 갓 스물이 된 스티븐 포츠는 시골 출신으로 메러디스 처럼 농사에 능했다. 그 때문인지 보기 드물게 멋진 체격을 가지고 있었다. 또 재치나 유머 감각도 뛰어나서 주목을 받 았다. 하지만 약간 게을렀다. 이 두 사람은 모두 숙련도에 따라 석 달에 1실링을 올려 준다는 조건으로 낮은 급료를 받 고 있었다. 언젠가는 많은 급료를 받게 될 것이라는 키머 씨의 꼬드김에 넘어간 것이었다. 일단 메러디스는 인쇄 일을, 포츠는 제본 일을 하고 있었지만 실상 일에 대해 아는 것이 거의 없었다. 원래 계약에 의하면 키머 씨가 가르쳐 주기로 되어 있었지만, 일을 모르기로는 키머 씨도 마찬가지였다. 그들 외에 존 아무개라는 아일랜드인도 있었다. 그는 다른 사람들과 달리 성질이 난폭했다. 어느 배의 선장으로부터 4년 계약을 하고 고용된 사람이라고 했는데, 인쇄 일을 하기는 이번이 처음이라고 했다. 4년짜리 강제 계약을 하고 고용살이를 하는 사람은 존만이 아니었다. 옥스퍼드 학생이었다는 조지 웹이란 친구도 있었다. 키머 씨는 그를 식자공으로 키울 셈이었는데, 그에 대해서는 나중에 다시 얘기할 기회가 있을 것이다. 그리고 마지막으로 시골에서 올라와 수습공으로 일하고 있는 데이비드 해리라는 소년이 있었다.

나는 그들을 보고 키머 씨가 거액 연봉을 제시하며 나를 고용한 속내를 알아차릴 수 있었다. 그는 나를 이용해 이 값싼 직공들을 숙련된 기술자로 만들고 싶었던 것이다. 내 교육으로 그들이 어느 정도 일에 익숙해진다면 나중에 내가 없더라도 어느 정도는 인쇄소를 꾸려나갈 수 있다는 계산이었다. 어차피 나머지 직공들은 계약서 때문에라도 숙련공이 된다 해도 그만둘 수 없었다. 키머 씨의 속셈을 알았지만 나는 나대로 즐겁게, 그리고 열심히 일했다. 그 결과, 엉망이었

128

던 인쇄소의 질서가 잡혀갔다. 직공들도 점차 자신의 일을 제대로 해나가기 시작했다.

그런데 옥스퍼드에 다니던 수재가 일개 인쇄소 수습공으로 팔려온 것은 도무지 이해가 되지 않았다. 고작해야 열여덟 살이나 되었을까 싶은 웹은 궁금해하는 내게 자신의 이야기를 해 줬다. 그는 자신을 글루체스터 출신이라고 했다. 그곳에서 중등학교에 다녔는데, 학교에서 연극을 했을 때 자기가 맡은 역을 제법 잘 소화해냈기 때문에 주목을 받은 일도 있었다고 한다. 또 '위티 클럽'이라고 하는 그 지역 문학 동호회에 가입하여 몇 편의 시와 산문을 썼고, 그중에 몇 편은 지방 신문인 〈글루체스터〉지에 소개되기도 했단다. 옥스퍼드에 진학한 후 1년 동안은 그럭저럭 다녔지만 속으로는 그저 배우가 되겠다는 생각뿐이었고, 결국 4분기 학비인 15기니를 받은 즉시 빚도 갚지 않은 채 학교를 떠나 버리고 말았다. 그는 교복은 벗어서 가시덤불 밑에 던져버린 후 무작정 런던을 향해 걸었다. 그런데 런던에 오자마자 나쁜 친구들을 만났고, 얼마 지나지 않아 가지고 있던 돈을 모두 탕진해 버렸다. 극단에 들어갈 실력도, 배우들을 소개받을 만한 연줄도 없었다. 그러는 사이 입고 있던 옷마저 전당포에 잡히는 신세가 되었고, 급기야 빵 한 조각 살 수도 없는 빈털터리가 되어 고픈 배를 움켜쥐고 길거리를 헤매게 되었다.

그러던 중 아메리카에서 수습공으로 일할 사람을 구한다는 전단지를 보게 된 것이다. 거기에는 당장 음식과 원조금을 제공한다고도 써있었다. 웹은 두 번 생각하지도 않고 그 자리에서 서명해 버렸다. 하지만 그의 기대와는 달리 수습공을 모집한다는 것은 허울에 불과했다. 그래서 그는 어디로 가는지 친구나 친지들에게 알리지도 못한 채 머나먼 아메리카로 팔려오게 된 것이다. 이 사실들만으로도 알 수 있듯 그는 성격도 좋고, 밝고 재치 있어서 어울리기에는 좋았지만 게으르고 생각이 짧으며 경솔한 친구였다.

내가 그곳에서 일한 지 얼마 후 아일랜드인인 존이 도망가 버렸다. 하지만 그 밖의 사람들과는 아주 정답게 잘 지냈다. 키머 씨에게 배울 수 없던 기술을 내가 가르쳐 줬기 때문이었다. 덕분에 난 그들의 존경을 받을 수 있었다. 키머 씨는 여전히 토요일을 안식일로 지키고 있었다. 덕분에 우리는 토요일에 일하지 않았다. 그래서 나는 일요일까지 책만 읽었고, 가끔은 똑똑한 친구들과 교분을 맺기도 했다. 어쨌든 키머 씨는 내게 정중하게 대해 주었고, 겉으로는 나를 배려해 주는 척했기 때문에 그다지 불편한 건 없었다. 다만 갚을 수 없는 버논 씨의 돈은 여전히 나를 무겁게 나를 짓누르고 있었다. 그나마 다행인 것은 그에게서 돈을 돌려 달라는 연락이 오지 않았다는 것이었다.

인쇄소에서 일하다 보면 종종 활자가 부족하기도 했다. 당시 아메리카에는 활자를 주조하는 곳이 없었고 영국에서 모두 수입했던 것이다. 런던의 제임스 인쇄소에서 일할 때 그곳에서 활자를 주물로 뜨는 것을 본 적이 있었던 나는 기억을 더듬어 활자를 만들어 보았다. 먼저 틀을 만들었고, 가지고 있던 활자를 각인기로 납에 찍은 후 거기에 납을 부어 모형을 만들었다. 번거롭고 힘든 작업이었지만 그런대로 부족한 활자를 충당할 수 있었다. 난 인쇄소에서 다재다능한 인물로 통했다. 활자를 만드는 것은 물론이고 가끔은 조각도 했고, 잉크도 만들었으며, 심지어 창고지기까지 했다.

하지만 일을 잘하는 것과는 별개로 다른 직공들이 능숙해짐에 따라 내 일이 점차 줄어들게 되었다. 그러자 키머 씨가 내게 이전과는 다른 말을 했다. 4분기 중 두 번째 임금을 줄 때였는데, 인쇄소 운영이 어려우니 내 임금을 조금 깎아야겠다는 것이었다. 그 일이 있고 난 뒤부터 키머 씨는 내게 함부로 굴기 시작했다. 공손한 태도를 버리고 가끔은 주인 행세를 하며 잔소리를 해댔다. 또 말끝마다 말꼬리를 잡고 늘어졌다. 아마 기회만 있으면 쫓아 버리려고 마음먹은 것 같았다. 한바탕 싸움이라도 하고 싶어 안달 난 사람 같았다. 나는 인쇄소 형편이 안 좋아서 신경질이 나는 모양이라고 생각하고 꾹 참았다. 하지만 그것도 오래가진 못했다. 우

프랭클린은 인쇄술 발전에도 큰 영향을 끼쳤다.

리가 완전히 결별하게 되는 일이 생기고 만 것이다.

　어느 날이었다. 일을 하고 있는데 재판소 쪽에서 시끄러운 소리가 들려왔다. 나는 궁금하기도 해서 창으로 머리를 내밀고 소리 나는 쪽을 쳐다보았다. 그런데 마침 길에 나와 있던 키머 씨가 나를 발견하고는 버럭 소리를 질렀다. 네 일이나 똑바로 하라면서 욕까지 두어 마디 퍼부었다. 그것도 이웃 사람들이 다 보는 자리에서 말이다. 나는 공개적으로 망신을 당한 꼴이 되고 말았다.

나는 그때까지 참고 있던 화가 한꺼번에 폭발하는 것을 느꼈다. 그런데 키머 씨는 자신의 잘못은 생각지도 않고 인쇄소로 들어와서도 내게 소리를 지르며 화를 냈다. 나는 더는 참지 못하고 키머 씨에게 대들었고, 언성을 높이게 되었다. 결국 키머 씨는 해고하기 3개월 전에 미리 알려야 한다는 고용 조건에 따라 3개월 후에 해고한다고 통고했다. 심지어 그렇게 긴 통고 기간을 정한 것을 후회한다면서 야단이었다. 나는 나대로 화가 나서 그럴 필요 없다고 한 후 당장 그만두겠다고 선언했고, 모자를 들고 곧바로 문을 박차고 나와 버렸다. 내 물건이 있었지만 아래층에 있던 메러디스가 가져다줄 것이라 믿었기 때문에 걱정하지 않았다.

예상한 대로 그날 저녁 메러디스는 내 물건을 챙겨서 하숙집으로 찾아왔다. 우리는 앞으로 어떻게 할 것인지에 대해 의논했다. 메러디스는 나를 대단한 사람으로 여기고 있었기 때문에 내가 그만둔 것을 무척이나 섭섭해했다. 심지어는 내가 고향으로 돌아갈까 생각 중이라고 하자 그는 키머 씨의 전후 사정을 설명하면서 극구 말렸다. 메러디스의 말에 따르면, 키머 씨는 심각한 재정적 위기에 봉착해 있었다. 키머 씨는 인쇄소를 확장할 때 가진 것을 모두 저당 잡히고 돈을 빌렸는데 경영이 엉망이었다. 현금이 필요하면 밑지는 장사도 마다하지 않고 맡았고, 가끔은 외상을 주면서 장부에 기록하지 않아 돈을 떼이기도 했다는 것이다.

상황이 이렇게 되자 돈을 빌려준 사람들이 불안해하게 되었고, 결국 머지않아 망하게 될 것이라는 게 메러디스의 설명이었다. 그러면서 그는 키머 씨가 망하면 내게 기회가 생길 거라고 했다. 사업을 인수할 수도 있다는 얘기였다. 하지만 나는 그만한 돈이 없었다. 내가 가망 없는 일이라고 반대하자 메러디스는 전에 자신의 아버지와 이야기를 하던 중에 내가 동업을 한다고만 하면 그에 필요한 자금을 대줄 거라고 했다면서 나를 설득했다. 자신의 아버지가 나를 아주 잘 봤다는 것이었다.

"다음 봄이 되면 나는 키머 씨와 맺은 계약이 끝나네. 그리고 그때가 되면 런던에서 인쇄기와 활자들을 들여올 수 있을 거야. 물론 나는 좋은 기술자는 아니네. 하지만 나는 자금을 댈 수 있어. 내가 자금을 대고 자네가 기술을 대는 거지. 이익은 반으로 공평하게 나누고 말이야."

나는 그의 제안이 마음에 쏙 들었다. 마침 그 자리에는 메러디스의 아버지도 계셨다. 그분은 오랫동안 술에 찌들어 살던 아들이 나를 알게 되면서부터 술을 끊게 되자 나에게 큰 믿음을 가지고 계시는 듯했다. 아들이 앞으로도 나와 함께 일하게 되면 그 못된 술버릇과 그 외의 나쁜 습관도 모두 없앨 수 있을 거라고 믿고 계시는 듯했다. 어쨌든 메러디스의 아버지는 아들의 계획에 적극적으로 찬성하셨다.

나는 인쇄소를 차리는 데 필요한 몇 가지 물품을 적어 메러디스 아버지께 드렸다. 그리고 그분은 곧바로 상인에게 넘겨주어 물건을 주문하게 했다. 우리는 물건이 도착하기 전까지는 이 모든 일을 비밀에 부치기로 했다. 나는 기다리는 동안 놀고 있을 수만은 없어 다른 인쇄소에서 일을 하기로 했다. 하지만 마땅한 곳이 없었다.

결국 하는 일 없이 며칠을 빈둥거릴 수밖에 없었다. 그러던 어느 날 키머 씨에게서 편지가 왔다. 편지는 아주 정중한 말투로 쓰여 있었는데, 내용을 요약하면 다음과 같다.

화가 나서 함부로 내뱉은 말 때문에 오랫동안 잘 지내 온 친구와 헤어져서는 안 되네. 그러니 다시 인쇄소로 돌아와 주었으면 좋겠네.

당시 키머 씨는 뉴저지 주 정부로부터 지폐 인쇄를 따내려고 했는데, 그 일을 하자면 여러 가지 문양과 글자가 필요했고, 그것들을 만들 수 있는 사람은 나밖에 없었다. 만에 하나 브래드퍼드 인쇄소에서 나를 데려가기라도 한다면 정부 일이 그쪽으로 넘어갈 게 뻔했기 때문에 조바심이 난 키머 씨는 자존심을 굽히고 내게 편지를 보냈던 것이다. 메러디스는 당장 승낙하라고 했다. 내가 인쇄소로 돌아오면 나한테 하나라도 더 배울 수 있으니 나중을 위해서라도 좋은 기회라고 했다. 난 다른 일자리도 없고 해서 키머 씨의 제안을 받아들였다. 다행히 인쇄소에 다시 출근하면서부터는 키머 씨와 원만하게 지냈다.

키머 씨는 소원대로 뉴저지 주 정부의 일을 따왔다. 그리고 나는 거기에 맞춰 동판을 짰는데, 그것은 아메리카에서 최초로 선보이는 것이었다. 또 그 외에도 지폐에 들어간 몇 개의 문양과 표지들도 조각했다. 키머 씨와 나는 벌링턴 시로 가서 일을 착착 시행했다. 그 일로 큰돈을 벌 수 있었고, 덕분에 키머 씨는 당분간이나마 파산을 면할 수 있었다.

벌링턴에서 나는 그 지방의 유력자들과 친분을 맺었다. 그중 몇 사람은 주 의회가 임명한 위원이었는데, 그들은 법률이 정한 지폐의 수량에 맞게 인쇄하는지 감시하는 일을 했다. 대체로 순번을 정해 인쇄소에 나왔다. 그리고 그때마다 말동무가 될 친구 한두 사람을 더 데리고 왔다.

책을 많이 읽었던 나는 적어도 키머 씨보다는 생각이 깊었다. 덕분에 내 말은 그들에게 존중을 받을 수 있었고 나는

프랭클린의 초상화가 그려진 미화 100달러

금방 그들과 친해졌다. 그들은 나를 집으로 초대해 다른 친구들을 소개해 주는 등 정중하게 대해 주었다. 반면 키머 씨는 인쇄소 사장인데도 상대적으로 따돌림을 받았다. 거기에는 그의 괴짜 같은 성향도 한몫했다. 그는 세상일에 아는 것이 거의 없으면서도 상식적인 견해에는 무조건 반대하고 나섰다. 또 게을러서 하는 일마다 엉성하고 지저분했다. 반면 종교 문제에서는 광적으로 집착하는 일면을 보였다. 그렇다고 근본적으로 선한 인간도 아니었다.

　나는 석 달이나 벌링턴에 머무르며 그 지방 유력 인사들과 친분을 맺었다. 앨런 판사, 주 장관인 사무엘 버스틸, 아이작 피어슨, 조셉 쿠퍼, 측량 감독관인 아이작 디코, 그리고 주 의회 의원인 스미스 집안의 몇몇 사람들이 그들이다. 그 중에 디코 감독관은 노인이었는데, 예민하고 현명한 사람이었다. 벽돌 공장에서 흙을 나르는 일부터 시작한 그는 성년이 된 후에야 글을 배웠을 만큼 어려운 생활을 했다고 했다. 그러던 중 측량사들의 보조로 일하면서 측량줄을 가지고 다니다가 측량을 어깨너머로 배운 덕분에 지금은 제법 많은 재산을 모았다고 했다.

그는 내게 이런 말도 했다.

"내가 볼 때 자네는 머지않아 자네 사장을 제치고 필라델피아에서 큰 재산을 모으게 될 걸세."

그때만 해도 메러디스 부자를 제외하고는 필라델피아의 그 누구도 내가 독립을 할 거라고 생각한 사람은 없었다는 것을 상기하면, 디코 감독관의 선견지명은 놀라운 것이었다. 아무튼 이때 친구가 된 사람들은 훗날 내게 큰 도움을 주었다. 물론 내가 그들에게 도움이 된 적도 있었다. 우리는 그렇게 평생 서로를 아끼고 존중했다.

자, 이제부터 내가 어떻게 사업을 시작했는지 얘기하려고 하는데, 본격적으로 사업 얘기를 하기 전에 평소 내가 품고 있던 생활신조나 도덕관이 내 인생에 어떤 영향을 미쳤는지 얘기해 두고자 한다. 내 부모님께서는 일찍이 종교적인 삶을 손수 보여주시면서 나를 비국교도(Nonconformists; 영국 국교회의 교리와 예배의식을 거부한 개신교 집단 — 역자 주)로 키우기 위해 애쓰셨다. 그러나 나는 여러 책을 읽게 되면서 성경 그 자체에 의심을 품게 되었다. 열다섯 살쯤 되었을 때라고 기억한다. 어느 날 18세기 계몽주의 시대의 대표적인 그리스도교 사상인 이신론(理神論; 성서를 비판적으로 연구하고 계시를 부정하거나 그 역할을 현저히 후퇴시켜서 그리스도교의 신앙 내용을 오로지 이성적인 진리에 한정시킨 합리주의 종교관 — 역자 주)을 논박하는 책 몇 권을 읽게 된 일이 있었는데, 반박하기 위해 인용한 이신론의 내용이 책의 주장보다 나를 훨씬 강하게 사로잡았다. 결국 난 이신론자가 되어버렸고, 몇몇 친구들을 나쁜 길로 빠지게 했다. 콜린스와 랠프가 대표적이라 할 수 있겠다. 그런데 이 친구들은 나중에 내게 큰 폐를 끼쳤으면서도 조금도 미안하게 생각하지 않았다.

자유 사상가라고 자부한 키드 씨도 마찬가지였다. 그리고 내가 버논 씨나 리드 양에게 한 짓도 그들의 뻔뻔함과 크게 다르지 않았다. 물론 그 일 때문에 오랫동안 괴로워했지만 말이다. 어쨌든 이런 일들을 겪으면서 나는 갈등을 겪게 되었다. 내가 믿는 이신론도 완벽하지만은 않다고 여기기 시작하게 되었다. 결국 나는 그 이론이 진실일 수는 있어도 유용하지는 않다는 결론을 내렸다.

1725년, 그러니까 런던에 있었을 때 나는 인쇄했던 내 논문에 드라이든(1631~1700년; 영국의 시인이자 극작가 —역자 주)의 시구를 온전하게 실어놓았다.

존재하는 것은 모두 진실이다.
그러나 우매한 인간은 사슬 끝에 달린 고리만 쳐다볼 뿐,
모든 것의 균형을 잡는 저울대에
인간의 눈은 미치지 않는다.

그 논문에서 나는 신의 무한한 지혜와 자비, 그리고 권능에 반해 선악은 존재하는 것이 아니므로 구분하는 것은 무의미한 짓이라고 결론지었다. 당시에는 제법 잘 쓴 것이라고 생각했는데, 지금 다시 보니 형이상학적 추론들이 대부분 그렇듯 어떤 오류가 몰래 숨어들어 뒤에 있는 것까지 모두 망쳐놓은 것은 아닌지 의심이 간다.

한편 나는 행복한 삶을 위해서는 진실과 성실, 그리고 완전함으로 맺어진 인간관계가 가장 중요하다고 생각했다. 그래서 그것을 실현할 방법들을 적어놓고 평생 실천하기로 마음먹었다. 그때 적은 것이 아직도 내 일기에 남아 있다.

성경 그 자체는 내게 의미가 없었다. 성경이 금지한다고 해서 모두 나쁜 행동은 아니며, 성경이 권한다고 해서 모

두 선한 행동은 아니기 때문이다. 단지 성경은 우리에게 유익하지 않은 행동을 금했을 뿐이다. 그리고 유익한 행동을 권했을 뿐이다. 즉 금하고 금하지 않고의 차이는 그 행동이 우리에게 유익한가 그렇지 않은가의 차이였다. 이런 기준은 행동 자체의 본질과 주변 상황에 따라 달라지게 마련이었다. 나는 이런 신념 덕분에 위험할 수도 있었던 젊은 시절을 잘 버텨나갔다. 하나님의 은총이었는지, 수호천사의 보살핌 덕분이었는지, 운 좋게도 주변 상황이 순조로워서였는지, 아니면 또 다른 어떤 원인 때문이었는지 정확히 알 수는 없지만, 난 부모님과 떨어져서 낯선 사람들과 낯선 곳에 살면서도 종교가 없을 시 저지를 수 있는 부도덕하고 부정한 일 등을 저지르지 않았다. 물론 나도 다시는 생각하고 싶지도 않은 과오를 저질렀다. 하지만 그것은 내가 어리고 세상을 잘 몰랐던 까닭에, 그리고 다른 이들의 꼬임에 넘어가 어쩔 수 없이 저지른 것들이다. 즉 종교가 없어서 저지른 잘못은 아니었다. 그러므로 난 건전한 사고방식을 가지고 있었다고 자부한다. 그리고 나는 그것을 소중히 여기고 언제까지나 간직하겠다고 결심했었다.

지폐 일이 끝나고 필라델피아로 돌아온 지 얼마 안 되어 런던에서 활자가 도착했다. 먼저 메러디스와 나는 키머 씨에게 인쇄소를 그만두겠다고 했다. 그래서 키머 씨가 우리가 개업하려고 한다는 것을 소문으로 듣기 전에 정상적인 절차를 밟아 인쇄소를 나왔다. 그다음으로 한 일은 세 들어 살 집을 마련한 것이었다. 우리는 시장 근처에서 1년에 24 파운드짜리 집을 빌렸다. 집세가 70파운드로 오를 때까지 그곳에서 살았던 것으로 기억한다. 하지만 그때는 24파운드 도 우리에게 적지 않은 부담이었다. 때문에 유리장이인 토 머스 고드프리 가족을 들였다. 결국 그들은 대부분의 집세 를 책임졌고, 더불어 우리들의 식사도 챙겨 주었다.

우리는 드디어 런던에서 온 활자들의 포장을 풀었다. 그 리고 인쇄기를 설치하려는데 조지 하우스라는 친구가 인쇄 소를 찾고 있던 어떤 사람을 한 명 데리고 왔다. 자질구레한 물품들을 사느라 이미 주머니가 비어 있었던 우리에게는 단 비와 같은 첫 손님이었다. 그 일을 하고 받은 돈은 겨우 5실 링이었지만, 그 후에 번 그 어떤 돈보다도 귀하고 큰돈이었 다. 하우스가 고마웠던 것은 두말할 것도 없었다. 훗날 나는 사업을 시작하려고 하는 젊은이들을 기꺼이 도와줬는데, 그 게 다 이때의 경험 때문이었다.

성공의 조짐

어느 곳이나 비관론자들은 있기 마련이다. 그런 사람들은 늘 불행한 일이 일어날 것이라고 떠들고 다닌다. 필라델피아에도 그런 이가 한 명 있었다. 그는 새뮤얼 믹클이라고 하는 노인이었다. 그는 겉으로만 보면 인자한 모습에 말투도 정중한 신사였다. 그런 그가 나를 찾아왔다. 그 날은 개업을 한 지 얼마 되지 않았을 때였다. 인쇄소로 찾아온 그는 내게 최근에 인쇄소를 개업한 젊은이가 맞느냐고 물었다. 내가 그렇다고 대답하자, 그는 다짜고짜 혀를 끌끌 차며 "이렇게 말해서 안 됐네만 인쇄업은 돈이 많이 들어간다네. 결국 돈을 벌기는커녕 투자한 돈도 모두 잃어버리고 말 걸세. 게다가 필라델피아는 쇠퇴하고 있는 도시야. 이곳에 있는 사업체 중 이미 반은 파산했거나 파산 직전에 있거든. 새 건물도 들어서고, 덩달아 집세도 올라가서 얼핏 보면 발전하고 있는 것처럼 보이지만 말이야. 하지만 종국에는 그것들이 우리를 파멸시키고 말 거네."라고 하는 것이었다. 그러고는 현재 일어나고 있거나 혹은 머지않아 일어날 여러 가지 불행한 일들에 대해 설명하기 시작했다. 그의 말은 너무나 진지했고 또 사실적이었기 때문에 난 거의 우울증에 걸릴 뻔했다. 만약 개업하기 전에 그를 만났더라면 결코 사업을 시작하지 않았을 것이다. 어쨌든 이 남자는 그 후로도 계속 필라델피아의 불행한 미래에 대해 떠들고 다녔다. 그리고 도시가 곧 망할 것이라고 하면서 집도 사지 않았다. 그러다 정작 집을 살 때는 그렇게 불길한 소리를 떠들고 다닐 때보다 무려 다섯 배나 비싸게 집값을 지불했다. 고소하게도 말이다.

잠깐 빼먹은 게 있어서 그 얘기부터 해야겠다. 개업 1년 전인 1727년 가을에 나는 아는 이들 중에서 재능 있는 사람들을 모아 서로의 발전을 도모한다는 목적 아래 클럽을 만들었다. 그리고 클럽 이름을 '전토(Junto; 비밀 결사를 뜻하는 스페인 말 — 역자 주)'라고 하고, 회칙도 정했다. 물론 그 회칙은 내가 기초했다. 회칙에 의해 우리는 매주 금요일 저녁에 모였는데, 그때마다 윤리나 정치, 또는 자연과학 중 한두 논제를 찾아서 토론을 벌였다. 또 석 달에 한 번은 에세이를 발표했는데, 이때 주제는 어떤 것이어도 상관없었다. 토론은 회장의 주재로 이루어진다는 것, 그리고 논쟁을 벌이거나 상대편을 이기기 위해 진실을 왜곡하는 따위의 오류를 범해서는 안 된다는 것을 철칙으로 삼았다. 또 토론을 벌이다가 서로 얼굴을 붉히게 되는 일이 없도록 독단적으로 의견을 주장하는 것이나 직접적인 반박은 엄격하게 금했다. 만약 이를 어겼을 때는 약간의 벌금을 내기도 했다.

초창기 회원은 다음과 같다.

먼저 공중인 밑에서 필경사로 일했던 조셉 브린트널이 있었다. 그는 성격이 좋고 다정다감한 중년 남자였다. 시를 무척 좋아했고, 책도 닥치는 대로 읽었으며, 글도 잘 써서 그런대로 괜찮은 작품을 내기도 했다. 말도 재치 있게 아주 잘했다. 또 자잘한 액세서리를 만드는 재주도 가지고 있었다.

한편 토머스 고드프리는 독학으로 수학자가 된 사람이었다. 그 방면에 있어서는 대가로 통했다. 훗날 '해들리의 사분의(四分儀)'라고 하는 것을 발명한 사람도 바로 그다. 그러나 그는 수학 이외의 분야에는 아는 것이 거의 없었다. 사람들을 좋아하는 편도 아니었다. 또 내가 아는 다른 수학자들처럼 그도 보편적이고 정확한 것만 얘기해야 한다고 생각했다. 그래서 대화를 나누다 보면 계속 부정만 하거나 하찮은 것을 붙잡고 꼬치꼬치 따지고 들어 분위기를 망쳐놓는 일이 많았다. 결국 그는 금방 클럽을 탈퇴했다.

측량사였던 니콜라스 스킬은 훗날 측량 감독관이 된 사람인데, 책을 좋아했고 때때로 시를 썼다.

윌리엄 파슨스는 원래 구둣방 직공이었는데, 독서를 좋아했고, 수학에 재능이 있는 사람이었다. 그가 수학을 배우게 된 계기는 점성술을 연구하기 위해서였다. 하지만 이내 점성술에 실망했고, 나중에는 거들떠보지도 않았다. 그도 훗날 측량 감독관이 되었다.

가구장이 윌리엄 모그리지는 그 방면에서 최고의 실력을 갖춘 훌륭한 기술자였는데, 착실했고 또 재치가 넘치는 사람이었다.

앞서 설명한 휴 메러디스와 스티븐 포츠, 조지 웹 역시 우리 클럽의 회원이었다. 로버츠 그레이스는 어느 정도 재산을 가진 젊은 신사였는데, 인심도 좋고 명랑한 데다 사람들과 어울리기를 좋아했다. 특히 사람들과 어울려 말장난하는 것을 좋아했다.

우리 클럽에는 내 또래도 한 명 있었다. 어떤 상점의 점원이었던 윌리엄 콜먼이란 친구였는데, 나와 동갑이었다. 그는 내가 본 누구보다도 명석한 두뇌를 가진 사람이었다.

명석함 외에도 냉철함, 온화함, 엄격함을 두루 갖추고 있었다. 훗날 그는 우리 주에서 가장 힘 있는 사람이 되었다. 판사가 된 것이다. 나와는 그가 죽을 때까지, 즉 40년 동안 우정을 쌓아나갔다. 더불어 우리 클럽도 그만큼 오랫동안 지속되었다. 그 긴 세월 동안 우리 클럽은 철학, 도덕, 정치에 관한 한 그 지역 최고의 토론장이었고, 수련장이었다. 그도 그럴 것이 모임 일주일 전에 논제를 발표했고, 그럼 우리는 다음 모임 때까지 그에 관련된 책을 중점적으로 탐독해서 토론의 질을 높였다. 토론은 회칙에 정한 바에 따라 질서 있게 진행되었고, 가급적 서로에게 불쾌함을 주지 않기 위해 노력했다. 그러자 차차 대화하는 태도가 성숙해졌다. 우리 클럽이 장수할 수 있었던 것은 바로 이런 이유들 때문이었다. 클럽에 대한 얘기는 앞으로도 종종 하게 될 것이다.

아무튼 클럽은 내게 많은 도움을 주었다. 지식 창고의 역할뿐 아니라 생활이나 사업적인 부분에서도 큰 도움을 받았다. 그것은 회원들 저마다 내게 일거리를 주기 위해 팔을 걷어붙였기 때문에 가능했다. 물론 내가 부탁했던 것은 아니었다. 특히 브린트널은 퀘이커 교도들의 역사서를 만드는 일의 일부를 내가 인쇄할 수 있도록 알선해 주었다. 내가 맡은 분량은 40페이지였고 나머지는 키머 씨의 인쇄소가 했다. 역사서는 2절지판이었고, 본문의 활자 크기는 파이카(12

전토는 프랭클린에게 있어
지식의 창고였다.

포인트를 이르는 인쇄 용어 — 역자 주)였으며, 주석은 소프리머(10
포인트 — 역자 주)였다. 그런데 이 일은 가격이 너무 싸서 우리
인쇄소로서는 힘들 수밖에 없었다. 그러나 마다할 형편이
아니었다. 내가 매일매일 하루에 한 장씩 조판하면 메러디
스가 그것을 인쇄했다. 인쇄가 끝나면 다음 날 작업을 위해
조판한 것을 해체했다. 우리는 열심히 일했다. 게다가 다른
친구들이 구해다 주는 자질구레한 일들까지 하다 보니 일이
끝나면 보통 밤 11시가 훌쩍 넘었다. 하지만 나는 하루에 한
장은 꼭 조판하기로 마음먹었기 때문에 일을 미루거나 쉬지
않았다. 한 번은 이런 일도 있었다. 그날도 나는 밤늦게까지
내일 인쇄할 페이지의 조판을 하고 있었다. 조판을 다 마쳤
다고 생각한 순간 갑자기 쌓아놓은 판 하나가 부러지는 것
이었다. 때문에 판이 두 개나 엎어지면서 애써 맞춰 놓은 활

자들이 엉망이 되었다. 그날 나는 엉망이 된 판 두 개를 모두 짜 맞춘 다음에야 잠이 들었다. 이렇듯 열심히 일하는 우리의 모습은 이웃들의 눈에 띄게 되었고, 덕분에 차차 평판도 좋아졌다.

사실 처음 인쇄소를 열었을 때 우리를 보는 사람들의 시선은 곱지 않았다. 나중에 들은 얘기로는, 매일 저녁 상인들이 모이는 클럽에서는 새 인쇄소가 생긴다는 소식이 퍼지자마자 우려의 목소리가 터져 나왔다고 했다. 이미 키머 인쇄소와 브래드퍼드 인쇄소, 두 개나 되는 인쇄소가 있으니 이제 이 지역에 더 이상의 인쇄소는 필요치 않다는 게 그들의 생각이었다. 그들은 입을 모아 조만간 우리가 실패할 거라고 했다. 그런데 모두가 그런 것은 아니었다. 기억하는지 모르겠구나. 언젠가 그분의 고향인 세인트앤드루스에서 함께 만난 적이 있는 베어드 박사를 말이다. 바로 그분은 우려하는 사람들을 향해 이런 말을 하셨다.

"난 프랭클린처럼 열심히 일하는 사람은 지금껏 본 적이 없소. 내가 클럽을 나서서 집에 돌아가는 그 늦은 시간에도 그는 여전히 일하고 있고, 또 사람들이 일어나기도 전에 이미 인쇄소에 나와 일을 하고 있었소."

그 얘기를 듣고 나를 다시 보게 된 사람도 있었다. 그중어떤 사람은 나를 찾아와 우리 인쇄소에 문방구를 대겠다고까지 했다. 그러나 우리는 소매업까지 신경 쓸 여력이 없었기 때문에 정중히 거절했다.

내가 부지런히 일했다는 것을 내 입으로 떠드는 것을 자기 자랑으로 여길지도 모르겠다. 그러나 내 글을 읽는 내 후손들이 근면이 얼마나 큰 미덕이고 유익한 것인지를 깨닫고 몸소 실천했으면 하는 마음에서 그러는 것이니 이해해 주기 바란다.

한편 클럽의 회원이자 키머 인쇄소에서 일하고 있던 조지 웹은 내게 우리 인쇄소에서 일하게 해달라고 부탁했다. 그동안 여자 친구를 사귄 그는 그녀에게 돈을 빌려 키머 씨에게 주고 키머 씨와 맺은 계약을 해지했던 것이다. 그러나 그때 우리의 형편으로는 직공을 채용할 수 없었다. 낙담하는 그를 보고 있자니 마음이 약해졌다. 그래서 나는 바보 같은 짓을 저지르고 말았다. 머지않아 신문을 발행할 테니 그때가 되면 함께 일하자고 사업상의 비밀을 누설한 것이다.

당시 그 지역 신문으로는 브래드퍼드 인쇄소에서 나오는 신문이 유일했다. 내용도 형편없었고, 관리도 엉망인 데다가 재미도 없었지만, 그런대로 흑자를 내고 있었다. 그래서 나는 괜찮은 신문을 발행하면 충분히 승산이 있을 거라고 확신했다. 난 웹에게 절대 비밀이니 아무에게도 말해서는 안 된다고 신신당부했다. 하지만 웹은 비밀을 키머 씨에게 누설하고 말았다. 그러자 키머 씨는 나를 앞질러 자신에게 신문 발행 계획이 있다고 발표하고는 그 일에 웹을 고용했다.

당장 신문을 낼 수도 없었기 때문에 나는 더욱 분통이 터졌다. 하지만 이내 내 실수를 인정했다. 대신 골탕 먹일 방법이 없을까 고민했다. 그래서 생각한 것이 브래드퍼드 신문에 〈분수를 모르는 자〉라는 제목으로 재미있는 글을 써 보낸 것이었다. 나는 같은 제목으로 몇 편을 더 신문에 실었다. 그리고 내 뒤를 이어 브린트널이 몇 개월 동안이나 연재를 했다. 내용은 주로 키머 씨가 발행하는 신문에 대한 조롱으로 일관했다. 이 때문에 브래드퍼드의 신문은 세상 사람들의 주목을 받았고, 이와는 반대로 키머 씨는 사람들의 관심에서 벗어나 버렸다.

어쨌든 키머 씨는 공표대로 신문을 발표했고, 우리의 훼방과 사람들의 무관심 속에서도 아홉 달이나 발행했다. 하지만 독자는 제일 많았을 때도 겨우 90명을 넘지 않았다. 결국 키머 씨는 내게 '일정 금액을 낸다면 신문을 양도하겠다'라고 제안해 왔다. 그렇지 않아도 인수할 계획을 하고 있던 나는 그 자리에서 그의 제안을 수락했다. 그리고 이삼 년이 지났을 때는 큰돈을 벌어 주는 신문으로 키워냈다.

여기에서 내가 '우리'라고 하지 않고 '나'라고 한 것에 의

문이 생길 것이다. 그 이유는 메러디스와 난 표면적으로는
동업이었지만 업무에 관한 한 거의 모든 일을 내가 떠맡고
있었기 때문이다. 메러디스는 여전히 식자할 줄을 몰랐고
인쇄 솜씨도 그저 그랬다. 게다가 대부분의 시간에 취해 있
었다. 그 때문에 친구들은 내가 메러디스와 관계를 맺고 있
는 것을 안타까워했다. 하지만 나는 언제나 그에게 최선을
다했다.

마침내 신문이 발행되었다. 우리의 신문은 지금까지 나
온 그 어떤 신문과도 달랐다. 활자도 좋았고 인쇄도 깨끗했
다. 하지만 우리 신문이 세간의 이목을 받게 된 가장 중요한
계기는 다른 데 있었다. 당시 버넷 지사와 매사추세츠 의회
사이에 논쟁이 벌어지고 있었는데 내가 그것에 대한 비평을
써서 신문에 실었기 때문이다. 용기 있는 내 글은 그 지역
인사들 사이에서 순식간에 화제가 되었고, 덕분에 우리 신
문과 발행인 모두 유명해졌다. 뿐만 아니라 내 글에 관심을
가진 유력 인사들이 모두 내 신문의 독자가 되어 주었다. 일
이 이쯤 되자 다른 일반인들도 우리 신문에 관심을 갖게 되
었고, 결국 발행 부수는 계속해서 늘어났다. 좋은 글을 쓰기
위해 부단히 노력했던 지난날이 처음으로 보상받은 때였다.

우리 신문이 승승장구할 수 있었던 데에는 또 다른 이유
도 있다. 글줄깨나 쓸 줄 아는 내가 신문을 발행하는 편이

낫다고 생각했던 사회 지도층 인사들이 우리 신문을 후원해 준 것이다. 그 계기는 브래드퍼드가 만들어 줬다. 그때까지도 투표용지나 법률 문서 등 정부의 일을 하고 있던 브래드퍼드는 어느 날 주 의회가 지사에게 보내는 청원서를 인쇄하게 되었다. 그런데 그는 그것을 아무렇게나 인쇄해 버렸다. 우리는 그것을 깨끗하고 품위 있는 청원서로 탄생시켰다. 그리고 모든 의원에게 한 부씩 보내 줬다. 누가 봐도 우리 것이 훌륭했다. 결국 의회에 있던 친구들까지 나서 준 덕분에 이듬해 우리는 주 의회가 지정하는 인쇄소가 되어 정부 일을 도맡아 하게 되었다.

특히 그 일에는 앞에서도 얘기한 적 있는 해밀턴 씨의 도움이 절대적이었다. 당시에 그는 영국에서 돌아와 주 의회 위원으로 일하고 있었는데, 내가 주 의회 일을 맡을 수 있도록 무척이나 애써 주셨다.

이때쯤 버논 씨로부터 연락이 왔다. 내게 빚이 있다는 것을 넌지시 알려 주는 편지였다. 그렇다고 독촉한 것은 아니었다. 난 잊지 않고 있다고, 하지만 조금 더 참아달라는 내용의 편지를 써서 보냈다. 버논 씨는 여러 말 않고 내 부탁을 들어주었다. 드디어 형편이 나아져서 돈이 마련되었을 때 나는 그 즉시 원금뿐 아니라 이자까지 챙겨서 그에게 보냈다. 물론 감사의 말과 함께 말이다. 이것으로 난 내가 저지른 큰 잘못 하나를 바로잡았다.

　그러던 중 뜻하지 않은 곳에서 문제가 생겼다. 인쇄소를 차릴 때 자금을 대기로 했던 메러디스 아버지가 물건값의 반을 외상으로 했는데, 금액이 무려 1백 파운드나 되었다. 그러나 그 돈은 금방 갚을 수 없었고, 결국 기다리다 지친 상인들이 우리 모두를 고소하고 만 것이었다. 일단 보석금을 내고 유치장 신세는 면했지만, 기한 내에 돈을 갚지 못하면 모든 게 끝이었다. 소송이 진행될 것이고, 판결은 우리에게 불리하게 내려질 게 뻔했다. 인쇄기와 활자는 모두 강제 매매될 것이고, 그렇게 되면 원래 가격의 반밖에 건질 수 없을 것이었다. 그리고 그것으로 빚을 갚고 나면 우리의 희망은, 미래는 그대로 사라져 버리고 말 터였다.

　그때 괴로워하고 있는 내게 두 명의 친구가 찾아왔다. 윌리엄 콜먼과 로버츠 그레이스였다. 그 둘은 각각 혼자서 나를 찾아왔다. 그리고 둘 다 부탁도 안 했는데 내가 인쇄소를 인수할 수 있도록 돈을 빌려주겠다고 했다. 평소 그들은 나와 메러디스가 동업하는 것을 탐탁해 하지 않았다. 술에 취한 메러디스가 흐느적거리며 거리를 돌아다니는 것과 술집에서 도박하는 것까지 봤다는 게 그 이유였다. 그리고 그의 그런 모습 때문에 우리 인쇄소의 신용이 많이 떨어졌다고 했다. 난 아직도 그들이 베풀어 준 친절을 잊을 수가 없다.

아니, 죽는 날까지도 절대 잊을 수 없을 것이다.

하지만 난 그들에게 '내가 먼저 결별을 통고할 수는 없다'라고 말했다. 메러디스 부자가 계약을 지키려고 하는 한 그럴 수 없는 일이었다. 어려울 때 손을 잡아 준 그들을 버릴 수는 없었다. 대신 끝내 그들이 계약을 이행하지 못해 동업 계약을 파기하게 되면 그때 도움을 받겠다고 했다.

그렇게 아무것도 결정하지 못한 채 며칠이 지났다. 그러다 결심을 하고 메러디스에게 조심스럽게 입을 열었다.

"혹시 아버님께서 나와 동업하는 걸 싫어하시는 건 아닐까요? 동업이 아니라 당신 아들이 혼자서 하는 일 같았으면 자금을 충분히 대 주시지 않았을까요? 제발 숨기지 말고 말해 주세요. 만일 그렇다면 이 인쇄소를 모두 당신에게 넘기고 난 다른 일을 찾겠습니다."

그러자 메러디스는 가당치 않다며 펄쩍 뛰었다.

"그런 게 아니네. 정말이지 아버지는 이번 일로 크게 낙담하고 계시다네. 우리를 도와줄 힘이 없으셔서 말이야. 사실 난 그분을 더 괴롭혀 드리고 싶지 않네. 게다가 나와는 인쇄 일이 맞지 않는 것도 같고……. 애초에 농사나 짓던 놈이 서른이 되어서 기술을 배워 보겠다고 도시로 온 것이 어리석은 짓이었던 것 같아. 들리는 얘기로는 나 같은 웨일스 사람들이 땅값이 싼 노스캐롤라이나 지방에 많이 정착하고

155

프랭클린은 사업가로도
크게 성공했다.

있다고 하더군. 웬만하면 나도 그곳에서 내 원래 일로 돌아
가고 싶네. 이봐, 프랭클린! 자네에게는 친구들이 많지 않
나? 분명 도움을 줄 만한 친구들도 있을 거야. 그래서 말인
데, 만일 자네가 인쇄소 부채를 떠맡고, 아버지가 융통해 준
1백 파운드와 그동안 내가 진 자질구레한 빚을 해결해 준다
면 내 몫을 포기하고 자네에게 인쇄소 전부를 넘겨주겠네.
아, 그 외에 30파운드와 새 말안장도 줬으면 좋겠네."

　나는 이 제안에 동의했다. 그리고 곧 서류를 작성해서 서
명 날인까지 했다. 나는 그가 요구하는 것을 다 들어 주었
고, 그는 얼마 안 있다가 노스캐롤라이나로 떠났다. 그리고

이듬해 그에게서 아주 긴 편지를 두 통이나 받았다. 그곳 땅의 기후와 토양, 그리고 농업에 관한 내용이었는데, 어려운 내용을 아주 쉽게 잘 풀어쓰고 있었다. 그 분야만큼은 메러디스만 한 전문가가 없었기 때문에 내용은 신뢰할 수 있었다. 그래서 난 편지를 신문에 실었고, 예상보다 큰 인기를 끌었다.

메러디스가 떠나자 난 곧바로 두 친구를 찾아갔다. 그리고 한 사람이라도 기분이 안 상하도록 필요한 돈을 반씩 빌렸다. 난 그 돈으로 제일 먼저 인쇄소의 부채를 갚았다. 그리고 동업이 끝났음을 광고한 후 혼자서 일을 꾸려 나갔다. 때는 1729년 전후였다.

당시 우리가 속한 펜실베이니아주에는 1만5천 파운드의 지폐가 회전되고 있었다. 하지만 그것도 얼마 후면 더 줄어들 예정이었다. 때문에 일반 시민들은 지폐를 더 발행하라고 요구하고 있었다. 하지만 부유한 주민들은 이에 반대하고 있었다. 뉴잉글랜드의 전례에서 알 수 있듯이 지폐를 더 발행하면 지폐 가치가 하락할 것이고, 그렇게 되면 채권자들이 손해를 보게 된다는 게 그 이유였다. 전토에서도 그 문제를 가지고 토론했는데, 나는 지폐를 더 찍어야 한다고 주장했다. 화폐가 많이 유통되면 상거래가 활발해지고, 기업의 수도 증가하기 때문에 인구도 증가할 것이라고 생각했기 때문이다. 실제로 1723년에 소액 화폐가 최초로 발행되었을 때 교역과 고용이 증대되었다. 그 결과 지금은 비어 있는 집도 없을 뿐만 아니라 새 건물이 속속 들어서고 있다. 난 아직도 필라델피아에 처음 도착해서 빵을 뜯어 먹으며 거리를 돌아다녔을 때를 생생하게 기억하고 있다. 그때만 해도 1번가와 2번가 사이의 월넛가의 집이란 집에는 거의 다 '세입자 구함'이란 쪽지가 붙어 있었다. 그것은 체스트넛가나 다른 거리도 마찬가지였다. 마치 도시의 주민들이 하나둘씩 떠나고 있는 것은 아닌가 하고 의심이 들 정도였다.

모임 후 나는 이 논제에 한동안 사로잡혀 있었다. 그래서 익명으로 〈지폐의 성격과 그 필요성〉이란 제목으로 글을 써서 신문에 실었다. 예상한 대로 부자들은 싫어했지만 시민들에게는 큰 호응을 얻었다. 게다가 이 글은 지폐를 더 발행하라는 여론을 더욱 확산시켰다. 내 주장에 반대하는 사람 중에 글을 제대로 쓰는 사람이 없다는 것도 반대 주장이 힘을 잃는 요인이 되었다. 결국 이 안건은 의회에서 다수결로 통과되었다. 주 의회의 친구들은 내 공로를 인정하고, 내게 지폐를 찍어내는 일을 맡기기로 했다. 그 일은 이문이 많이 남는 일이었다. 덕분에 내게는 큰 도움이 되었다. 내가 글을 제대로 쓸 수 있어 덕을 본 또 하나의 사건이었다.

시간이 지나면서 지폐의 실용성을 몸소 체험하게 되자

프랭클린은 전 생애에 거쳐
글쓰기를 멈추지 않았다.

이 문제는 더 논쟁거리가 되지 못했다. 때문에 주 의회는 얼마 후 지폐를 5만5천 파운드로 늘렸고, 1739년에는 8만 파운드까지 늘렸다. 그 후 전쟁을 거치면서 지폐는 35만 파운드까지 늘어났고, 더불어 교역량도 빌딩도 인구도 상상 이상으로 늘어났다. 하지만 지금 나는 필요 이상으로 지폐가 늘어나는 것은 바람직하지 않다고 생각한다.

한편 주 의회의 지폐 일이 있은 지 얼마 후 해밀턴 씨는 뉴캐슬주의 지폐를 인쇄하는 일을 소개해 줬다. 실제로 큰 일은 아니었지만 그 역시 내게는 더없이 고마운 일거리였다. 가진 것이 없는 자에게는 아주 작은 일도 대단하게 보이는 법이니 말이다. 아무튼 이런 일들이 내게 큰 용기를 주었다. 해밀턴 씨는 계속해서 뉴캐슬주 정부의 법률 문서나 투표용지 등의 인쇄 일도 얻어 주었다. 그 일들은 내가 인쇄소를 하는 동안 내내 맡겨졌다.

일거리가 많아지고 신뢰가 쌓이자 자금도 넉넉해졌다. 그래서 나는 새로 조그만 문방구점을 열고, 모든 종류의 서식 용지를 갖춰 놓았다. 종류의 다양함으로는 그 지역에서 최고였다고 자부한다. 물론 거기에는 브린트널의 도움이 컸다. 서식 용지 외에도 종이, 양피지, 행상용 책들도 갖췄다. 내 밑에 직공이 생긴 건 그때부터였다. 런던에서 알고 지내던 화이트 매시라는 식자공이 나를 찾아왔다. 그는 솜씨가 좋았고 부지런했기 때문에 그 자리에서 채용했다. 그 사람 외에도 수습공이 한 명 더 있었는데, 그는 유능한 인쇄공이었던 아킬라 로즈의 아들이었다.

나는 차차 빚을 갚아나가기 시작했다. 그리고 상인으로서 꼭 필요한 신용과 좋은 평판을 잃지 않기 위해 노력했다. 내가 한 노력이라는 건 열심히 일하고, 부지런하며, 검소하게 생활하는 게 전부였다. 물론 그렇게 보이기 위해 옷차림에도 신경을 썼다. 항상 옷을 수수하게 입었으며 또한 한가하게 즐기는 곳에는 가지 않았고, 남들 다 하는 낚시나 사냥도 하지 않았다. 책에 정신이 팔려 일을 미뤄두는 일은 있었지만, 그것도 아주 가끔 있는 일인 데다가 다른 사람의 눈에 띄지 않도록 조심했기 때문에 내 평판은 실추되지 않았다. 그 외에도 나는 인쇄에 관한 일은 뭐든지 한다는 것을 남들에게 알리기 위해 여러 상점에서 산 종이를 손수레에 가득 싣고는 직접 수레를 끌고 다니기도 했다. 이런 일련의 노력 덕분에 사람들은 나를 두고 '부지런하고 성실하니 언젠가는 꼭 성공할 것'이라고 칭찬하게 되었다. 또 나는 물건값을 제때 주는 것을 철칙으로 했다. 그 때문에 문방구를 영국에서 수입하는 상인들을 저마다 내게 물건을 대주겠다고 제의를 해왔다. 어떤 상인은 책을 대주겠다고도 했다. 모든 게 순조로웠다. 반면 키머 씨는 쇠퇴 일로를 걷고 있었다. 신용은 나날이 떨어졌고 일거리는 점점 줄어들었다. 대신 빚은 산더미처럼 불어났다. 급기야 빚 때문에 인쇄소를 팔고 바바도스 섬으로 떠나 버렸다. 그는 그곳에서 처음 몇 년 동안 아주 어렵게 살았다고 한다.

키머 씨의 인쇄소를 인수한 사람은 데이비드 해리였다. 그는 내가 키머 씨 밑에서 일하던 시절 내게 일을 배우던 수습공이었다. 난 그가 나의 강력한 경쟁자가 될 것이라고 생각했다. 왜냐하면 그에게는 능력 있는 친구들이 많았기 때문이었다. 그래서 난 경쟁자를 만들기보다는 동업자를 만드는 게 낫다고 생각했고, 그에게 동업을 하지 않겠느냐고 제안해 보았다. 하지만 그는 코웃음을 치며 거절했다. 하지만 그의 거절이 오히려 행운이었다는 것을 알기까지는 그리 오래 걸리지 않았다. 해리는 오만했을 뿐 아니라, 옷을 번지

르르하게 입고 다니며 거드름을 피웠다. 또 노는 것을 좋아해서 항상 밖으로 나다녔기 때문에 일은 항상 뒷전일 수밖에 없었다. 결국 주문이 끊기는 지경까지 이르게 되었다. 그에게 남은 것은 산더미 같은 빚이 전부였다. 결국 그는 키머씨가 있던 바바도스 섬으로 인쇄소를 옮겨갔다. 그리고 키머 씨를 직공으로 고용했다. 옛 수습공이 옛 주인을 직공으로 삼은 것이다. 그러니 그들의 관계가 좋을 리 없었다. 그들 사이에는 항상 싸움이 끊이지 않았다. 또 해리는 그곳에서도 빚에 시달려야만 했다. 견디다 못한 해리는 결국 나중에는 활자를 모두 팔아 버리고 펜실베이니아로 돌아와서 농사에 전념했다. 한편 키머 씨는 해리의 활자를 산 사람에게 다시 고용되었는데 그로부터 몇 해 후 죽고 말았다.

이렇게 해서 필라델피아의 인쇄소라고는 나와 브래드퍼드의 것만 살아남게 되었다. 하지만 브래드퍼드는 자금이 넉넉했기 때문이었는지 언제나 태평스러웠다. 가끔이지만 인쇄를 하기는 했는데, 엉성하기 이를 데 없었다. 한마디로 사업에 그리 신경을 쓰는 것 같지 않았다. 하지만 그는 우편국을 하고 있었다. 그래서 사람들은 그가 나보다 새로운 소식을 접할 기회가 많을 거라고 생각했다.

하지만 더 큰 문제는 그의 신문에 광고를 내는 게 더 효과적이라고 생각한다는 것이었다. 그래서 그의 신문에는 항상 내 신문보다 훨씬 많은 광고가 실렸다. 이것은 나로서는 정말이지 불리한 조건이었다. 실제로 나도 우편국을 통해 신문을 받기도 하고 발송했지만 사람들은 그렇게 생각하지 않는 것 같았다. 하는 수 없이 난 집배원에게 뇌물을 주고 내 신문을 배달하게 하는 방법을 택했다. 하지만 이 방법도 브래드퍼드의 방해로 오래가지 못했다. 그 일로 마음이 상한 나는 '내가 우편국을 하게 되더라도 그따위 짓은 절대 하지 않겠다'라고 결심했고, 실제로도 그랬다. 그만큼 브래드퍼드의 행동은 비열했다.

메러디스가 떠난 이후에도 나는 고드프리와 한집에 살았다. 그는 아내와 자식들과 함께 내 집 한 켠에서 살며 가게 한쪽에서 유리장이 일을 했다. 하지만 일보다는 대부분 시간을 수학 문제에 매달렸다. 그러던 중 그의 부인이 내게 여자를 소개해 줬다. 여자는 부인의 친척 딸이라고 했는데 나는 그녀가 단번에 마음에 들었다. 여자의 부모도 내 평판을 들어서인지 집에까지 초대해 주었고 우리 둘만 시간을 보낼 수 있도록 자리를 비켜 주기도 했다. 그럴 때면 우리는 얘기를 나누느라고 밤이 깊어지는 줄도 몰랐다. 얼마 후 나는 진지하게 그녀에게 청혼했다. 본격적으로 결혼 얘기가 오가자 고드프리 부인이 중간에서 일을 봐 줬다. 나는 결혼 지참금으로 인쇄소가 지고 있는 빚을 청산할 수 있을 정도의 금액을 원한다고 부인을 통해 여자의 집에 알렸다. 아마 지금 기억으로는 1백 파운드가 넘지 않았던 것 같다. 그런데 부인은 그만한 여유가 없다는 답을 가져왔다. 그래서 난 집을 저당 잡히면 충분할 거라고 알렸다. 그런데 며칠 후 생각지도 않은 대답을 듣게 되었다. 갑자기 이 결혼에 찬성할 수 없다는 답을 보내온 것이었다. 그들은 브래드퍼드에게 들었다면서 인쇄업은 돈이 되지 않는 사업인 데다가 키머와 해리가 차례로 망한 것처럼 나도 머지않아 망하게 될 것이기 때문에 딸을 줄 수 없다고 했다. 그 후로 나는 그 집에 드나드는 것은 물론이고 그녀를 만나는 것도 모두 금지당하고 말았다.

난 그들이 정말로 마음이 변해서 그런 것인지, 아니면 지참금을 주지 않기 위해 계략을 꾸미는 것인지 도통 알 수 없었다. 하지만 후자일 거라고 짐작했다.

'헤어지기에는 우리의 애정이 깊은 것 같으니까 그렇게 반대하면 몰래 결혼하게 될지도 모른다. 그러면 지참금을 안 줘도 된다.'

대충 이런 식이 아닐까 싶었다. 난 너무 괘씸하고 화가 나서 다시는 그 집에 가지 않았다. 고드프리 부인은 내게 그 사람들은 그렇게 나쁜 사람들이 아니라면서 나를 타일렀지만 일단 마음을 굳힌 난 귓등으로도 듣지 않았다. 오히려 다시는 그 집과 상종하지 않겠다고 못 박아 버렸다. 일이 이 지경이 되자 고드프리 부부는 매우 섭섭하게 생각했다. 그후에도 그들 부부는 계속해서 내 생각을 바꿔 보려고 했지만 얘기를 하다 보면 어느새 언성이 높아졌다. 결국 말다툼으로 이어졌고, 급기야 그들은 집을 나가 버리고 말았다. 난덩그러니 큰 집에 혼자 남게 되었지만 다시는 타인과 함께 살지 않겠노라 결심하고 세를 들이지 않았다.

그 일은 결혼에 대해 곰곰이 생각하게 하는 계기가 되었다. 난 먼저 주위를 돌아보았고 다른 사람들한테 부탁도 해 보았다. 하지만 모두 인쇄업을 신통치 않은 사업이라고 생각했고 때문에 지금 내 형편으로는 신부에게 지참금을 요구할 수 없다는 것만 깨달았다. 간혹 지참금을 줄 여유가 있는 여자도 있었지만, 그 여자들은 하나같이 내 마음에 들지 않았다. 그때 나는 혈기 넘치는 청년이었다. 육체적 욕구를 어떻게든 해결해야 했다. 결국 나는 어쩌다 만난 여자들과 관계를 맺곤 했다. 하지만 이 방법은 비용도 비용이지만 꺼림칙한 기분을 떨칠 수 없었다. 혹시 나쁜 병에 걸리는 것은 아닐까 걱정이 되었다. 그렇지만 다행히도 그런 일은 일어나지 않았다.

앞에서도 말한 리드 씨는 여전히 내게 다정한 이웃사촌이었다. 내가 그의 집에서 하숙을 했던 그때부터 그는 나를 잘 보살펴 주었고 그때까지도 그는 오랜 친구로서 돈독한 우정을 보여주고 있었다. 가끔 집에 초대받아 가게 되면 그는 여러 집안일을 내게 의논해 왔고, 그럼 나는 기꺼이 문제를 해결해 주곤 했다. 그러는 와중 리드 양의 존재가 내게 죄책감을 일깨워 줬다. 그때 리드 양은 밝은 표정은커녕 기운도 없이 온종일 집 안에 틀어박혀 지내고 있었다. 난 명랑했던 그녀가 그렇게 된 데에는 내 책임도 있다고 생각했다. 런던에서 그렇게 변덕스러운 편지만 보내지 않았더라면, 경솔한 짓만 하지 않았더라면 리드 양이 저렇게까지 변하지는 않았을 거라고 여겼다. 하지만 리드 양 어머니의 생각은 달랐다. 바로 자신이 딸의 인생을 망쳐 버렸다고 생각하고 있었다. 실제로 그녀는 우리가 사귀고 있을 때 한사코 결혼을 반대했다. 내가 런던에 간 사이 그녀가 결혼하도록 부추겼던 것도 그녀였다. 하지만 원인이 누구에게 있는가는 중요하지 않았다. 중요한 것은 내 마음속에서 리드 양을 향한 감정이 서서히 되살아났다는 것이었다. 그것은 리드 양도 마찬가지였다. 그녀의 어머니도 이번에는 찬성했다. 하지만 우리의 결합에는 큰 문제점이 있었다. 바로 리드 양의 전남편에 관한 것이었다. 먼저 전남편에게 아내가 있다는 게 사실이라면 결혼 자체가 무효였기 때문에 문제 될 게 없었다. 하지만 아내라는 여자가 영국에 있다고 했기 때문에 사실 여부를 확인하기가 쉽지 않다는 것이 문제였다. 또 다른 문제는 남편이란 작자가 떠난 후 죽었다는 소문은 있었지만 그 역시 확실치 않다는 것이었다. 만에 하나 그가 죽은 게 사실이라고 해도 빚을 남겼다면 그 빚은 고스란히 내 몫이 될 것이 뻔했다. 그러나 난 모험을 하기로 했다. 그래서 1730년 9월 1일, 나는 리드 양과 결혼했다. 그리고 다행히 우려했던 일은 일어나지 않았다.

그녀는 훌륭한 아내였고 믿음직한 동료였다. 집안일을 하는 짬짬이 가게 일도 봐 줬다. 우리는 서로를 도왔고 서로에게 행복을 주기 위해 최선을 다했다. 그래서 우리는 성공으로 가는 길을 함께 걸어갈 수 있었다. 이로써 난 내가 저지른 잘못 중 또 하나를 바로잡았다.

그즈음 전토는 전처럼 술집에서 모이는 대신 그레이스 씨 댁의 조그마한 방을 빌려 쓰고 있었다. 그 방은 우리를 위해 집주인이 일부러 마련한 것이었다. 그러던 어느 날 나는 회원들이 개인적으로 가지고 있는 책을 모아 공동 서재를 만들자는 제안을 했다. 실제로 논제에 따른 토론을 준비하려면 많은 책을 읽어야 했기 때문에 서로 빌려 보는 일이 많았다. 그래서 각자 소장한 책을 한군데 모아놓으면 필요할 때마다 보기 좋을 것 같았다. 모두 내 의견에 찬성했다. 이렇게 해서 우리는 각자 내놓을 만한 책을 가지고 왔다. 내놓은 책은 생각보다 많지 않았지만, 공동 서재는 내 생각대로 아주 요긴하게 사용되었다. 하지만 이 방법에는 큰 문제가 있었다. 관리가 안 된다는 것이었다. 그로 인해 불편한 일이 자주 발생했고 1년쯤 지났을 때 우리는 각자의 책을 도로 집으로 가져가고 말았다.

공동 서재를 만든다는 계획은 수포로 돌아갔지만 그 일은 내가 공공사업에 관련된 일을 하게 되는 계기가 되었다는 데 의의가 있다. 바로 회원제로 대출을 해 주는 도서관을 만드는 일에 손을 댄 것이다. 애초의 계획안은 내가 만들었고 유명한 공증인이었던 브록덴이 형식에 맞게 다듬어 주었다. 전토의 회원들도 적극적으로 나서 50명의 회원을 확보하는 데 큰 도움을 주었다. 도서관 회원은 가입비 명목으로 최초에 40실링을 내고, 다음 해부터는 50년간 매년 10실링

1731년 프랭클린은 '도서관 조합'을 조직했고 이것이 도서관의 모태가 되었다. 사진은 현재의 필라델피아 도서관 모습.

을 내는 것을 원칙으로 했다.

50년이라고 정한 것은 그 정도는 오래갈 것이라고 생각했기 때문이었다. 그리고 얼마 후 이 단체는 법인이 되었고 회원은 1백 명으로 늘어났다. 오늘날 미국에서 흔히 볼 수 있는 회원제 도서관은 우리 도서관을 모태로 한 것이다. 다시 본 얘기로 돌아와서, 우리 도서관의 규모는 나날이 커졌다. 그리고 우리 도서관 말고도 다른 도서관이 생기기 시작했다. 결과적으로 도서관은 미국인들의 대화의 질을 높여 주었고, 평범한 상인이나 농부들이 다른 나라의 지식인들 못지않은 교양을 쌓게 해 주었다. 식민지 주민들이 자신들의 권리를 부르짖으며 궐기할 수 있었던 것 역시 도서관 덕분이었다.

여기까지는 처음에 밝힌 의도, 즉 내 후손들에게 도움이 되었으면 한다는 목적대로 썼다. 그래서 다른 사람에게는 중요하지 않은 자질구레한 가족의 일화를 몇 가지 기록했다. 하지만 이다음 부분은 다음에서 소개할 편지들의 요청을 받아들여 일반 독자를 위해 썼다. 중간에 중단했던 것은 독립전쟁이 발발했기 때문이다.

다음은 퀘이커 교도이자 상인이었던 에이블 제임스 씨가 보내온 편지다. 난 이 편지를 파리에 있을 때 받았는데, 편지에는 독립전쟁 발발 후 내가 파리로 올 때 친구 조셉 갸로웨이에게 맡겨두었던 자서전 원고 중 일부와 비망록이 동봉되어 있었다.

* 독립전쟁이 일어난 다음 해인 1776년, 프랭클린은 프랑스의 원조를 얻기 위해 파리로 가면서 자서전의 원고, 노트, 서류, 서한 등 일체를 친구인 갸로웨이에게 맡기고 갔다. 그런데 그 후 갸로웨이가 국왕당의 입장에 서게 되어 필라델피아를 떠나게 되자 뒤에 남은 그의 아내가 재산 관리를 하고 있었는데, 얼마 후에 갸로웨이 부인이 세상을 떠났다. 유언에 따라 에이블 제임스는 또 다른 친구와 함께 프랭클린의 자서전과 그 밖의 것을 맡아서 전쟁의 재화로부터 지켰다.

존경하는 친구에게.

당신에게 편지를 써야 한다고 생각은 하면서도 막상 편지를 보내기가 쉽지 않았습니다. 혹시라도 이 편지가 영국인 손에 들어가면 어쩌나 하는 우려 때문이었습니다. 만에하나 편지를 손에 넣은 자가 다른 인쇄업자이거나 해서 얘기 좋아하는 사람들에게 내용 일부를 흘리기라도 하면 당신에게 누가 될 테니 말입니다. 또 그렇게 되면 의도와는 상관없이 당신에게 책망을 받게 되겠지요. 이렇게 당신에게 편지를 쓰게 된 건 기쁘게도 얼마 전에 당신이 직접 쓰신 스물세 장의 원고를 손에 넣었기 때문입니다. 거기에는 아들을 위해 쓴 당신 가문과 당신의 인생 이야기가 들어 있었습니다. 이야기는 1730년에서 끝나 있더군요. 제가 손에 넣은 것 중에는 당신의 비망록도 있었는데, 이번에 복사본을 동봉해 드립니다. 자서전을 계속 쓰시게 되면 이 비망록이 앞뒤를 매끄럽게 잇는 데 유용할 것으로 생각합니다. 혹시 그런 계획이 없으셨다면 계속 쓰시기를 부탁드립니다. 많은 목회자의 말처럼 인생은 완전하지 않습니다. 그러기에 인정 많고 친절하며 선한 벤저민 프랭클린이 친구들과 세상 사람들에게 이토록 재미있고 유용한 이야기를 들려주지 않는다면, 우리에게는 큰 슬픔이 될 것입니다.

당신이 살아온 인생은 당신 가족뿐만 아니라 수백만 명에게 교훈과 재미를 줄 것입니다. 당신과 같은 위치에 있는 사람들의 글은 젊은이들에게 큰 영향을 줍니다. 당신의 글은 젊은이들의 가슴속에 깊이 새겨질 것이고, 그렇게 되면 자신도 모르는 새에 당신처럼 되기를 바라고 또 그렇게 되기 위해 노력할 것입니다. 만약 당신의 글이 출판되어 나온다면 — 분명 그러리라 생각합니다. — 이 땅의 많은 젊은이가 젊은 날의 당신처럼 절제된 생활을 하게 될 것입니다. 아, 얼마나 축복된 일입니까! 현재 당신은 젊은이들에게 근면과 검소, 절제라는 위대한 미덕을 깨닫게 해 주고 또한 사업에 눈을 뜨게 해 주는 최고의 인물입니다. 당신처럼 젊은이들에게 큰 영향을 끼칠 수 있는 사람은 없을 것입니다. 물론 당신의 글이 그런 용도로만 유용하다는 것은 아닙니다. 오히려 그 반대입니다. 다만 그 부분이 다른 것에 비해 월등히 중요하다는 것이지요.

당신이라면 이 중요한 일을 위해 기꺼이 노력해주실 거라고 믿습니다.

에이블 제임스

나는 이 편지와 동봉된 비망록을 절친한 친구였던 벤저민 보간 씨에게 보여주었는데, 그 친구는 1783년 1월 31일 파리에서 아래와 같은 편지를 보내왔다.

친애하는 친구에게.

전에 당신이 퀘이커 교도인 에이블 제임스 씨가 보내준 편지와 비망록을 보여주면서 의견을 물었을 때 전 제 의견을 편지로 보내 드리겠다고 약속했습니다만 그동안 여러 가지 사정이 있어 편지를 빨리 보내지 못했습니다. 죄송합니다. 제 편지가 당신이 결정하는 데 얼마나 영향을 끼칠지는 자신 없습니다. 하지만 제 의견을 말씀드리자면 한마디로 제임스 씨가 원하시는 것처럼 당신은 글을 계속 쓰셔야 하고, 그리고 반드시 출판을 해야 한다는 것입니다. 개

172

인적으로도 당신의 삶 속에서 큰 것을 배울 수 있었으면 합니다.

　제가 하는 말이 당신 같은 분께 실례가 될 수도 있기 때문에 당신에게 직접 얘기하는 것이 아니라, 당신처럼 훌륭하지만 당신보다는 예의를 차리지 않아도 되는 어떤 가상의 인물에게 말한다고 생각하고 글을 쓰겠습니다. 전 그 사람에게 이렇게 말하고 싶습니다.

　전 당신의 인생 이야기를 꼭 듣고 싶습니다. 당신의 삶은 너무도 귀감이 되기 때문입니다. 만약 당신이 직접 쓰지 않더라도 언젠가는 누군가가 반드시 쓰려고 할 것입니다. 하지만 당신께서 직접 쓰는 것보다 못할 게 뻔합니다. 당신이 직접 써야만 하는 이유는 그 누구도 세세한 부분까지 당신만큼 알 수는 없기 때문입니다. 또 당신이 직접 써야만 당신 나라의 사정을 보다 상세하게 기록할 수 있기 때문입니다. 그렇게 되면 고결하고 용감한 품성의 젊은이들이 당신의 나라로 이주하고 싶어 할 게 분명합니다. 많은 이가 그 나라를 알고 싶어 하는 이때, 당신같이 명성이 자자한 분이 쓰신 자서전보다 효과적인 광고는 없습니다. 그뿐이 아닙니다. 당신의 글 속에는 새롭게 일어서는 신대륙과 그 속 사람들의 모습이 상세하게 기록되어 있습니다. 풍속, 습관, 환경, 사고방식, 입장 등이 말입니다. 때문에 인간의 본성과 사회를 제대로 인식하는 데는 시저나 타키투스 작품들보다 당신의 자서전이 더 낫다고 생각합니다.

그러나 당신의 일생이 먼 미래에 훌륭한 인물을 길러내는 초석이 된다는 것에 비하면 이 이유들은 아주 사소한 것에 불과합니다. 당신의 자서전은 당신이 출판하고자 하는 책 ≪덕의 기술(The Art of virtue)≫과 함께 개인에게는 인격을 감화시킬 뿐만 아니라 사회적으로도 행복을 촉진시킬 것입니다. 특히 이 두 책은 독학을 하려는 사람들에게 좋은 지침서가 될 것입니다. 보통 학교와 같은 교육 기관들은 잘못된 것일지라도 원칙을 고수합니다. 또 잘못된 목표를 위해 잘못된 교수법으로 학생들을 가르치고 있습니다. 반면 당신의 가르침은 단순 명확할 뿐 아니라 목표 역시 진실됩니다. 또 젊은이들이나 그들의 부모가 합리적이고 진실된 목표를 정하지 못하고 헤매고 있을 때, '모든 일에 있어서 인간 개인의 힘이 가장 중요하다'는 당신의 말씀은 무엇보다 귀중한 가르침이 될 것입니다.

나이가 많으면 많을수록 변하기가 힘듭니다. 변한다고 해도 극히 미비할 뿐이지요. 때문에 기본적인 습관이나 생각이 형성되는 젊은 시절이 그만큼 중요합니다. 또 직업이나 결혼 문제가 결정되는 것도, 그리고 인생의 목표가 정해지는 것도 모두 젊었을 때입니다. 다음 세대까지 영향을 주는 교육도 바로 이 시기에 받게 됩니다. 사적인 문제뿐만 아니라 공공의 문제에 관한 생각 역시 이 시기에 형성됩니다. 특히 이런 문제들은 인생의 목표를 확실하게 세우기 전에 형성됩니다. 즉 인생을 살아가는 데 필요한 거의 모든 것이 젊었을 때 결정된다는 것입니다.

물론 당신의 자서전이 스스로 배우는 법만 가르치지는 않을 겁니다. 지혜로운 사람이 되는 법을 알려줄 것이기 때문입니다. 또 이미 지혜로운 사람들에게는 큰 영감을 줄 것이고 따라서 더욱더 지혜로운 사람으로 거듭나게 해 줄 것입니다. 아주 오랫동안 이정표도 없는 어둠 속에서 헤매고 있는 약한 인간들에게 역시 큰 도움이 될 것입니다.

부탁하건대 젊은이들과 그들의 부모에게 얼마나 할 일이 많은지 깨닫게 해 주십시오. 지혜로운 사람들이 당신처럼 될 수 있는 기회를 주십시오. 우매한 사람들에게는 지혜를 주십시오. 우리는 지금 정치가나 군인들이 얼마나 인류에게 잔인하게 구는지 보며 살고 있습니다. 명사라는 사람들이 주위 사람들에게 얼마나 큰 피해를 주는지 보며 살고 있습니다. 이때 당신의 글은 그들의 삶보다 월등히 평화적이면서도 바람직한 방법이 있다는 것을 깨닫게 해 줄 것입니다. 큰일을 하면서도 가정적일 수 있고 높은 지위를 가지고 있으면서도 누구에게나 다정할 수 있다는 것을 깨닫게 해 줄 것입니다.

당신은 자질구레하다고 생각하실 개인적이고 사소한 이야기들도 우리에게는 큰 도움이 될 것입니다. 당신이 그런 일들을 어떻게 처리하셨는지 보는 것만으로도 상당히 재미있는 일이라고 생각합니다. 우리는 살아가면서 어떤 일에 직면했을 때 어떻게 대처해야 하는지 궁금해합니다. 그런 의미에서 당신의 글은, 우리가 당할 수도 있는 여러 가지 일을 미리 보여주고 당신이 어떻게 대처했는지를 보여 줌으로써 살아가는 데 필요한 지혜를 가르쳐줄 것입니다. 인생의 지침서가 되는 것이지요. 다른 사람의 삶을 눈앞에서 보는 것은 직접 경험하는 것과 크게 다르지 않습니다. 당신의 글이 그것을 가능하게 해 줄 것입니다. 우리가 살면서 겪는 모든 일이나 그것을 처리하는 방법은 때로는 단순해 보이기도 하고 때로는 중요해 보이기도 합니다. 하지만 그 어느 쪽이라 해도 우리의 삶의 일부로 인정할 수밖에 없습니다. 그런데 저는 당신이 어떤 일에 직면했을 때마다 정치나 철학에 관한 토론을 하실 때처럼 당신만의 처세술로 문제를 해결하셨을 거라고 믿습니다. 때문에 실수를 감안한다 하더라도 우리에게는 좋은 본보기가 될 것이라고 확신합니다. 인생살이만큼 인간에게 교훈을 주는 것이 또 무엇이 있겠습니까?

간혹 맹목적으로 덕을 지키는 사람도 있습니다. 생각은 깊으나 어딘지 모르게 기괴한 사람도 있습니다. 또 영리하지만 사악한 마음을 품고 있는 사람도 있습니다. 이런 사람들 틈바구니 속에서 당신은 우리에게 현명하고 진정한 도덕과 선을 보여주실 것입니다. 또한 당신 스스로 당신의 출신을 부끄러워하지 않고 있다는 것을 보여주실 것입니다. 이는 행복, 미덕, 성공을 얻는 데 출신은 아무 상관도 없다는 것을 증명해 주기 때문에 매우 중요한 부분입니다.

목적은 수단 없이는 이루어지지 않는 법입니다. 우리는 당신의 글을 통해 당신 역시 치밀한 계획을 세운 후 그를 지키기 위해 노력했기 때문에 오늘과 같은 자리에 오를 수 있었다는 것을 배우게 될 것입니다. 동시에 대단한 성과도 인간의 지혜가 허락하는 단순한 수단에 의해 성취된다는 것을 알게 될 것입니다. 성격과 습관, 그리고 사고와 미덕에 의해 형성된 지혜로 말입니다.

또한 우리는 당신의 글을 통해 아주 중요한 것을 또 하나 배우게 될 것입니다. 바로 모든 것에는 때가 있다는 것입니다. 우리는 감정에 빠져 지금 순간에만 매달립니다. 또 처음 다음에는 또 다른 많은 기회가 온다는 것과 행동 하나하나가 인생 전체를 변화시킬 수 있다는 것을 잊고 삽니다. 하지만 당신은 당신이 본래 가진 기질에 맞게 인생을 잘 살아오신 것 같습니다. 쓸데없는 조바심이나 어리석은 후회로 괴로워하느라 시간을 낭비하는 대신 매 순간을 만족하면서 활기차게 살아오셨으니 말입니다. 특히 인내심이 많았던 여러 인물을 본받아 스스로 발전하고 싶어 하는 젊은이들에게 당신의 삶은 그야말로 표본이 될 것입니다. 당신에게 편지를 보낸 제임스 씨도 당신의 근면과 검소, 절제의 미덕을 칭찬하시며 젊은이들에게 귀감이 될 것이라고 하셨더군요. 하지만 그분은 중요한 걸 빼놓으셨습니다. 바로 당신의 겸허함과 공평무사함입니다. 만약 당신께 이런 미덕이 없었다면 지금의 자리에 오르기는커녕 성공할 때까지 기다리지도 못하셨을 겁니다. 여기에서 우리는 당신에게 명예는 헛된 것이고, 마음을 다스릴 줄 아는 것이 중요하다는 것을 배우게 됩니다. 물론 제임스 씨의 잘못은 아닙니다. 그분이 저만큼이나 당신에 대해 알았다면 그분도 "당신이 이전에 쓴 글과 당신의 생활을 직접 본 사람들은 반드시 ≪자서전≫과 ≪덕의 기술≫에 주목할 것이고, 반대로 ≪자서전≫과 ≪덕의 기술≫을 먼저 읽은 사람들은 역으로 당신이 이전에 쓴 글과 당신의 실제 생활에 관심을 가질 것입니다."라고 하셨을 겁니다. 당신의 자서전이 중요한 것은 바로 이 때문입니다. 우리 대부분은 시간이 없어서가 아니라 정신과 인품 등을 갈고 닦는 방법을 잘 몰라서 우왕좌왕합니다. 이때 당신의 자서전은 의욕은 있으되 방법을 모르는 모든 사람에게 중요한 지침서가 될 것이 분명합니다.

　마지막으로 한 가지만 더 말씀드리지요. 바로 당신이 인생을 살아온 방법이 곧 한 편의 전기라는 것입니다. 자서전과 같은 글은 조금 유행이 지난 듯하지만 아직도 매우 유용한 것이 사실입니다. 특히 당신의 자서전이라면 악명 높은 흉악범이나 비열한 음모가, 그리고 부조리하고 자학적인 수도사와 잘난 체나 하는 엉터리 작가들의 인생과 좋은 대조를 이루기 때문에 더욱 유용할 것입니다. 또한 당신의 자서전이 다른 자서전의 출간 계기가 된다면, 그래서 그런 자서전들을 읽고 주인공의 삶을 본받고자 노력하는 젊은이들이 늘어난다면 ≪플루타르크 영웅전≫만큼의 값어치가 있다고 생각합니다.

　이 세상에서 오직 한 분만 가진 특성을 존재하지도 않는 사람을 상상하며 이야기하자니 슬슬 지겨워지고 있습니다. 그 사람에게 직접 칭송의 말을 해줄 수도 없으니 말입니다. 그러니 그 사람에게는 그만두고 이제부터는 바로 당신, 프랭클린 박사님께 직접 쓰도록 하겠습니다.

　박사님, 제가 진정으로 원하는 것은 당신의 고귀한 인품을 박사님 스스로 세상에 알려주셨으면 하는 것입니다.

다른 사람의 손을 거치다 보면 진실된 모습이 잘못 그려질 수도 있습니다. 또 잘못하면 비방으로 그칠 수도 있습니다. 지금 당신의 연세로 보나(당시 프랭클린은 77세였다. — 역자 주), 독특한 사고방식으로 보나 평생 동안 당신 가슴속에 품었던 깊은 속뜻을 제대로 표현해낼 수 있는 분은 박사님 뿐입니다.

또 극심한 변혁의 시대를 사는 우리는 자연스럽게 자서전의 주인공에게 관심을 갖게 됩니다. 때문에 그런 변혁의 소용돌이 속에서도 도덕적인 원칙들을 지켜내셨던 분이 자서전의 주인공이 되어야 합니다. 뿐만 아니라 원칙을 지키는 것이 얼마나 중요한 것인지를 실제로 보여준 분이 주인공이 되어야 합니다. 바로 박사님 같은 분 말입니다. 현재 박사님은 그 인격만으로도 이미 우리에게 중요한 인물입니다. 그런 만큼 마땅히 모두의 존경을 받아야 합니다. 영국이나 유럽뿐만 아니라 지금 새롭게 일어나고 있는 박사님의 나라에서도 박사님의 이름이 드높아져야 합니다.

인간이 행복을 지켜내기 위해서는 꼭 증명되어야 하는 것이 있습니다. 인간은 악하고 증오스러운 존재가 아니라는 것과 잘만 다듬으면 누구나 보다 나아질 수 있다는 것입니다. 아울러 이런 이유로 인간 중에는 아주 괜찮은 이들도 있다는 것을 보여줘야 합니다. 모두가 부도덕하고 악하

180

다면 사람들은 희망을 버리고 노력을 그만둘 것입니다. 또한 저마다 자신만의 몫을 챙기려 마구잡이로 덤벼들 것입니다. 그들 마음속에는 자신 말고는 아무도 존재하지 않는 듯 행동하게 될 것입니다.

존경하는 박사님, 부디 하루라도 빨리 다시 펜을 드시기 바랍니다. 그리고 선하신 만큼만 선을 보여주시고, 절제하셨던 만큼만 절제를 보여주십시오. 그리고 무엇보다도 어려서부터 정의와 자유와 조화를 사랑하셨고, 평생 동안 그 존재들이 당신의 행동을 이끌어왔다는 것을 증명해 주십시오.

저는 최근 17년 동안 박사님의 하시는 일과 그에 따른 행동을 지켜봤습니다. 그러니 부디 제가 당신을 사랑하는 만큼 영국 사람들이 당신을 존경하고 사랑하게 만들어 주십시오. 그들은 박사님을 좋게 생각하는 만큼 박사님의 나라에도 친근함을 가질 것입니다. 또 박사님 나라의 사람들 역시 영국인들이 자신들에게 좋은 감정을 가지고 있다는 것을 알게 되면 영국에 보다 좋은 감정을 가지게 될 것입니다. 부디 마음을 열고 생각을 넓게 가지시기 바랍니다. 자연과 정치에 대한 관점이 정리되시면 영어를 사용하는 사람들뿐만 아니라 인류 전체가 개선되도록 애써 주십시오.

아직 박사님의 자서전을 읽은 것도 아니고, 박사님에

대해서는 그 고귀한 인품만 아는 저로서는 이런 말을 하기가 여간 조심스러운 것이 아닙니다. 하지만 《자서전》과 《덕의 기술》은 분명 제 기대에 어긋나지 않을 것이라고 확신합니다. 아니, 앞서 말씀드린 관점들에 입각해서 기술하신다면 그 이상이 될 것입니다. 물론 박사님을 따르는 모든 사람을 만족시킬 수는 없을 것입니다. 하지만 사람들에게 아주 유용한 책이 되리라는 것은 장담할 수 있습니다.

타인에게 순수한 즐거움을 주는 사람은 걱정과 고통으로 얼룩진 삶에 한 줄기 희망의 빛을 선사할 수 있습니다.

그러니 박사님께서는 저의 간청에 귀 기울여주시기 바랍니다.

다시 한 번 간곡히 부탁드립니다.

1783년 1월 31일 파리에서
벤저민 보간

제2장

완전한 인격을 위하여

1784년, 파리의 근교 파시에서

모두를 위한 사업

　앞의 편지를 받은 지도 제법 오래되었다. 하지만 너무 바빠서 도무지 엄두를 낼 수 없었다. 또 집에라도 있었다면 그동안 보관하고 있던 자료들을 들추어 볼 수 있었을 것이고, 그랬다면 쓰는 것이 훨씬 수월했을 것이다. 그것들만 있었어도 내 기억을 되살리는 것이 보다 쉬웠을 테고, 날짜도 정확하게 밝힐 수 있었을 테니 말이다. 하지만 언제 귀국할지도 알 수 없는 판에 더 이상 미룰 수도 없고 해서, 마침 여유도 생겼기에 일단 기억이 허락하는 데까지 써 보기로 했다. 살아서 돌아간다면 그때 다시 자료들을 참고해서 수정할 생각이다.

전에 쓴 원고를 가지고 있는 것이 아니어서 필라델피아 공립 도서관을 세우기 위해 어떤 방법을 사용했는지 설명했는지 안 했는지 잘 모르겠다. 어쨌든 최초 회원 50명으로 시작해서 지금은 엄청난 규모로 발전한 그 도서관 얘기에서부터 시작해야겠다. 만약 전에 썼던 부분이라면 나중에 삭제하면 되겠지.

내가 펜실베이니아에 정착했을 무렵, 보스턴 남쪽에는 쓸 만한 서점이 하나도 없었다. 게다가 뉴욕과 필라델피아에서 인쇄업을 하는 사람들이 열고 있는 상점이라는 것들도 실상은 문방구에 지나지 않았다. 종이나 달력, 각종 서식 서류들을 팔았고 책이라고 할 수 있는 것도 민요집이나 두서너 종 되는 교과서가 전부였다. 그 때문에 읽고 싶은 책이 있으면 개별적으로 영국에 주문해야 했다. 그런 상황에서도 내가 활동하고 있던 전토 클럽의 회원들은 비교적 많은 책을 소유하고 있었다. 술집에서 모임을 가졌던 우리는 나중에는 방을 하나 빌려 활동했는데, 그러던 중 내 제의로 각자 가지고 있던 책을 한곳에 모아두기로 결정했다. 우리가 모이던 그 방에 말이다. 그렇게 되면 토론 중에도 필요한 책을 금방 찾아볼 수 있을 뿐만 아니라, 읽고 싶은 책을 자유롭게 빌려 볼 수 있기 때문에 내 제안은 모두의 찬성을 얻을 수 있었다. 우리는 당장 각자의 책을 모임을 갖는 방으로 가지고 갔고, 그렇게 해서 우리는 공동 서재를 만들었다. 그 결과는 매우 만족스러웠다.

작은 서재가 매우 유용하다는 결과를 얻은 나는 더욱 많은 사람이 이런 이익을 누려야한다고 생각했다. 그래서 고안해낸 것이 회원제 도서관이었

1900년대 초의 도서관 내부

다. 난 제안을 한 후 전토 회원들의 찬성을 이끌어냈고, 우리는 한몸이 되어 도서관 건립을 위해 움직였다. 먼저 내가 도서관 건립을 위한 계획과 도서관 운영에 따른 규칙들의 초안을 짰다. 그리고 관록의 공증인인 찰스 브록덴이 그것을 가지고 회원 자격 등 실제적인 가입 약관을 만들었다. 그에 따르면 회원은 각각 최초의 서적 구매에 일정한 금액을 지불하고, 책을 더 보유하는 데 필요한 기금을 기부금 형식으로 해마다 내도록 약속해야 했다. 그러나 필라델피아는 가난한 도시였다. 책을 읽는 인구도 많지 않았다. 아무리 돌아다니고 홍보를 해도 회원을 모집하기가 쉽지 않았다. 결국 우리는 겨우 50명의 회원으로 도서관을 출범했다. 회원이 된 사람들은 대부분 젊은 상인들이었는데, 그들은 40실링의 최초 가입비 외에 해마다 10실링을 내기로 약속했다.

우리는 그들이 가입비로 낸 얼마 안 되는 돈을 책을 구입하는 데 사용했다. 그렇게 구입된 책은 회원들에게 빌려주되, 일주일 안에 돌려줘야 한다는 조건을 달았다. 또 만약 그약속을 지키지 못하면 정가의 두 배를 지불한다는 약속을받았다. 도서관은 내 생각대로 잘 운영되었다. 또 다른 지역에서도 우리를 모방해 도서관 건립을 추진했을 정도로 그유용성이 널리 알려지게 되었다. 상황이 이쯤 되자 회원들이 나날이 늘었고, 덕분에 도서관은 기증받은 책으로 넘쳐나기 시작했다. 그중에서도 가장 중요한 것은 필라델피아에독서 열풍이 일었다는 것이다. 변변한 오락거리가 없던 시절이었기 때문에 사람들은 쉽게 책과 친해졌다. 아무튼 몇해 안 되어 이 나라 사람들은 지위가 비슷한 다른 나라의 사람들에 비해 훨씬 더 지적이고 교양이 있다는 평가를 받게되었다.

잠깐 돌아가서 회칙을 만들 때 이런 일이 있었다. 처음에우리는 도서관을 50년 동안 유지해야 한다고 정했었다. 그러자 브록덴이 우리에게 이런 말을 했다.

"당신들이 지금은 젊지만, 50년 후에도 살아 있겠소?"

결국 이 조항은 몇 년 후에 없어지게 되었다. 도서관이법인체가 되면서 영구적으로 존재하게 되었기 때문이었다.

그때 나는 도서관 회원을 모집하기 위해 많이도 돌아다

1800년 필라델피아 도서관 전경

넜다. 하지만 처음에 사람들의 반응은 영 시원치 않았다. 아예 대놓고 거절하거나 그렇지는 않다고 해도 노골적으로 싫은 기색을 보였다.

　나는 이런 수모를 당하면서 한 가지 깨달은 게 있었다. 아무리 공공에 유익한 일을 하더라도 자신이 주인공이 되어서는 안 된다는 것이었다. 사람들은 타인이 자신보다 조금이라도 유명해지는 것을 꺼렸다. 그래서 나는 방법을 바꾸어 될 수 있는 대로 나 대신 내 친구들의 이름을 내세웠다.

　이 방법은 내 친구들의 계획이었는데, 나는 회원이 될 만한 사람들을 찾아가 친구의 이름을 대고 '그가 그러는데 당신이 책을 매우 좋아하신다고 해서 찾아왔다'라고 했다. 모금이 필요할 때마다 한동안 이 방법을 사용했다. 이 방법은 성공이었다. 거의 실패한 일이 없었다. 만약 모금을 하거나 도움이 필요해서 다른 사람을 찾아갈 일이 있다면 진심으로 이 방법을 권한다. 현재의 명예심을 조금만 희생하면 나중에 큰 보상을 받는다. 간혹 그것이 누구의 공적인지 확실하지 않아서 허영심과 공명심에 들뜬 누군가가 자신이 그랬노라고 나설 수도 있다. 하지만 걱정할 필요는 없다. 당신을 싫어하는 사람까지도 거짓된 명예를 폭로시킬 것이기 때문이다. 그렇게 되면 명예는 자연스럽게 본래 주인에게 돌아올 것이다.

이 도서관은 나에게도 큰 도움이 되었다. 도서관 덕분에 매일 한두 시간씩 책을 읽을 수 있었던 것이다. 그래서 어린 시절 아버지께서 내게 해 주려고 하셨지만 끝내 못 해 주셨던 공부를 양껏 보충할 수 있었다. 내게 독서는 유일한 오락이었다. 나는 술집에도 안 갔고, 노름도 안 했으며, 그 어떤 종류의 유희도 즐기지 않았다. 부지런히 일만 했을 뿐이다. 물론 인쇄소 때문에 빚을 지고 있었고, 교육을 시켜야 할 아이들도 있었다. 하지만 더 중요한 것은 나보다 먼저 개업한 두 사람의 경쟁자와 경쟁을 해야 했기 때문이었다. 그런 상황 속에서도 어쨌든 내 형편은 조금씩 나아졌다. 검소한 생활 습관 때문이었다고 생각한다. 어렸을 때 나는 아버지께 솔로몬의 잠언을 귀에 못이 박이도록 들었다.

네가 자기 일에 근실한 사람을 보았느냐.
이러한 사람은 왕 앞에 설 것이요,
천한 자 앞에 서지 아니하리라.

그때부터 나는 근면이야말로 재산과 명성을 얻는 수단이라 생각했고 어려울 때마다 이 말을 떠올리며 힘을 얻었다. 그렇다고 해서 잠언 그대로 내가 왕 앞에 서게 되리라고는 꿈에도 생각하지 않았다. 그런데 그것이 현실로 나타났다. 나는 지금까지 살면서 무려 다섯 분이나 되는 왕 앞에 섰다. 그중에 덴마크 왕하고는 식사를 함께하는 영광을 누리기도 했다. 영국 격언에는 이런 말이 있다.

성공하려는 자에게는 아내가 귀중하다.

나만큼이나 부지런하고 검소한 아내와 함께 산 것은 내게는 정말 행운이었다. 아내는 시간이 나는 대로 인쇄소에 나와 일을 도왔다. 팸플릿을 접기도 하고, 제본을 하기도 하고, 상점을 지키기도 하고, 심지어는 제지업자에게 팔기 위해 헌 배에서 나오는 넝마를 사 모으기도 했다. 또 집안일도 거의 혼자 해냈다. 우리의 식탁은 간소했고, 가구도 검소한 것들뿐이었다. 한 예로 우리의 아침 식탁에는 빵과 우유가 전부였다. 차는 물론 없었다. 식기라고는 2페니짜리 질그릇과 백랍 수저가 전부였다. 그렇게 우리 가족은 언제나 검소한 생활을 했다. 하지만 간혹 은근슬쩍 사치가 숨어들어오기도 했다.

어느 날이었다. 그 날도 다른 날과 마찬가지로 아침 식사를 하기 위해 식탁에 앉았다. 그런데 놀랍게도 식탁에 사기 접시와 은수저가 놓여 있었다. 아내는 당당하게 23실링이나 주고 샀다고 말했다. 내게 말도 없이 그런 거금을 쓰고도 아내는 아무런 변명도 하지 않았다. 그리고 이제는 자기 남편도 이웃 사람들처럼 은수저와 사기그릇을 쓸 정도의 자격은 있다고 했다. 이로써 우리 집에 최초의 자기 접시가 생겼다. 이런 일이 해마다 늘었다. 그리고 수년 후에는 그 수가 많아져서 그 금액만 따져도 수백 파운드어치의 물건들로 집 안이 가득 채워지게 되었다.

나는 장로교 교인으로서 경건한 가르침을 받고 자라났다. 그런데 그중에서 '영원한 신의 뜻'이라든가 '선민사상', '원죄' 같은 것들은 아무리 노력해도 믿을 수도, 이해할 수도 없었다. 이런 상황에서 일요일을 공부하는 날로 정하면서 부터는 교회에도 나가지 않았다. 그렇다고 해서 종교상의 모든 원칙을 거부한 것은 아니었다. 하나님은 존재하신다는 것, 하나님이 이 세상을 창조하시고 하나님의 섭리로 세상이 다스려진다는 것, 하나님이 가장 원하시는 봉사는 타인에게 선을 행하는 일이라는 것, 영혼은 불멸한다는 것, 모든 죄악은 언제고 벌을 받는다는 것, 그리고 덕행은 살아서가 아니면 죽은 후라도 꼭 보답을 받는다는 것들을 지금껏 한 번도 의심해 본 일이 없다. 나는 이런 것들이 바로 종교의 본질이라고 생각한다. 기독교뿐 아니라 모든 종교에서 발견되기 때문이다. 이 때문에 나는 모든 종교를 인정하고, 존경한다. 그렇다고 해서 모든 종교를 똑같이 존경한 것은 아니다.

종교는 이런 본질적인 교리들에 다른 교리들이 뒤섞이게 마련인데, 간혹 어떤 종교는 인간의 도덕심을 고취하거나 강화하기는커녕 오히려 우리를 분열시키고 서로 불안하게 만들기도 한다. 하지만 나는 아무리 건전하지 못한 종교라 해도 반드시 좋은 점은 있다고 믿는다. 그래서 종교적인 관점이 다른 사람과는 종교에 관해 논쟁을 피하곤 했다. 우리 지역에 인구가 늘어남에 따라 그만큼 새로운 교회가 필요했는데, 교회들은 대부분 기부금으로 세워졌다. 이때 나는 아무리 적은 금액이라도 종파를 따지지 않고 기부했다. 이 역시 모든 종교와 모든 종파를 존중했기 때문이었다.

나는 여전히 예배를 보기 위해 교회에 나가지는 않았지만, 예배가 잘만 이루어진다면 유용하다고 생각했다. 그래서 필라델피아에서 유일한 장로교 목사와 그 집회를 후원하기 위해 해마다 기부금을 내고 있었다. 이 목사는 친구로서 가끔 나를 찾아왔는데, 그때마다 교회에 나오라고 권유했다. 나도 가끔은 목사의 말에 마음이 움직여서 교회에 나가 보기도 했다. 무려 연속 5주 동안이나 출석한 적도 있었다. 만약 그의 설교가 마음에 들었다면 공부를 제쳐놓고서라도 교회에 나갔을지 모른다. 그러나 그는 신학상의 논쟁과 우리 종파의 교리에 대한 설교만 했다. 때문에 나는 도통 흥미를 느끼기는커녕 교화를 받는 일도 없었다. 도덕적인 원칙에 대해서는 조금도 언급하지 않았다. 마치 그는 우리 모두를 선하고 좋은 시민보다는 장로교 목사로 만들려고 하는 것 같았다.

한 번은 이런 일도 있었다. 그때 그는 빌립보서 4장을 들어 설교했는데, 설교 중에 다음과 같은 말을 했다.

"형제들이여, 참된 모든 것과 고상한 모든 것, 정의로운 모든 것과 순결한 모든 것, 사랑스러운 모든 것과 명예로운 모든 것, 덕스러운 모든 것과 영구히 기릴 만한 모든 것을 여러분의 마음에 새겨두십시오."

순간 나는 오늘은 무슨 도덕적인 얘기를 듣게 될 것이라고 생각했다. 하지만 그날 내가 들은 것은 위의 것들을 위해 사도 바울이 지키라고 했던 다섯 가지 계율, 즉 첫째 안식일을 거룩하게 지킬 것. 둘째 성서를 꾸준히 읽을 것, 셋째 예배에 꼭 출석할 것, 넷째 성찬식에 참가할 것, 다섯째 하나님의 사절인 목사를 존경할 것이 전부였다. 물론 다 좋은 말이었다. 하지만 내가 원한 이야기들은 아니었다. 그날 이후 나는 교회에서는 내가 원하는 것을 얻을 수 없을 거라고 생각했다. 그래서 그 목사가 설교하는 예배에는 두 번 다시 참석하지 않았다.

한편 나는 대용이라면 뭐하지만 그 일이 있기 몇 해 전인 1728년부터 나만의 기도서를 만들어 쓰고 있었다. 나는 그 기도서에 〈신앙 조항과 종교 의식〉이라는 제목을 붙였다. 어쨌든 나는 목사에게 실망한 이후부터 다시 기도서를 썼고, 더불어 교회에도 가지 않았다. 물론 내 행동이 옳았다는 것은 아니다. 지탄받아 마땅할지도 모른다. 이런 일련의 일을 쓴 것은 변명하려는 것도, 반성하기 위한 것도 아니다. 다만 나는 있던 사실 그대로를 밝히려는 것뿐이다.

나를 만들기 위한 계획

이 무렵 나는 도덕적으로 완벽해지겠다는 계획을 세우고 있었다. 나는 어떠한 때도 잘못을 범하는 일이 없는 완벽한 삶을 살고 싶었다. 또 타고났거나 친구들의 영향으로 생긴 습관들도 모두 올바르게 고치고 싶었다. 나는 무엇이 선이고, 무엇이 악인지 정확하게 알고 있었다. 아니, 알고 있다고 생각했다. 그래서 선을 행하고 악을 피하는 것이 그리 어려운 일은 아니라고 믿었다. 그러나 얼마 안 있어 난 내 생각을 고치지 않을 수 없었다. 한 가지 잘못을 하지 않기 위해 주의하고 조심하다 보면 불쑥 생각지도 않았던 데서 실수를 했다. 또 조금만 소홀하면 이성으로는 억제하기 어려운 나쁜 습관이 파고들어 왔다. 즉 도덕적으로 완벽한 인간이 되겠다는 내 계획이 얼마나 무모한 것이었는지, 또 그런 인간이 되기가 얼마나 어려운지 깨닫게 된 것이다. 그리고 다음과 같은 결론에 도달했다. 신념만으로는 도덕적으로 완벽한 사람이 될 수 없다. 그러므로 몸과 마음, 모두를 통틀어 완벽해지지 않으면 안 된다는 것이었다. 그래서 난 늘 정확하고, 일관성 있는 행동을 하기 위해 나쁜 습관을 버리고, 좋은 습관을 몸에 익히려고 했다. 이 목적을 이루기 위해 난 다음과 같은 방법을 고안해냈다.

먼저 그때까지 읽은 책 속에서 보았던 여러 가지 도덕을 쭉 열거했다. 그리고 각 덕목 아래에 그 덕목을 내 것으로 하기 위해 해야 하는 행동들을 적어 내려갔다. 덕목의 수는 생각한 것보다 많았다. 저자에 따라서 같은 덕목을 다른 명칭으로 쓰기도 하고, 같은 명칭을 쓰면서도 그 의미가 넓은 것과 좁은 것이 있었기 때문이다. 한 예로 '절제'라는 덕목을 어떤 저자는 먹고 마시는 것에 국한해 사용했지만 어떤 저자는 쾌락, 식욕, 성욕, 육체적이나 정신적 열정, 그 밖에도 탐욕이나 야심까지 포함한 넓은 의미로 사용했던 것이다.

나는 보다 명확히 하기 위해 각 덕목에 그것을 위해 지켜야 할 규칙을 많이 열거하기보다는 구체적인 덕목 열세 개를 늘어놓은 후 그에 수반되는 중요한 규칙을 몇 가지 붙이기로 했다. 다음은 그때 내가 정한 덕목과 그에 따른 규칙이다.

1. 절제

배부르도록 먹지 말자. 취하도록 마시지 말자.

2. 침묵

자타에 이익이 없는 말은 하지 말자.

쓸데없는 말을 하지 말자.

3. 질서

모든 물건은 제자리에 두자.

일은 모두 때를 정해서 하자.

4. 결단

해야 할 일이 있다면 반드시 하겠다고 결심하자.

결심한 것은 반드시 실행하자.

5. 절약

나나 남에게 유익하지 않은 일에는 돈을 쓰지 말자.

쓸데없는 낭비는 하지 말자.

6. 근면

시간을 낭비하지 말자.

언제나 유용한 일을 하자.

무익한 행동은 끊어 버리자.

7. 진실

사람을 속이지 말자.

순수하고 공정하게 생각하자.

언행을 일치하자.

8. 정의

남에게 피해 주는 일은 하지 말자.

남에게 응당 줘야 하는 이익은 꼭 주자.

9. 중용

극단을 피하자.

상대가 나쁘더라도 그에게 상처를 주지 말자.

10. 청결

신체, 의복 등 습관상 모든 것에 청결을 유지하자.

11. 침착

사소한 일, 일상적인 일뿐만 아니라 불가피한 일을 당해도 흔들리지 말자.

12. 순결

건강과 자손을 위해서만 잠자리를 하자.
감각이 둔해지고, 몸이 쇠약해지고, 부부의 평화와 평판에 해가 될 정도로 하지 말자.

13. 겸손

예수와 소크라테스를 본받자.

나는 이런 모든 덕목이 진정으로 나의 자연스러운 습관이 되기를 원했다. 그래서 한꺼번에 전부를 얻으려고 덤벼들기보다는 한 번에 하나씩 집중해서 노력했다. 첫 번째 덕목이 완성되면 두 번째 덕목에 도전하고, 이마저 완성되면 세 번째 덕목에 도전하는 식이었다. 덕목의 나열 순서도 이루기 쉬운 것부터 어려운 것 순이었다. '절제'가 맨 처음 온 이유는 절제만 할 수 있다면 머리는 냉철과 명석을 유지할 것이고, 그렇게 되면 매사에 실수 없이 일할 수 있을 뿐만 아니라 나쁜 습관에 휘둘리거나 유혹에 빠지는 일도 없을 것이기 때문이다. '절제'가 완벽하게 이루어지면 그다음 덕목 인 '침묵'은 그리 어려운 일이 아니다. 내게는 덕목을 익히는 것도 중요한 일이었지만 지식을 얻고자 하는 목표도 있었 다. 때문에 대화를 나눌 때 내가 하기보다는 주로 남의 말을 경청했다. 또 더불어 쓸데없이 떠들어대거나 농담하지 않 으려고 노력했다. 그런 대화 태도로는 아무 도움도 되지 않 는 나쁜 친구들만 사귀게 될 것이 분명하다. 이런 이유로 나 는 두 번째 덕목을 '침묵'으로 정했다. 만약 '침묵'과 그다음 덕목인 '질서'만 내 습관으로 만들 수 있다면 일과 공부에 더 많은 시간을 쏟아부을 수 있을 터였다. 그다음 '결단'은 일단

FORM OF THE PAGES.

TEMPERANCE.

Eat not to dulness: drink not to elevation.

	Sun.	M.	T.	W.	Th.	F.	S.
Tem.							
Sil.	*	*		*		*	
Ord.	*	*	*			*	*
Res.		*				*	
Fru.		*				*	
Ind.			*				
Sinc.							
Jus.							
Mod.							
Clea.							
Tran.							
Chas.							
Hum.							

프랭클린이 제작한
다이어리의 한 페이지

한 번 습관이 되어 버리면 그다음에 오는 여러 덕을 얻는 과정에서 한눈팔지 않고 단호하게 노력할 수 있게 될 것이다.

또 '절약'과 '근면'은 아직 남아 있는 빚을 청산할 수 있게 해 줄 것이고, 아울러 풍요로운 생활과 독립을 보장해 줄 것이다. 여기까지 성공하면 '진실'과 '정의', 그리고 다른 덕목들은 비교적 쉽게 완성될 것이다.

이렇게 덕목을 정하자 《금언집》에서 피타고라스가 '하루의 행동을 오늘 한 일이 무엇인지, 할 일을 빠뜨린 것은 없는지, 규칙에 어긋난 것은 없는지 등 세 가지 측면에서 생각해 보되, 생각해 보지 않았으면 잠들지 말라'라고 충고한 대로 매일매일 나 자신을 점검하는 것이 필요하다고 생각했다. 그래서 다음과 같이 나 나름대로 점검하는 방법을 고안해냈다.

먼저 조그만 수첩을 만들었다. 그런 다음 내가 정해 놓은 덕목들을 한 페이지에 하나씩 배당시켰다. 그리고 각 페이지에는 붉은 잉크로 줄을 그어서 가로로 일곱 칸을 만들고, 칸 하나에 각 요일의 첫 글자를 적어 넣었다. 다음에는 세로로 열세 칸을 만든 후 덕목의 머리글자를 순서대로 적어 넣었다. 그리고 그날그날 내 행동을 되짚어 보아서 과오가 있었다면 덕목과 날짜가 만나는 칸에 검은 점을 그려 넣었다.

이 표를 도표로 직접 그려 보면 다음 페이지와 같다.

절제

배부르도록 먹지 말자.
취하도록 마시지 말자.

	일	월	화	수	목	금	토
절제							
침묵	*			*		*	
질서		*			*	*	*
결단		*				*	
절약		*				*	
근면		*	*				
진실							
정의							
중용							
청결							
침착							
순결							
겸손							

나는 한 주에 덕목 하나만 중점적으로 실천하기로 했다. 즉 첫째 주에는 '절제'만 집중적으로 지키고 다른 덕목들은 그대로 보통 때와 비슷한 정도로만 지키는 것이다. 물론 저녁마다 되돌아보면서 그날 과실을 범했다면 점을 찍어 넣었다. 첫 주에 '절제'에 해당하는 칸에 점이 하나도 찍히지 않았다면 이 덕은 매우 강화되었을 것이다. 이렇게 되면 다음 덕목으로 넘어가는 것이다. 이런 방식으로 해서 13주가 지나면 열세 개의 덕목을 한 번씩은 실천하게 되는데, 이것은 모두 1년에 네 번 반복할 수 있다.

뜰의 풀을 뽑는 사람은 잡초를 한 번에 다 뽑아내려고 덤비지 않는다. 그러려면 힘이 많이 필요하기 때문이다. 그래서 한 번에 한 구석씩 뽑고, 그 구석이 끝나면 다음 구석으로 옮겨가는 식으로 일한다. 덕목을 내 것으로 하는 것도 마찬가지다. 한 주에 하나씩 차례로 검은 점을 각 줄에서 지워나가는 것이다. 그렇게 함으로써 한 주가 끝날 때마다 덕목이 점차 진보해나가는 자취를 두 눈으로 확인하고, 그로 인해 다시 마음의 힘을 얻어 다른 덕목에 도전한다. 이렇게 반복하다 보면 마지막 13주가 끝났을 때 점 하나 찍히지 않은 깨끗한 수첩을 보게 될 것이다. 더불어 나는 영국의 수필가인 에디슨이 지은 《카토》에서 몇 구절을 인용해 이 수첩에 적어놓았다.

나는 이것을 지키련다,

우리 위에 하나님이 계신다면(만물은 신께서 모든 것을 이루셨다

고 외치도다),

하나님은 덕을 사랑하신다.

하나님이 사랑하는 것이 바로 행복이로다.

로마의 대 웅변가이자 철학자인 키케로의 말도 적었다.

오, 인간 삶을 인도하는 철학이여! 그대로 인해 덕을 구하

고 악덕을 쫓는도다. 그대가 가르치는 대로 사는 하루가

죄에 싸여 사는 영생보다 나은 것이리니.

솔로몬의 〈잠언〉에서도 지혜와 덕에 대한 말을 뽑아냈다.

그 오른쪽 손에는 장수(長壽)가 있고,

그 왼쪽 손에는 부귀(富貴)가 있나니 그 길은 즐거운 길이요,

그 첩경은 다 평강이니라. (3장 16~17절)

그리고 기도문도 지어서 적어놓았다. 하나님은 지혜의

원천이시다. 지혜를 얻는 일에 하나님께 도움을 구하는 것

은 지극히 당연하고, 또 필요한 일이라고 생각했다. 나는 그

것을 매일매일 기억하고 실천하기 위해 내가 만든 도표의
첫머리에 써넣었다.

오, 전능하시고 은혜로우신 아버지, 자비로우신 인도자시
여! 제가 진심으로 추구하는 것을 찾을 수 있도록 지혜를
주소서. 지혜가 가르치는 대로 행할 수 있도록 제 결심에
힘을 주소서. 당신의 다른 자녀들에게 저의 호의가 받아들
여질 수 있도록 도와주소서. 당신이 베푸시는 한없는 은혜
에 제가 보답할 수 있도록 해주소서.

**인용한 것 중에는 톰슨의 시에 나오는 짧은 기도문도 있
었다.**

빛과 생명의 아버지, 가장 높은 곳에 계시는 신이시여!
가르쳐주소서, 선이 무엇인지, 당신이 어떤 분인지.
경박과 허영과 악에서 저를 구원하소서.
모든 비천한 일에서 저를 구원하소서.
지혜와 마음의 평화와 순수한 덕으로
제 영혼을 채워 주소서.
거룩하고 풍성하며 영원히 시들지 않는 축복을 제게 주소서.

206

그다음으로 한 것은 해당하는 덕목을 완성하기 위해 24
시간을 어떻게 쓸 것인가에 대해 계획을 세우는 것이었다.
아래는 일반적인 어느 날의 하루 계획표다.

아침 질문: 오늘은 어떤 선행을 할 것인가?	5	기상. 세면. 기도문을 외운다.
	6	하루 계획을 세우고 결의를 다진다.
	7	현재 하고 있는 공부를 한다. 아침 식사.
	8	일을 한다.
	9	
	10	
	11	
낮	12	독서 또는 장부를 본다.
	1	점심 식사.
	2	일을 한다.
	3	
	4	
	5	
저녁 질문: 오늘은 어떤 선행을 할 것인가?	6	모든 물건을 정리한다. 저녁 식사. 음악 감상. 오락. 대화. 하루를 반성한다.
	7	
	8	
	9	
	10	
	11	
	12	
밤	1	취침
	2	
	3	
	4	

나는 자기반성을 위해 계획을 세우고 노력했다. 간혹 중단하기도 했지만, 제법 오랫동안 계속해 나갔다. 생각했던 것보다 결점이 많은 것이 놀라웠지만, 이런 생활을 해나가면서 차차 결점이 줄어가는 것을 눈으로 확인할 수 있었다. 그것은 내게 큰 즐거움이었다. 13주가 지나 처음부터 다시 시작하게 되면 맨 처음으로 돌아가 지난번에 표시해 둔 점을 긁어내고 그 위에 새로운 주의 기록을 했다. 수첩은 여기저기 구멍 천지가 되어 버렸다. 결국 새 수첩을 만들지 않으면 안 되었다. 그래서 생각해 낸 것이 수첩 대신 상아로 된 얇은 판에 붉은 잉크로 표와 계율을 그리는 것이었다. 그리고 점은 연필로 표시했다. 이 방법은 매우 효과적이었다. 다시 사용하게 되었을 때는 젖은 스펀지로 살짝 문지르기만 하면 되었고, 또 만드는 것도 1년에 한 번만 하면 되었다. 그리고 나중에는 몇 해에 한 번밖에는 안 했다. 이 상아 판은 해외 출장 등 여러 가지 사무가 많아진 다음에는 전혀 사용할 수 없었지만, 수첩만큼은 어디를 가든 가지고 다녔다.

　열세 덕목 중 가장 지키기 어려운 것은 '질서'였다. 직공들처럼 자기만의 시간을 가질 수 있다면 모를까 나 같은 사업주는 그게 어려웠다. 세상 사람들과 교제도 해야 하고, 손님들이 원하면 시간을 내줘야만 했다. 게다가 종이나 그 밖의 물건들을 제자리에 두는 것도 내게는 쉽지 않은 일이었다. 난 정리정돈을 하며 자란 게 아닌 데다가 기억력이 좋아서 어디에 물건을 두었든 찾지 못하는 일이 없었기 때문에 질서의 필요성을 그다지 느끼지 못했다. '질서'에 관련된 규칙을 지키는 것이 괴로울 정도였다. 아울러 빽빽하게 검은 점들로 채워진 칸으로 인해 나는 매우 초조했다. 조심하고 또 조심하는 데도 이 부분은 좀처럼 개선될 기미가 보이지 않았고, 결국에는 포기할 지경까지 이르렀다. 나중에는 결점 하나쯤은 그냥 무시하고 살 수 있지 않을까 생각도 했다. 이 남자처럼 말이다.

그는 내 집 근처에 사는 대장장이에게 도끼를 사러 온 사람이었다. 그는 도끼를 산 후 표면 전체가 번쩍번쩍할 정도로 갈아 달라고 했다. 대장장이는 숫돌의 바퀴를 돌려주면 원하는 대로 빛나게 해주겠다고 했다. 결국 그는 대장장이가 도끼의 넓은 표면을 갈 수 있도록 숫돌에 붙어 있는 바퀴를 돌렸다. 그런데 그것은 보기보다 힘든 일이었다. 아니나 다를까 그는 얼마 안 있어 바퀴를 놓고 일어나더니 자신의 도끼를 보여 달라고 했다. 잠깐 도끼를 살펴본 그는 "이쯤 하면 훌륭하오. 이제 그만 가져가겠소."라고 말했다. 그러자 대장장이가 그를 말렸다.

"아닙니다. 아직은 겨우 군데군데 빛이 날 뿐인 걸요. 조금만 더 갈면 번쩍번쩍 빛날 것입니다."

하지만 그는 단호했다.

"알고 있소. 하지만 지금처럼 약간만 번쩍이는 도끼가 제일 좋단 말이오."

나쁜 것을 버리고 새것을 얻으려 할 때 사람들은 종종 이런 일을 하곤 한다. 그게 몸에 밴 습관일 땐 특히 더 그렇다. 그들은 덕목을 학습하는 방법을 모르기 때문에 조금만 힘이 들면 이내 포기해 버리는 것이다. '약간만 번쩍이는 도끼가 제일 좋다'라고 결론을 내 버리는 것이다. 나도 가끔은 내가 추구하는 '도덕적으로 완벽한 인간'이라는 목표가 일종의 도덕적 허영은 아닐까 고민했다. 다른 사람이 알면 비웃을지도 모를 일이었다. 완벽한 인간은 질투와 미움의 대상이 되기도 한다. 사람들은 어딘지 허점이 있는 사람에게서 인간적인 매력을 찾기 때문이다. 그렇기 때문에 완벽하다는 게 사실 그리 이로운 것만은 아니다.

어쨌든 난 '질서'에 있어서는 거의 구제 불능이었다. 나이를 먹고 기억력이 나빠지고 보니 '질서'가 더 많이 요구되는 것 같다. 그러나 내가 목표한 대로 완벽하지는 않더라도 이런 시도는 어느 정도의 성과를 낳았다. 인쇄된 글씨를 놓고 연필로 그대로 따라 쓰다 보면 인쇄된 것과 똑같지는 않더라도 애쓴 것만큼 필적이 좋아지는 것처럼 말이다.

난 한 가지 바람이 있다. 내 후손들이 자신의 조상인 내가 일흔아홉이 되도록 행복하게 살아온 것은 하나님의 은혜와 더불어 이런 방법들 때문이라는 것을 알아주었으면 하는 것이다. 앞으로 어떤 인생이 펼쳐질지는 하나님만이 아시겠지만, 만에 하나 불행이 닥쳐온다고 할지라도 여태껏 누려온 행복을 돌아다보면 잘 견뎌낼 수 있을 것 같다. 난 절제 덕분에 지금껏 건강을 유지하며 살았다. '근면'과 '절약' 덕분에 젊은 시절의 가난을 벗고 재산가가 되었고, 그것으로 지식을 얻어 쓸 만한 사회구성원으로서 학식 있는 사람들 사이에서 상당한 명성을 얻었다. 또 '진실'과 '정의' 덕분에 국가의 신뢰를 얻었고, 더 나아가 명예로운 임무를 맡기도 했다. 이처럼 원하는 만큼 완벽하게는 아니었어도 이런 덕목들이 융화되어 내게 큰 힘을 준 것은 사실이다. 그 때문에 위기에 처했을 때도 항상 침착할 수 있었고, 사람들과 기분 좋게 어울릴 수도 있었다. 지금도 나와 이야기를 나누고 싶어 하는 사람들이 많은 것은 바로 이 때문이다. 특히 젊은 이들이 그렇다. 내 후손들도 내 주위의 젊은이들처럼 내 이야기를 듣고 내 방법들을 본받아 훌륭한 성과를 얻었으면 한다.

그런데 여기서 한 가지 짚고 넘어가야 할 것이 있다. 바로 내 계획이 어느 정도 종교적 색채를 띠고 있는 것은 사실이지만, 그렇다고 해서 특수한 교리나 종파에 매여 있지는 않다는 것이다. 우연히 그렇게 된 것은 분명 아니다. 다른 종교를 가진 사람들도 이 방법을 사용해서 효과를 보았으면 하는 바람에서 일부러 그렇게 쓴 것이다. 애초에 나는 수첩에 있는 도표니 계획표니 하는 것들을 출판할 계획이었다. 그러기 위해서는 다른 교파의 사람들에게 지탄이나 비난을 받을 만한 틈을 보여서는 안 되었다.

난 종교적 구원이 아니라 그저 덕목 하나하나에 짧은 주석을 달고, 그 덕목을 완성했을 때 얻을 수 있는 이익과 그것과 반대되는 개념의 악덕을 행했을 때 얻게 되는 폐해를 보여주려 했을 뿐이다. 그래서 책 제목도 ≪덕의 기술≫로 할 생각이었다. 덕을 이루는 방법과 그 태도를 가르치는 책이었기 때문이다. 그 방법을 가르쳐주지도 않으면서 무조건 착하게만 살라고 하는 것과는 차원이 다르다.

헐벗고 일용할 양식도 없는 네 형제자매에게 너희 중 누군가 그들에게 이르기를, '평안히 가라', '더웁게 하라', '배부르게 하라'라고 하면서 그 몸에 쓸 것을 나눠주지 아니하면 그 무슨 소용이 있으리오. (야고보서 2장 15~16절)

그러나 이 책을 출판하려는 내 계획은 결국 실현되지 못했다. 젊었을 때는 사업이 바쁘다는 이유로, 나이가 들어서는 공공사업에 신경 쓴다는 이유로 차일피일 미루기만 했다. 하지만 그때 책 속에 넣기 위해 적어둔 감상이나 추론 등 짧은 단상들의 메모가 지금도 일부 남아 있다. 어쨌든 그 일은 '위대하고 거창한 계획'이었다. 한 사람이 다른 모든 것을 작파한 채 매달려야만 가능한 일이었다. 하지만 내게는 크고 작은 일들이 계속 생겼고, 결국 이 책의 출판은 계획으로 끝나고 말았다.

그런 이유로 나는 이 글에서 《덕의 기술》을 통해 이루고자 했던 목표를 일부나마 역설하고자 한다. 즉 모든 나쁜 행실들은 금지되었기 때문에 해로운 것이 아니라 해로우므로 금지되었다는 것이다. 또 내세뿐만 아니라 현세에서도 행복을 바라는 사람이라면 덕을 쌓는 것이 여러모로 유리하다는 것이다. 이 세상에는 다양한 사람이 산다. 그중에는 왕도 있고, 귀족도 있고, 부유한 상인도 있는데, 그런 사람들일수록 정직하고 공정해야 한다. 그러나 그렇지 못한 사람들이 많다는 것도 사실이다. 이 때문에 나는 젊은이들에게 정직과 성실이야말로 가난한 사람이 성공할 수 있게 해 주는 확실한 자산이라는 것을 깨닫게 해 주고 싶다.

처음에 난 덕목을 열두 가지만 뽑았었다. 그런데 하루는 퀘이커 교도인 친구가 내가 오만하다고 평하는 사람이 있다고 살짝 귀띔해 준 일이 있었다. 그는 내가 대화를 할 때 문득문득 자만심이 드러나기도 하고, 논쟁 중에 내가 옳았다는 것에 만족하지 않고 상대를 압도하려고 하는 성향이 있다면서 몇 가지 실례를 들어 주었다. 듣고 보니 과연 그랬다. 그래서 나는 다른 악덕이나 어리석은 짓과 함께 이것을 교정해야겠다고 생각했다. 그래서 나는 바로 '겸손'을 새로운 덕목으로 추가했다.

물론 '겸손'을 완전히 내 것으로 만들었다고는 할 수 없다. 하지만 적어도 표면적으로는 상당히 성공했다고 생각한다. 다른 사람의 연설에 처음부터 반대하거나 내 의견을 독단적으로 주장하는 것을 삼갔던 것이다. '확실히'나 '의심의 여지 없이'처럼 독단적으로 의견을 주장하는 표현을 하는 것은 전토 규칙에도 위배되는 것이었기 때문에 사용하지 않았다. 그 대신 '내가 알기로는', '내 생각에는', '난 이렇게 보고 있는데' 등의 완곡한 표현을 사용했다. 다른 사람의 주장에 숨어 있는 부조리와 오류를 들춰내 당장에 반박하고 싶을 때도 "당신의 주장은 몇몇 특정한 상황에서는 맞을 수도 있겠군요. 하지만 이 상황과는 맞지 않을 것 같은데, 어떻게 생각하십니까?"라는 말로 대신했다. 이렇게 태도를 바꾸자 효과는 금방 나타났다. 내가 참여한 대화가 훨씬 즐겁게 진행된 것이다. 또 내가 겸손하게 말하자 사람들은 오히려 내 주장에 쉽게 동조했다. 반대하더라도 전처럼 심하게 하지는 않았다. 그뿐 아니었다. 내 주장이 틀린 것으로 확인되었을 때도 덜 무안했고, 내 주장이 옳은 경우에는 사람들이 자신들의 잘못을 시인하고 내 편이 되어 주었다.

처음에는 성격에 맞지 않아 다소 고생스러웠던 것도 사실이다. 하지만 나중에는 아주 습관이 되어 버려 그런 태도를 유지하는 게 어렵지 않았다. 아마 지금부터 과거 50년 동안 나의 입에서 독단적 언사가 나오는 것을 우연히라도 들은 사람은 한 사람도 없을 것이다. 사실 말도 서투르고 연설도 잘 못 하는 데다가, 무슨 말을 할까 하고 항상 우물쭈물하는 내가 새로운 제도를 제안하거나 과거의 제도를 개혁할 때마다 많은 시민의 협력을 얻은 것이나, 의원이 되었을 때 의회에서 큰 힘을 발휘할 수 있었던 것도 모두 나의 겸손한 태도 때문이었을 것이다.

사실 '자만심'처럼 굴복시키기 어려운 감정도 없다. 아무리 감추고, 때려눕히고, 억누르고, 쓰러뜨려도 자만심은 기회 있을 때마다 머리를 쳐들고 나타난다. 어쩌면 이 글에서도 불쑥불쑥 드러날 수 있을 것이다. 자만심을 완전히 이겨냈다고 생각하는 것조차 '지금 나는 겸손하다'라는 자만일 테니까 말이다.

제3장
———

성공을 향하여
1788년, 필라델피아의 집에서

내일을 위한 준비

(여기서부터는 필라델피아에 있는 내 집에서 쓰려고 한다. 그런데 기록한 서류는 전쟁 중에 이것 하나를 제외하고는 거의 없어졌다. 때문에 기대했던 것만큼 도움을 받을 수가 없다.)

이전까지 나는 내가 품었던 '위대하고 거창한 계획'을 자세히 썼다. 그래서 지금부터는 그 계획의 목표를 설명해두는 것이 좋을 것 같다. 처음 이 계획을 생각했을 때 나는 메모 하나를 남겼는데, 다행히 전쟁 속에서 살아남아 다시 내게 돌아왔다.

〈1731년 5월 19일 도서실에서 역사책을 읽은 소감〉

* 전쟁이나 혁명 등 큰 사건은 당파에 의해서 수행되고 좌우된다.
* 이 당파들의 목표는 그들이 현재 당면한 일반적 이익이나 그렇다고 여기는 것들이다.
* 여러 당파의 각기 다른 견해들이 분쟁을 일으킨다.
* 당파가 총체적으로 계획을 수행하고 있는 와중에도 각 당원은 제각기 개인적 이익을 추구한다.
* 당파의 목표가 달성되는 순간 당원들은 각자 자신만의 이익을 추구하고자 혈안이 되어 다른 당원들을 쓰러뜨린다. 이로써 당은 분열하고, 혼란이 확대된다.
* 공적인 일을 하는 사람 중 순수하게 나라의 이익만을 위해 일하는 자는 없다. 간혹 그의 행동이 정말 나라의 이익을 가져오기도 하지만, 자기의 이익과 국가의 이익이 일치하는 것으로 생각했기 때문에 한 행동이지 박애 정신으로 행동은 아니다.
* 또한 인류 전체의 행복을 위해 일하는 공무원은 그보다도 적다.
* 지금이야말로 덕이 있고 선량한 전 세계의 사람들을 주축으로 '덕의 연합체'를 만들 때다.

그것을 통해, 그리고 적절하고 현명한 규칙으로 사람들을 통제해야 한다. 그렇게 되면 그 연합체의 사람들은 보통 사람들이 보통의 법을 지키는 것 이상으로 철저히 그 규칙을 좇을 것이다.

* 이 계획을 올바르게 수행하는 자, 또 그럴 만한 자격이 있는 자는 하나님을 기쁘게 한다. 그리하여 반드시 성공할 것이다.

B. F.

이 계획은 한동안 내 머릿속에서 떠나지 않았다. 만약 나중에 사정이 좋아져서 여가가 생기면 계획을 진행하겠다고 결심하기에 이르렀다. 그래서 그에 관련된 생각들을 시간이 나는 대로, 머릿속에 떠오르는 대로 쪽지에 적어두었다. 지금은 거의 없어졌지만, 강령을 만들기 위해 적어놓은 쪽지만은 아직도 남아 있다. 그것은 모든 종교의 본질을 포함했지만 특정 종교의 신자가 분개할 만한 내용은 모두 배제했다.

하나님은 유일하시며 만물을 창조하셨다.

하나님은 그분의 섭리로 세상을 다스리신다.

그리하여 하나님은 기도와 감사로 예배받으셔야 한다.

그러나 하나님께서 가장 사랑하시는 봉사는 타인에게 선함을 베푸는 것이다.

영혼은 불멸이다.

하나님은 현세와 내세를 통틀어 선에는 상을 주시고 악에는 벌을 주신다.

당시의 내 생각은 다음과 같았다.

첫째, 이 계획은 일단 젊은 독신 남성들 사이에서 퍼져 나가야 한다.

둘째, 입회원은 강령에 동의해야 하며, 13주 동안 덕목을 실천하고 자기반성을 해야 한다.

셋째, 부적합한 자가 입회하지 않도록 규모가 어느 정도 커지기 전까지는 이 단체의 존재를 비밀로 한다. 대신 주변에서 재능 있고 착한 젊은이들을 찾아내 가입을 권하는 것으로 신중하게 단체의 규모를 확대한다.

넷째, 회원은 다른 회원의 취미와 일, 그리고 삶이 진보할 수 있도록 충고와 지지, 후원을 아끼지 않는다.

다섯째, 위와 같은 의미에서 단체 이름을 '자유민 협회'라고 명명한다. 여기서 '자유'는 여러 가지 덕을 실행함으로써 나쁜 습관의 지배로부터 자유로워진다는 것을 의미한다. 한 예로, '근면'과 '절약'을 잘 실천하면 채권자의 노예가 되는 빚으로부터 자유로워질 수 있다.

이것들이 내가 기억하고 계획의 전부다. 그 외에 기억나는 것은 두 청년에게 이 계획의 일부분을 얘기했던 일이다. 그들은 내 계획에 열정적인 관심을 보였다. 그러나 이 계획을 진행하기에는 내가 너무 바빴다. 빠듯한 살림에 사업, 게다가 공적인 일까지 떠맡았기 때문에 차일피일 미룰 수밖에 없었다. 그렇게 시간을 보내고 나니, 어느새 그 일을 추진할 만한 힘도 열정도 없는 늙은이가 되어 있었다. 그렇지만 이 계획이 쓸모 있다는 생각에는 변함이 없다. 이 모임이 잘되면 훌륭한 시민이 많이 배출될 것이 분명하기 때문이다. 설령 이 계획이 너무 원대하다고 겁을 먹을지도 모르겠다. 하지만 그럴 필요는 없다. 보통의 능력만 가졌어도 충분히 해낼 수 있는 일이기 때문이다. 좋은 계획을 세우고, 주의를 빼앗길 만한 오락에 빠지지 않으며, 여타의 다른 사업에 일절 눈을 돌리지 않고, 그 계획을 이루기 위해 열심히 노력한다면 분명 이 위대한 변화를 이룩하게 될 것이다.

1732년 이래로 25년 동안이나 나는 리처드 선더스(Richard Saunders)라는 이름으로 달력을 발행했다. 이 달력은 일반에게는 ≪가난한 리처드의 달력(Poor Richard's Alma- nac)≫으로 널리 알려졌는데, 재미있으면서도 유용했기 때문에 큰 인기를 끌었다. 거의 모든 사람이 그 달력을 본 것은 물론이고, 심지어 달력을 가지고 있지 않은 사람이 없을 정도였다. 그래서 난 해마다 1만 부 이상을 찍었고, 그 결과 많은 수입을 올렸다. 상황이 이쯤 되자 책이라고는 거의 사지 않던 일반인들에게 달력으로나마 뭔가 교훈적인 이야기를 해 줄 수 있지 않을까 하는 생각을 했다. 그렇게 해서 난 몇몇 특별한 날과 날 사이에 생기는 조그만 여백에 교훈이 될 만한 문구를 써넣었다. 대부분 '근면과 절약이 가난을 벗어나게 해 주는 지름길이자 덕을 완성 시켜주는 수단'이라는 내용의 문구들이었다. 한 예로 '빈 자루는 똑바로 세우기 어렵다'라는 격언을 써넣어 가난한 사람에게 정직하게 산다는 것이 얼마나 어려운 일인가를 알려주었다.

그때부터 나는 시대와 나라를 초월한 지혜를 달력에 담아내기 시작했다. 나중에는 격언들을 한데 모아 현명한 노인이 경매장에 모여든 사람에게 연설하는 형식으로 썼고, 이것을 1757년 달력 권두에 실었다. 흩어져 있던 훈화들을 한데 모아놓자 사람들에게 큰 감명을 준 것 같았다. 이 한 권의 달력은 전 세계적으로 인기를 끌었다. 우리나라에서는 각 신문에 전재되었고, 영국에서는 큰 종이에 인쇄되어 집집마다 벽에 붙여졌다. 또 프랑스에서는 번역본이 두 가지나 나왔는데, 목사와 상류사회 인사들이 대량으로 사들여서 가난한 교구민과 소작인에게 무료로 나눠 주기도 했다. 한편 펜실베이니아주에서는 이 달력이 나온 후 수년 동안 화

224

폐량이 꾸준히 증가하기도 했다. 사람들은 그 이유를 달력에 '외래 사치품에 쓸데없이 돈을 쓰지 말자'라는 글귀가 있었기 때문이라고 생각했다.

나는 사람들을 계몽시키는 데 달력을 이용했던 것처럼 신문도 교훈을 전달하는 데 매우 유용한 수단이라고 생각했다. 때문에 〈스펙테이터〉지에 실렸던 글이나 다른 교훈적인 작가들의 글을 자주 내 신문에 실었다. 때로는 내가 전토 클럽에서 발표하기 위해 썼던 글도 실었다. 1735년 초에 실은 글 중 하나는, 가지고 있는 능력과 수완에 상관없이 악한 인간은 분별력이 없다는 주제를 소크라테스 문답 형식으로 쓴 것이었다. 미덕은 그것이 완전히 몸에 배어서 습관이 되어야만 그에 반대되는 악덕으로부터 자유로워질 수 있다는 내용의 글도 있었다.

내가 신문을 펴내는 데는 원칙이 있었다. 바로 타인을 비방하거나 인신공격하는 기사를 되도록 싣지 않는 것이다. 하지만 요즘 신문들을 보면 수치스러울 정도다. 물론 그런 종류의 글을 가지고 와서 신문에 내 달라고 부탁하는 사람도 있었다. 그들은 내가 거절하면 이렇게 말하곤 했다.

"내게는 표현할 자유가 있소. 그리고 신문은 요금만 내면 누구나 탈 수 있는 마차와 같은 것이란 말이오."

내 대답은 항상 같았다.

프랭클린이 새겨진 1919년의 퓰리처 메달

"정 원하신다면 따로 인쇄해 드리지요. 그러나 배포는 직접 하십시오. 전 당신이 개인적으로 남을 비방하는 일에 끼어들고 싶지 않습니다. 전 구독자에게 쓸모 있거나 재미있는 기사를 제공하겠다고 약속했습니다. 그러니 독자와 관계없는 개인적인 논쟁을 실을 수는 없습니다."

요즘 신문들을 보고 있자면 인쇄업자들에게 양심이란 게 있기나 한 건지 의심이 들곤 한다. 개인적인 원한을 풀기 위한 글이 뻔한데도 아무 거리낌 없이 고매한 인격을 가진 분을 비방하는 글을 싣는가 하면, 괜히 적개심을 돋우어서 결투를 조장하기도 한다. 어디 그뿐이랴? 이웃하고 있는 주 정부에게 독설을 서슴지 않는다. 심지어 우리와 동맹을 맺은 나라를 비방하기도 한다. 내가 이런 이야기를 하는 이유는 이제 인쇄업에 뛰어든 젊은이들에게 다음과 같은 충고를 하기 위해서다. 즉 남을 비방하는 따위의 수치스러운 짓으로 인쇄업을 욕되게 하지 말고, 단호히 거절하라는 것이다. 그것은 독자를 위한 것이기도 하지만 결국 자기 자신을 위하는 길이기 때문이다. 내가 바로 그 증거다.

1733년 당시에는 사우스캐롤라이나주에 인쇄소가 없었다. 그래서 나는 내 직공 중 한 사람을 그곳으로 보내 찰스턴에 자리를 잡게 했다. 그리고 동업을 조건으로 인쇄기와 활자, 그리고 경비의 3분의 1을 대줬다. 물론 이익의 3분의 1을 내 것으로 한다는 조건이었다. 그 직공은 제법 배운 것도 있고 정직한 사람이었다. 다만 돈 계산이 철저하지 못한 게 흠이었다. 돈은 가끔 받았지만, 그가 살아 있는 동안 단한 번도 회계 보고서를 받아본 일이 없었다. 그가 죽은 뒤에는 그의 미망인이 사업을 맡았다. 그런데 네덜란드에서 나고 자란 그녀는 정확히 3개월마다 회계 보고서를 보내왔다. 그것은 한 치의 오차도 없이 정확했다. 그뿐 아니었다. 남편이 운영하던 시절의 기록까지 찾아내서 정리한 후 역시 회계 보고서를 작성해 내게 보냈다. 나중에 들은 얘기인데, 네덜란드에서는 어릴 때부터 셈하기를 가르친다고 했다. 그 덕분인지 그녀는 남편보다 사업을 잘 꾸려나갔다. 또 여러 명의 자녀를 훌륭히 키웠다. 애초에 약속했던 동업 기한이 끝났을 때 그녀는 인쇄소를 아들에게 물려주고 사업에서 손을 뗐다.

그녀가 이렇게 성공할 수 있었던 것은 교육을 받았기 때문이었다. 난 우리나라의 젊은 여성들도 그녀처럼 회계와 관련된 교육을 받아야 한다고 생각한다. 만에 하나 미망인이 된다면 음악이나 무용을 배운 것보다는 그편이 훨씬 유용할 것이다. 적어도 고약한 남자에게 속아서 유산을 탕진할 일은 없을 테니 말이다. 또 장사를 해서 이익을 창출할 수도 있다. 혹은 그녀처럼 남편의 사업을 이어받을 수도 있다. 그러다 자식이 뒤를 이을 정도로 성장하면 물려 주고 여생을 즐기면 된다. 즉 회계에 능한 여성은 미망인이라고 해도 빈곤에 허덕이는 불쌍한 신세는 되지 않을 것이다.

1734년경에 햄필이라는 장로교의 젊은 목사가 이주해 왔다. 아일랜드에서 온 그는 듣기 좋은 목소리를 가지고 있었다. 그리고 별다른 준비 없이도 아주 근사하게 설교를 했다. 그 덕분에 다른 교파의 사람들까지 그의 설교를 듣기 위해 몰려들었다. 나도 그중 하나였다. 그는 다른 목사들처럼 원칙적인 교리만 떠들지 않았다. 대신 덕을 어떻게 실천할 것인가에 대한 문제와 종교적 입장에서 본 '선행'의 의미에 대해 설교했다. 난 그 점이 마음에 들었고, 때문에 한동안 잊고 지내던 예배에 정기적으로 참석했다.

그런데 문제가 생겼다. 정통 장로교도라고 자처하는 자들이 그의 설교를 반대하고 나선 것이다. 곧이어 대부분의 늙은 목사들까지 그들의 주장에 동조했다. 결국 그들은 햄필 목사를 이단자로 고발하고 말았다. 나는 햄필의 열렬한 지지자가 되어 그를 옹호했고, 나와 뜻을 같이하는 사람들을 모아 그를 위해 싸웠다. 그리고 좀 더 많은 사람의 지지를 얻기 위해 지면을 이용하기로 했다. 처음에는 햄필이 직접 쓴 글을 발표할 계획이었는데, 애석하게도 그는 그 유창한 말솜씨에 비해 글솜씨가 형편없었다. 그래서 내가 쓸 수밖에 없었고, 그렇게 해서 두서너 개 논평을 써서 〈가제트〉지에 실었다. 당시에는 논쟁거리가 생기면 논평을 써서 발표하곤 했었다. 요즘은 거의 볼 수가 없지만 말이다.

우리는 이길 자신이 있었다. 그런데 그 와중에 햄필의 입장이 난처해지는 불행한 일이 일어났다. 햄필을 고발한 무리 중 한 사람이 그의 설교를 듣고는 전에 어디선가 설교 일부분을 읽은 일이 있다고 주장한 것이다. 조사해 본 결과 그것은 사실이었다. 영국의 포스터 목사가 어느 평론지에 실었던 설교 일부를 그대로 인용했던 것이 드러나자 그를 지지하던 무리 중 많은 사람이 떨어져 나갔고, 우리의 의견은 교회 재판에서 깨끗하게 패배하고 말았다. 그가 실망을 준 것은 사실이지만, 나는 끝까지 햄필을 지지했다. 자기가 쓴 형편없는 설교보다는 남의 것이라도 제대로 된 설교가 낫다고 생각했기 때문이다. 나중에 목사는 내게 그동안 자기가 한 설교 중에 진짜로 자신이 쓴 것은 하나도 없다고 고백했다. 기억력이 좋았기 때문에 그 어떤 것이라도 한 번 읽으면 금방 외울 수 있었고, 그대로 설교할 수 있었다고 한다. 결국 그는 떠나 버렸다. 그리고 나는 더 이상 교회에 나가지 않았다. 그렇다고 교회 후원금을 끊어 버린 것은 아니었다. 그전처럼 해마다 일정 금액을 기부했다.

내가 외국어 공부를 하기 시작한 건 1733년부터였다. 먼저 프랑스어를 공부했는데, 시작한 지 얼마 안 되어서 웬만한 책은 읽을 수 있을 정도가 되었다. 그런 다음 이탈리아어를 공부하기 시작했는데, 함께 공부하던 친구 하나가 가끔 체스를 두자며 나를 꼬드겼다. 체스를 두자면 시간이 많이 소요되었다. 때문에 정작 공부는 뒷전으로 밀리곤 했다. 생각 끝에 나는 한 가지 조건을 내놓았다. 조건이란 체스에 이긴 사람은 진 사람에게 문법 중의 하나를 완전히 암기한다든가 일정 분량의 문장을 번역하는 것을 시킬 수가 있고, 진 사람은 다음 만날 때까지 명예를 걸고 반드시 약속을 지키는 것이었다. 만약 약속을 지키지 않으면 다시는 체스를 두지 않겠다고도 했다. 체스 실력이 비슷했던 우리는 승과 패를 번갈아 나눠 가졌고, 졌을 때는 약속대로 암기도 했고 번역도 했다. 결과적으로 체스가 이탈리아어를 익히게 해준 셈이었다. 그 뒤에는 스페인어를 공부했는데, 이번에도 역시 크게 힘들이지 않고 책을 읽을 정도가 되었다.

이렇게 프랑스어와 이탈리아어, 그리고 스페인어를 익히고 나자 라틴어로 된 성서를 비교적 정확하게 읽을 수 있었다. 전에도 말했지만, 나는 아주 어릴 때 꼭 1년 동안 라틴어 학교에 다녔다. 물론 그 후에는 한 번도 라틴어를 공부한 적이 없었다. 그런데 그것을 읽을 수 있게 된 것이다. 이를 계기로 나는 다시 라틴어 공부를 하게 되었다. 전술한 각 나라의 언어를 익혀둔 후였기 때문에 그리 어렵지 않았다.

이를 통해서 나는 우리나라의 언어 교육에 문제가 있다는 것을 발견했다. 일반적으로 라틴어를 먼저 배운 후 그에 파생한 다른 언어를 배우는 것이 효과적이라고 알고 있다. 그래서 그리스어를 먼저 배우면 라틴어를 보다 쉽게 배울 수 있을 텐데도 그렇게 하지 않는다. 물론 맨 꼭대기에서 한 계단 한 계단 밟아 내려오는 것은 쉬운 일이다. 처음부터 맨 꼭대기를 차지할 수만 있다면 말이다. 그런데 만약 잘못했다가는 아래 계단 하나도 차지할 수 없게 된다. 물론 반대로 맨 밑의 계단에서부터 한 계단 한 계단 밟아 올라가는 것 역시 그리 쉬운 일은 아니다. 하지만 맨 밑의 계단은 꼭대기보다는 쉽게 차지할 수 있다. 또 밑 계단을 차지하면 그다음 계단을 차지하기가 보다 쉬워진다. 따라서 꾸준히만 한다면 언젠가 맨 꼭대기를 차지하게 되는 것이다. 나는 우리나라 청소년들의 교육을 책임지고 있는 사람들에게 후자의 방법을 권하고 싶다. 실제로 라틴어부터 공부한 사람 중에는 몇 년 동안 애만 쓰다가 제대로 익히지도 못하고 집어치워 버리는 경우가 많다. 그렇게 되면 여태껏 배운 것은 쓸모없는 것이 되어 버린다. 또 공부하느라 시간만 낭비한 꼴이 되고 만다. 그래서 난 프랑스어에서 시작해서 이탈리아어를 배운 후 그다음에 라틴어를 공부하는 식으로 어학 교육을 실시했으면 한다. 같은 시간을 투자했을 경우 후자의 방법으로 공부하면, 비록 라틴어까지는 익히지 못했더라도 실생활에서 요긴하게 사용할 수 있는 외국어 하나쯤은 익혔을 테니 훨씬 이익일 것이다.

다시 내 얘기로 돌아가면, 그렇게 살아가다 보니 어느새 도망치듯 보스턴을 떠난 지도 어언 10년이 넘었다. 그때는 사업도 자리가 잡히고 살림도 제법 펴서 그전처럼 시간에 쫓겨 아무것도 못 할 정도는 아니었다. 그래서 난 보스턴에 가서 가족들을 만나고 돌아왔다. 돌아오는 길에는 뉴포트에 들러 제임스 형을 만나기도 했다. 형은 그때까지도 그곳에서 인쇄소를 경영하고 있었다. 옛날에는 앙숙이었는데, 그날 우리는 과거는 다 잊고 진심으로 서로를 반가워했다. 그때 이미 형은 몹시 쇠약해져 있었다. 형은 자신은 머지않아 죽을 것 같으니, 자기가 죽거든 열 살 난 아들을 데려다가 인쇄업을 가르쳐달라고 부탁했다. 그로부터 2년 후 형은 하나님 곁으로 갔다. 난 형과의 약속대로 형의 아들을 우리 집으로 데려왔고, 몇 해 동안 학교에도 보내며 일을 가르쳐주었다. 그동안 형의 인쇄소는 형수가 근근이 꾸려나갔다. 시간이 흘러 제 몫을 할 나이가 되자 조카는 형수에게 인쇄소를 물려받았다. 그때까지도 그곳에서는 형이 쓰던 활자를 그대로 쓰고 있었다. 하지만 이미 낡을 대로 낡아서 더 이상 쓸 수 없는 상태였다. 그래서 나는 새로운 출발을 축하하는 의미로 새 활자를 선물해 주었다. 그렇게 해서 나는 일찍이 형을 떠나 버린 탓에 아무 보답도 못 했다는 마음의 짐을 조금이나마 갚았다.

그런데 내게 불행한 일이 일어났다. 네 살 난 아들 하나를 잃은 것이다. 1736년의 일이었다. 아이는 예방 접종을 안 한 탓에 천연두에 걸렸고, 그로 인해 시름시름 앓다가 우리 곁을 떠나 버렸다. 이 일은 지금 생각해도 마음이 아프다. 만약 예방 접종 때문에 아이가 잘못되는 것은 아닌가 하고 접종 자체를 망설이는 부모가 있다면, 이렇게 충고해 주고 싶다.

"접종을 해도 후회하고 안 해도 후회하게 된다면, 조금이라도 안심이 되는 쪽을 택하십시오."

한편 전토 클럽은 매우 유익한 모임으로 모든 회원을 만족시키고 있었다. 개중에는 친구를 가입시키고 싶어 하는 사람도 있었다. 그러나 그들 모두를 회원으로 받다 보면 우리가 모임을 이끌어가는 데 적정하다고 생각한 인원인 열두 명을 초과해야만 했다.

애당초 우리는 모임에 들 자격이 없는 사람이 가입하겠다고 했을 때 거절하기 곤란해지는 것을 막기 위해 이 모임을 비밀리에 운영했고, 모두 비밀을 지키기로 약속을 했었다. 이런 이유로 나는 회원 추천을 받을 때마다 반대했다. 그리고 다음과 같은 제안을 했다.

* 회원들은 각기 전토와 회칙을 같이하는 클럽을 만든다.
* 단, 전토 클럽의 존재는 이전처럼 비밀로 한다.
* 그 모임을 통해 보다 많은 청년의 자질을 향상시킨다.

이 모임이 잘 운영되면 일반인들의 생각에 접근할 수 있을 것이라 여겼다. 또 그들과의 대화를 통해 선택된 문제들만 전토 클럽에 보고하면, 그만큼 사람들의 관심사가 되는 주제를 가지고 논의할 수 있다는 이점이 있었다. 또 사람들의 관심사에 대한 정보를 얻을 수 있어 각자의 상업에도 이익이 될 것은 물론이고, 전토에서 논의된 내용을 여러 클럽에 퍼뜨릴 수 있기 때문에 공공 문제에 대한 우리들의 영향력이 커지게 될 것이었다.

이 안은 전원의 찬성을 얻었다. 그래서 회원들은 저마다 클럽 창설에 착수했다. 하지만 모두 성공한 것은 아니었다. 여섯 명 정도가 성공했는데, 각 모임은 '바인', '유니언', '밴드' 등 서로 다른 이름을 붙였다. 이 클럽들은 그 나름대로도 유익했고, 전토에게 있어서도 즐거움과 정보, 교훈을 제공해주는 역할을 톡톡히 했다. 특히 사회적인 문제에 있어서 여론을 조사하는 데 아주 유용했다.

펜의 힘

내가 공직에 첫발을 내딛게 된 것은 1736년에 주 의회 서기로 선출되면서부터다. 서기 선출은 매년 있었는데, 첫해에 나는 반대표 없이 당선되었다. 그런데 다음 해에 추천되었을 때에는 다른 후보를 지지하고 있던 어떤 새내기 의원하나가 긴 연설을 하면서 나를 반대하고 나섰다. 어쨌거나 그해에도 나는 다시 서기로 선출되었다. 기쁜 일이었다. 서기는 기본 봉급 외에도 여러 가지 이점이 있었다. 주 의회 의원들과 친분을 나눌 기회도 있었고 의사록이나 법문, 지폐 외에도 공문서 같은 인쇄 일거리를 맡을 수 있었으니 말이다. 그러니 나를 반대한 그 의원이 곱게 보일 리 없었다.

그는 재산도 있었고, 교양과 재능을 겸비한 신사였기 때문에 머지않은 미래에 의회에 커다란 영향력을 행사하게 될 것이 분명했다. 실제로도 그렇게 되었다. 그렇다고 해서 그에게 아첨해서 눈에 드는 따위의 일은 하고 싶지 않았다. 대신 다른 방법을 써서 그에게 접근했다. '당신의 서재에 아주 귀한 책이 있다는 소문을 들었는데 꼭 읽어 보고 싶으니 며칠만 빌려 달라'라고 부탁한 것이다. 그는 내가 부탁한 책을 군말 없이 빌려주었다. 그 후로 일주일이 지났을 때 난 책을 돌려주면서 아주 감사하다는 내용의 메모를 함께 보냈다. 그러자 신기하게도 여태껏 내게 말을 걸어오는 일이 없었던 그가 먼저 인사를 건넨 것이다. 그것도 아주 정중한 태도로 말이다. 그 일이 있고 난 뒤 우리는 그가 죽을 때까지 깊은 우정을 나누게 되었다. 옛말이 하나 틀린 게 없다는 것을 보여준 사례라 하겠다.

당신이 친절을 베푼 사람보다 당신에게 친절을 베풀어 준 사람이 앞으로도 계속 당신에게 친절할 것이다.

이처럼 상대의 적의 있는 행동을 원망하며 앙갚음하는 적대 행위를 계속하는 것보다는, 신중하게 접근해서 적의를 풀어 버리는 것이 훨씬 이익이다.

지금은 고인이 되신 전 버지니아주지사 스포츠우드 대령은 당시 체신부 장관이었는데, 필라델피아의 우편 국장이 회계 보고서 제출을 게을리하는 등 태만한 데다가 그 내용도 정확하지 않다는 이유로 그를 해고한 후 대신 나를 그 자리에 앉혔다. 나로서는 마다할 이유가 없었다. 비록 봉급은 서기보다 적었지만 내가 발행하는 신문을 보다 질적으로 향상시키고 배포하는 데 유리했기 때문이었다. 또 우편국을 겸업하면 광고 의뢰가 많이 들어오기 때문에 상당한 수입을 올릴 수도 있었다. 결과적으로 구독자도 훨씬 늘어났고, 아

프랭클린의 초상화를
사용한 우표

울러 광고 의뢰도 점점 늘어났다. 반면 오래된 경쟁자인 브래드퍼드의 신문은 상대적으로 위축될 수밖에 없었다. 오래전 우편 국장을 하고 있던 시절의 그는 내 신문을 배달하지 못하게 했지만, 나는 아무 조치도 취하지 않았다. 그렇다고는 해도 우리 신문의 발전은 그에게 큰 타격임이 분명했다. 비로소 셈이 흐렸던 것의 대가를 톡톡히 치른 셈이다. 난 바로 이 점을 다른 사람에게 고용되어 일하는 젊은이들에게 충고해 주고 싶다. 회계 보고와 송금은 언제나 명확해야 하고, 절대로 기한을 어기지 않아야 한다. 새로운 사업을 하거나 새 직장을 구할 때 그런 일을 잘했다는 평판만큼 강력한 추천장은 없다.

내가 공공사업에 눈을 돌리기 시작한 것도 이 무렵이었다. 처음부터 큰일을 했던 것은 아니다. 내가 처음으로 추진한 사업은 심야 시간대의 도시 치안 문제였다. 당시에는 각 관할구의 경관이 교대로 순찰을 돌았고, 그날 당번이었던 경관이 함께 순찰을 돌 일반 가정의 세대주를 지명했다. 순찰이 싫으면 한 해에 6실링을 경관에게 지불하고 지명에서 면제받았다. 그러면 경관은 그에게 받은 돈으로 다른 사람을 고용해서 순찰을 돌게 했다. 그런데 문제는 면제받는 조건으로 낸 돈이 사람을 고용하는 데 사용하는 돈보다 많았다는 것이었다. 결국 남은 돈들은 경관들의 개인적인 주머니로 흘러들어 가고 있었다. 그러다 보니 경관들은 보다 싼 인력을 구하기 위해 부랑자들을 고용했고, 이 때문에 선량한 사람들이 순찰 도는 것을 꺼리게 되었다. 그뿐이 아니었다. 경관들은 순찰마저도 게을리해서 종종 빼먹기도 했다. 심지어 순찰을 돌아야 할 시간에 술을 퍼마시고 있을 때도 있었다. 나는 이 문제를 먼저 전토 모임에서 토론에 부쳤고, 경관들의 부정행위를 자세히 발표했다. 특히 경관들이 일괄적으로 징수하고 있는 6실링이란 금액이 현재의 경제 사정에 비해 불공평하다는 것을 강조했다. 지켜야 할 재산이 50파운드도 안 되는 가난한 과부가 내는 금액과 창고에 수천 파운드어치의 물건을 가지고 있는 상인이 내는 금액이 같아서는 안 된다는 것이 골자였다. 나는 이 문제를 해결하기 위한 대안으로 순찰할 만한 사람을 일정 급료를 주고 직원처럼 고용하는 방법을 제시했다. 그리고 그들의 봉급으로 소요되는 경비는 재산에 비례한 세금으로 징수하여 충당토록 했다. 이 제안은 전토 회원들의 지지를 받았다. 우리는 각자 운영하는 클럽에 알려서 토론하게 했다. 단, 전토에서 하달된 것이 아니라 각자의 클럽 안에서 제안한 것으로 해서 전토에 대한 비밀은 지켜나갔다. 이 계획은 당장 실행되지는 않았지만, 사람들에게 개혁이 필요하다는 것을 인식시키는 데 한몫했다. 그리고 몇 년 후 회원들이 보다 영향력을 발휘하는 위치에 오르게 되었을 때 드디어 법률로 제정되었다. 나의 제안과 전토 및 클럽에서의 수정, 그리고 여론화가 그 발판이 되었음은 두말할 나위도 없다.

그때쯤 난 논문 한 편을 발표했다. 사고와 부주의로 발생하는 화재를 막아 보자는 게 그 글의 의도였다. 나는 이 글을 통해 화재에 대한 경각심을 불러일으키고, 예방할 방법을 제시했다. 또 언제든지 불을 끄러 갈 수 있고, 위험한 상황에서도 물건을 안전하게 옮겨 재산을 지켜줄 수 있는 소방 조직의 창설을 제안했다. 이것은 조합의 형태로 서로 상부상조하여 화재로부터 각자의 재산을 지켜내자는 것을 기본으로 하고 있었다. 이 방법은 사람들의 지지를 얻었고, 곧바로 구체적인 계획이 세워졌다. 소방대원을 모집하자 무려 서른이 넘는 사람들이 모여들었다. 규약에 따라 각 대원은 불이 났을 때 언제든지 사용할 수 있도록 일정 개수의 가죽 물통과 물건을 나를 때 사용하는 튼튼한 바구니들을 준비해 두고 있어야 했다. 또 한 달에 한 번씩 저녁에 모여 화재가 났을 때의 대처법에 대한 각자의 생각을 공유해야

지금도 왕성하게 활동하고 있는
유니언 소방대의 엠블럼

했다. 또 모임에 결석했을 때는 벌금을 냈는데, 우리는 그것으로 소방펌프, 사다리, 갈고리 같은 소방대에 필요한 물품들을 샀다. 소방 조직이 유용하다는 것은 금방 눈으로 확인되었다. 그러자 조직에 가입하겠다고 오는 사람들이 많아졌다. 한 소방대가 수용하기에는 너무 많은 수였다. 결국 소방대를 하나 더 만들 수밖에 없었다. 이런 식으로 소방대는 자꾸 늘어났다. 나중에는 재산이 있는 대부분의 사람이 소방대원이 되었을 정도였다.

이 글을 쓰고 있는 지금으로부터 딱 50년 전의 일이다. 1736년 처음 창설된 유니언 소방대는 지금까지도 활발한 활동을 하고 있다. 하지만 나보다 한 살 많았던 한 분을 제외하고는 초창기 대원들 모두 이 세상 사람이 아니다.

다시 얘기로 돌아가서, 우리는 잘해나갔다. 실제로 소방대가 창설된 이후 우리 도시에서는 한 번의 화재로 두세 집이 불타 버리는 불상사는 일어나지 않았다. 자부하건대 우리 도시보다 소방 시설이 완비된 곳은 세계를 통틀어서도 없을 것이다.

한편 1739년에는 아일랜드에서 순회 목사로 유명했던 화이트필드 목사가 필라델피아로 이주해 왔다. 처음에 그는 몇몇 교회의 허락을 얻어 설교를 했다. 하지만 이내 다른 목사들에게 미움을 받았고, 그로 인해 교회에서는 설교를 할 수 없게 되었다. 그러자 그는 야외에서 설교를 하기 시작했다. 놀랍게도 종파와 교단을 가리지 않고 많은 사람이 그의 설교를 듣기 위해 모여들었다. 그런 구경거리를 놓칠 수는 없었다. 나도 군중 틈에 끼어들었다. 일단 그는 이전의 목사들과는 달랐다. 군중들을 향해 '당신들은 반은 짐승이고, 반은 악마다'라는 독설을 퍼부어댄 것이다. 그런데 놀라운 것은 사람들이었다. 무슨 조화인지 그 목사를 찬양하고 존경해 마지않았다. 게다가 그전까지 종교라고는 쳐다보지도 않던 사람들까지 갑자기 신앙심으로 가득 찬 것처럼 행동했다. 심지어 저녁때 거리를 걷다 보면 이집 저집에서 찬송가 소리가 흘러나왔다. 정말 놀라운 일이었다.

야외 설교는 성황리에 진행되었다. 하지만 날씨가 문제였다. 비라도 오면 여간 불편한 것이 아니었다. 그래서 교회를 건립해야 한다는 의견이 나왔고, 기부금을 모으기 위한 모금 위원들이 임명되었다. 돈은 금방 목표액을 넘었다. 공사는 착착 진척되어 예상보다 훨씬 짧은 기간에 완성되었다. 새로 건립된 교회는 길이가 1백 피트에 폭이 70피트나 되었다. 영국의 웨스트민스터 강당만 했다. 건물과 땅은 관리 위원회에 위탁되었는데, 이는 종교와 교단을 가리지 않고 누구든 사용할 수 있도록 하기 위해서였다. 따라서 필라델피아 시민들에 얘기하고 싶은 것이 있다면 그 어떤 종교의 지도자라도 교회를 사용할 수 있었다. 콘스탄티노플의 머프티(이슬람교의 율법 고문 — 역자 주)가 이슬람 교리를 전파하기 위해 왔다고 해도 말이다. 그 교회는 특정 종교를 위한 것이 아니라 시민들을 위한 공간이었다.

얼마 후 화이트필드 목사는 필라델피아를 떠나 각지를 돌며 설교했다. 나중에는 조지아 주까지 갔는데, 그곳은 당시 이제 막 사람들이 정착하기 시작한 미개척지였다. 그래서 개척 사업에 필요한 일꾼, 즉 힘세고 부지런한 일꾼들이 필요했다. 하지만 정작 몰려든 것은 파산하고 도망쳐 왔거나 감옥에서 막 출소한 사람들이 대부분이었다. 이런 사람들은 살림을 개간하는 고된 일을 하기에 적합하지 않았다. 그 때문에 험한 숲 속에 보내져 일을 하다가 견디지 못하고 무더기로 죽어 나갔다. 그렇게 그들이 떠난 자리에는 의지할 곳 없는 아이들이 속수무책으로 버려졌다. 이 광경을 본 화이트필드 목사는 이 땅에 보육원을 세워 이 아이들을 먹이고 교육할 계획을 세웠다. 그래서 필라델피아로 돌아오는 길에 들렀던 여러 지역에서 보육원 건립의 필요성을 알리는 설교를 했다. 그의 설교는 이번에도 많은 사람의 마음과 지갑을 열게 했다. 나도 그중 하나였다. 그런데 나는 보육원 건립에 찬성이었지만, 그 방법은 마음에 들지 않았다. 당시 조지아주는 건축 재료와 건물을 지을 기술자가 절대적으로 부족했다. 그 때문에 화이트필드 목사는 자재와 인력을 필라델피아에서 조지아주로 보내려 했다. 그것은 운반만으로도 막대한 비용이 드는 일이었다. 때문에 내 생각에는 보육원을 필라델피아에 세우고, 아이들을 데리고 오는 것이 나을 것 같았다. 나는 목사에게 내 의견을 설명하고 계획을 바꾸라고 권유했다. 하지만 그는 애초의 계획을 고집했다. 그 일로 난 기부금을 내는 것을 그만두었다.

그 일이 있은 지 얼마 후 나는 그가 집도하는 예배에 참석하게 되었다. 기부금은 보통 목사의 설교가 끝난 후 거뒀다. 그때 내 주머니에는 한주먹의 동전과 서너 개의 은 달러화, 그리고 다섯 개의 금화가 있었지만 기부금은 내지 않을 생각이었다. 그러나 설교가 진행되면서 그 결심이 차차 약해졌다. 그래서 동전만 내야겠다고 결심했다. 그러다 그의 설교 중 한 구절이 나를 부끄럽게 하는 바람에 은화까지 내기로 했다. 하지만 결국에는 주머니에 있는 돈을 모두 기부하고 말았다. 멋진 그의 설교에 탄복했기 때문이었다.

이날 설교에는 전토 회원 중 한 사람도 와 있었다. 그 역시 보육원을 조지아주에 세우는 것을 반대하고 있었기 때문에 기부금을 내지 않기 위해 집을 나설 때 아예 돈을 한 푼도 가져오지 않았다. 그러나 막상 설교를 듣자 마음이 바뀌었고, 결국 옆에 있던 이웃에게 돈을 빌려 달라고 하고 말았다. 그런데 그는 사람을 잘못 골랐다. 그는 우리 회원에게 이런 말을 했다.

"홉킨스 씨, 다른 때 같으면 얼마든지 꾸어 드리겠습니다. 그러나 이번만은 안 되겠습니다. 제가 보기에 지금은 상당히 흥분하신 것 같으니 말입니다."

아마 그 사람이 화이트필드 목사의 설교에 감동하지 않은 유일한 사람이었을 것이다.

화이트필드 목사를 싫어한 사람 중에는 그가 기부금을 개인적으로 사용할 거라고 하는 자들도 있었다. 그러나 그의 설교나 일기를 인쇄했던 나는 그의 결백을 조금도 의심하지 않았다. 지금까지도 그 생각에는 변함이 없다. 그를 향한 내 믿음에는 종교적인 친분은 전혀 개입되어 있지 않다. 물론 그는 가끔 내가 진실한 신자가 되게 해 달라고 기도했지만, 그 기도가 이루어졌다고 할 만한 일은 끝내 없었다. 우리의 관계는 예의 바르고 진실한 우정의 관계였을 뿐이다. 그리고 그 우정은 그가 죽을 때까지 변함없었다.

우리 관계가 어떠했는지는 다음의 얘기를 들으면 보다 확실히 알 수 있을 것이다. 어느 해인지는 기억나지 않지만, 그가 영국에 갔다가 보스턴으로 온 일이 있었다. 그는 보스턴에 도착하자마자 내게 편지를 보냈다. 내용은 얼마 후에 필라델피아에 갈 텐데 오랜 친구이자 항상 자기를 재워주던

베너젯 씨가 저먼타운으로 이사 가는 바람에 묵을 곳이 없다는 것이었다. 난 곧바로 "저희 집은 알고 계시죠? 누추한 곳이지만 괜찮으시다면 언제든지, 누구보다도 환영합니다." 라고 답장을 써서 보냈다. 그 일이 있고 난 뒤 목사는 내게 이런 말을 했다.

"당신이 예수님을 위해서 이렇듯 친절을 베푸시니, 반드시 보답을 받으실 겁니다."

그래서 나는 이렇게 대답했다.

"오해하지 마십시오. 예수님이 아니라 바로 당신을 위해 한 일이니까요."

이 이야기를 들은 내 친구는 농담조로 이렇게 말했다.

"성직자들은 남에게 신세를 지면 그 은혜의 무거운 짐을 벗어 놓기 위해 하늘에 계신 하나님께 떠맡겨 버리려고 하지. 그런데 자네가 그 짐을 땅에다 묶어두었군그래."

화이트필드 목사를 마지막으로 만난 것은 런던에서였다. 그때 그는 보육원 일과 그것과 관련해서 대학을 설립하겠다는 포부를 가지고 있었는데, 내게 조언을 구하기 위해 찾아왔다. 지금 생각해도 그는 타고난 목사였다. 일단 목소리가 크고도 명료했다. 한 마디 한 마디를 똑똑히 발음했기 때문에 청중은 아무리 그 수가 많아도 그의 설교를 들을 수 있었다. 한 번은 저녁에 재판소 현관 맨 꼭대기 계단에서 설교한 일이 있었다. 재판소는 시장 거리 한가운데에 있었는데, 그 서쪽으로 2번가가 직각으로 교차하고 있었기 때문에 재판소 앞은 제법 많은 사람이 모일 수 있는 곳이었다. 설교가 시작되자 그곳은 청중으로 가득 찼다. 그때 나는 시장 제일 뒤쪽에 있었다. 그러다 문득 그의 목소리가 어디까지 들리나 시험해 보고 싶어졌다. 그래서 강변을 따라 내려가기 시작했다. 그의 목소리는 프론트 가에 이르렀을 때까지 똑똑히 들렸다. 하지만 조금 더 거리가 멀어지자 거리의 소음 때문인지 무슨 말인지 알아들을 수가 없었다. 그 실험으로 난 얼마나 많은 청중이 그의 설교를 들을 수 있는지 계산해냈다. 즉 내가 온 거리를 반지름으로 해서 반원을 그리고 거기에 사람들을 가득 채운다고 가정했을 때, 한 사람당 평방 2피트를 차지한다고 하면 무려 3만 명이나 되는 사람들이 그의 설교를 들을 수 있다는 계산이 나왔다. 이 계산대로라면 그가 야외에서 설교할 때 '2만5천 명의 청중들이 몰려들었다'라고 한 신문 기사가 완전히 거짓말은 아니었던 것이다. 이를 통해 나는 어느 장군이 목소리만으로 전 군대를 호령했다고 하는 옛날이야기가 모두 새빨간 거짓말이라는 생각을 더 이상 하지 않게 되었다.

그의 설교를 자주 듣다 보니 새로운 사실을 알게 되었다. 단순히 듣는 것만으로도 그가 이번에 새로 쓴 것을 설교하는지, 순회하면서 여러 번 설교한 것인지 쉽게 구분할 수 있었던 것이다. 두 개의 차이는 간단했다. 먼저 되풀이한 것은 억양, 강약, 목소리의 변화가 설교의 내용과 완전히 들어맞아서 주제가 무엇이든 사람들은 그의 설교에 빨려 들어갔다. 마치 훌륭한 음악을 듣는 듯한 쾌감을 느꼈다. 이 점에서는 순회 목사가 확실히 유리했다. 전속 목사들은 동일한 설교를 몇 번이나 되풀이할 수 없는 만큼 설교 솜씨가 잘 늘지 않으니 말이다.

그는 가끔이지만 글을 써서 발표했다. 하지만 이것들은 그를 적대시하는 사람들에게 비판의 빌미를 제공했다. 설교할 때는, 잘못된 표현이나 의견을 말해도 나중에 해명하거나 다른 말을 하기 위해 덧붙인 것이었다고 하면서 그 파장을 약하게 하거나 부인하면 그만이었다. 하지만 글은 그럴 수가 없다. 부인한다고 사라지는 것이 아니기 때문이다. 그의 적대자들은 그의 글을 맹렬하게, 그리고 두고두고 공격했다. 그들의 비판은 제법 타당성이 있었기 때문에 그를 지지하던 사람들에게 점차 악영향을 주었다. 심지어 신자도 더 이상 늘어나지 않았다. 만약 그가 아무것도 쓰지 않았더라면 그는 규모가 상당한 교파 하나를 남겼을지도 모르겠다. 그가 쓴 글이 없었다면 그를 흠잡거나 깎아내릴 구실이 없었을 테니 말이다. 또한 그의 추종자들은 그에 대한 열

249

광적인 존경심으로 인해 있지도 않았던 여러 가지 위대하고 아름다운 치적들을 만들어낼 수 있었을 것이다. 그랬더라면 그가 죽은 후 그의 명성은 더욱 높아졌을 것이다.

한편 내 사업은 점점 번창했다. 더불어 내 살림 사정도 날로 윤택해졌다. 특히 신문은 한동안 그 지역에서 유일한 신문이었기 때문에 상당한 흑자를 냈다. 어쨌든 나는 '처음 1백 파운드만 모으면 다음 1백 파운드는 훨씬 쉽게 모인다'라는 말이 틀리지 않는다는 것을 경험했다. 돈이 돈을 낳는 식으로 재산이 빠르게 불어났다.

그동안 나는 사우스캐롤라이나에서 했던 동업이 성공한 데 힘입어 동업을 몇 군데 더 늘렸다. 평소 부지런하고 정직했던 직공 몇 명을 뽑아 사우스캐롤라이나와 같은 조건으로 각처에 인쇄소를 차려 주었다. 그들의 대부분은 경영을 잘해서 6년의 계약 기간 후에는 나에게서 아예 활자를 사 가지고 독립했다. 이렇게 해서 몇 개의 가정이 기반을 잡았다.

대개 동업은 싸움으로 끝나기 쉽다. 그런 점에서 나는 운이 좋은 편이었다. 대체로 원만하게 진행되었고, 마무리도 깨끗했다. 여기에는 사전에 계약서를 잘 써 둔 것이 한몫했다. 즉 각자가 맡은 부분을 계약서로 정확히 명시해뒀기 때문에 분쟁거리가 없었던 것이다. 이 때문에 난 동업을 하려고 하는 젊은이들에게 계약서가 중요하다는 것을 얘기해 주

펜실베이니아 대학에는 곳곳에 프랭클린 조형물이 설치되어 있다.

고 싶다. 계약할 당시에는 누구나 서로를 신뢰하지만, 오랜 시간 일로 부딪치다 보면 예상치 않았던 반목이 생기기 마련이다. 또 사업상 책임져야 하는 일이 생기거나 하면 자기만 손해 보는 것처럼 느껴진다. 이때 문제가 발생했을 때 어떻게 해결한다는 내용이 계약서에 명시되어 있지 않으면 동업자 사이의 우정은 금세 금이 가고 말 것이다. 더러는 소송 등 불미스러운 일로 끝나기도 한다.

우리는 우리가 지켜야 한다

　나는 여러 가지 이유로 펜실베이니아주에 자리를 잡은 것에 만족했다. 물론 모든 게 만족스러웠던 것은 아니다. 그중에서도 방위 제도와 젊은이들을 위한 교육 기관, 즉 시민병과 대학이 없는 것은 내내 아쉬운 점이었다. 이런 이유로 나는 대학 교육 기관을 설립하겠다는 계획을 세웠다.

　1743년의 일이었다. 난 그때 대학을 감독할 사람으로 피터스 목사를 지명했다. 그러나 그는 내 제안을 거절했다. 그때 그는 영주들의 일을 봐 주고 있었는데, 대학 감독관 일보다 그 일이 더 이득이겠다 싶었던 것 같다. 결국 마땅한 사람을 찾지 못한 나는 이 일을 잠시 미룰 수밖에 없었다. 그

252

리고 다음 해인 1744년에 마침내 '학술협회'를 설립하는 데 성공했다. 그 일을 위해 내가 써서 제출했던 계획안은 그동안 모아두었던 서류들 속에 아직 남아 있을 것이다.

그럼 이제 방위 제도는 어떻게 개선했는지 이야기해야겠다. 당시 스페인은 수년 동안 영국과 싸웠는데, 급기야 프랑스와 동맹을 맺음으로써 우리에게 큰 위협이 되었다. 우리 주의 토머스 지사는 방위 대책을 세우기 위해 퀘이커 교도들이 많은 좌석을 확보한 주 의회를 설득해 군사 관련 법안을 통과시키고자 했지만, 실패하고 말았다. 그래서 나는 자원한 민간인들로 구성된 방위 체제를 만들어 보기로 했다.

먼저 계획을 구체적으로 추진하기에 앞서 〈명백한 진실〉이라는 논설을 써서 발표했다. 여기에서 나는 현재 무방비 상태나 다름없는 우리의 방위 체제를 설명하고, 방위를 위해서는 단결과 훈련이 필요하며, 이를 목적으로 하는 단체를 결성해야 한다고 주장했다. 그리고 수일 후 이 문제에 관해서 시민들의 서명을 받겠다고도 했다. 이 논설은 놀랄 만한 반향을 불러일으켰다. 나는 사람들의 요청에 따라 이 단체의 대표가 되었고, 몇몇 친구들의 도움을 얻어 초안을 작성했다. 그리고 시민대회를 열기로 했다. 대회 장소는 발 디딜 틈도 없이 사람들로 꽉 찼다.

장소 곳곳에 인쇄한 용지들과 펜, 그리고 잉크를 비치해

두었다. 대회가 시작되고 나는 우선 이 문제에 대해서 간단한 연설을 한 후 초안을 읽었고, 그런 다음 서명 용지를 나눠 주었다. 모두 열심히 서명했고, 반대는 전혀 없었다.

대회가 끝난 뒤 서명 용지를 거두어 보니, 서명한 사람이 1천2백 명이 넘었다. 다른 지역에서 받은 서명까지 보태면 무려 1만 명이 넘는 수였다. 일은 착착 진행되었다. 서명한 사람들을 중심으로 짧은 시간 안에 무장이 갖춰졌고, 이를 바탕으로 중대와 연대를 편성했다. 또 그들 중에서 장교가 선출되었고, 매주 한 번씩 집합하여 총 사용법 등 기타 군사 훈련을 받기 시작했다. 남자들이 훈련을 받는 사이 부인들은 자기들끼리 모금을 해서 비단으로 중대를 대표하는 군기를 만들었다. 군기 도안은 내가 했는데, 각 중대마다 다른 도안과 표어를 그려 넣었다.

한편 필라델피아 연대를 구성하는 각 중대의 장교들은 나를 연대장으로 선출했다. 하지만 나는 그런 일에 적합한 인물이 아니라는 것을 스스로 잘 알고 있었다. 그래서 사양하고, 대신 로렌스 씨를 추천했다. 그는 인품이 훌륭하고 영향력도 있었다. 그래서 그는 만장일치로 연대장에 임명되었다. 군대의 체제가 어느 정도 정비되자 그다음에는 무기들이 필요했다. 그래서 나는 도시 외곽에 포대를 만들고 대포를 설치하는 데 드는 비용을 마련하기 위해 복권을 발행하자고 제안했다. 이것 역시 성공이었다. 복권은 순식간에 모두 팔렸고, 그 결과 포대가 만들어졌다. 특히 총부리가 나오게 되는 둔덕은 통나무를 엮어 흙으로 덮었다. 하지만 대포가 문제였다. 보스턴에서 낡은 대포를 몇 문 사기는 했는데, 그 수가 턱없이 부족했다. 하는 수 없이 런던에 주문을 해야했다. 그리고 각 지방의 영주들에게 원조를 구했다. 하지만 그들에게는 큰 기대를 하지 않았다.

그러는 동안 뉴욕주의 클린턴 지사에게 대포를 빌리는 일의 책임자로 로렌스 연대장과 윌리엄 앨런 씨, 에이브럼 테일러 경, 그리고 내가 임명되었다. 뉴욕 지사는 일언지하에 거절했다. 하지만 그곳 의원들과 회식하는 자리에서 당시 그 지역의 풍습대로 함께 마데이라주를 거나하게 마시자 지사는 마음을 조금씩 열기 시작했다. 결국 대포 여섯 문을 빌려주겠다는 답을 얻었다. 그런데 몇 잔을 더 마시더니 여섯은 열로 늘어났고, 마침내 열여덟 문을 빌려주겠다는 확답을 받았다. 뉴욕에서 빌려온 열여덟 문의 대포들은 운반대가 달린 18파운드 포였는데, 상태가 매우 좋았다. 대포들은 곧바로 옮겨져서 새로 세운 우리 포대에 설치되었다. 그리고 전쟁이 계속되는 동안 민병대들이 바로 이 포대에서 밤마다 보초를 섰다. 나 역시 일개 군인으로 내 차례가 올 때마다 보초를 섰다. 그런데 이런 일련의 내 활동이 지사와 의원들의 눈에 든 모양이었다. 그들은 나를 전적으로 신뢰했고, 그래서 민병대에 유익하다고 생각되는 법안이 있을 때마다 언제나 나를 불러 상담하곤 했다.

한편 방위 문제에는 종교의 힘도 필요하다고 생각한 나는 주 의회에 '국민적 감화를 촉진하고 우리 계획에 하나님의 가호가 있도록 금식을 선포하자'라고 제안했다. 지사와 의원들은 두말하지 않고 내 의견에 찬성해 주었다. 하지만 이런 계획을 처음 실행하는 것이었기 때문에 비서관은 포고문을 어떻게 써야 할지 몰라서 난감해했다. 결국 단식이 매년 포고되던 뉴잉글랜드에서 자란 내가 그를 도와야 했다. 포고문은 두 개의 언어로 인쇄되었다. 하나는 영어였고 하나는 독일어였는데, 이는 독일에서 이주해 온 사람들이 많이 사는 지역을 배려한 이유에서였다. 어쨌든 이 포고문은 각 교파의 목사들로 하여금 교인들을 설득해 민병대에 참여하게 하는 계기가 되었다. 만일 평화가 그렇게 빨리 오지 않았더라면 퀘이커 교도를 제외한 모든 종파의 교인이 민병대가 되었을지도 모른다. 물론 내 친구들은 내가 이런 일에 앞장서는 것을 걱정하기도 했다. 괜히 퀘이커 교도들의 미움을 사 그들이 장악하고 있는 주 의회에서 인심을 잃는 것은 아닌가 하고 말이다. 실제로 이런 일도 있었다. 나처럼 몇몇 의원들과 친분을 맺고 있던 젊은 의원 하나가 내가 수행하고 있던 기관의 자리를 노리고 있었는데, 하루는 나한테 오더니 다음 선거에서 내가 서기로 당선되는 일은 없을 거라고 하는 것이었다.

"의원님들이 당신을 찍지 않기로 결정했다더군요. 그러니 당신 체면을 생각해서 하는 말인데, 쫓겨나느니 차라리 먼저 사직하는 게 좋을 겁니다."

나는 이렇게 대답해 주었다.

"어떤 공직자는 공직을 구걸하지도 않고 일단 일이 맡겨지면 사양하지도 않는다고 하더군요. 저도 그와 같은 생각입니다만 한 가지 더 추가하자면 사임은 하지 않는다는 것입니다. 만약 내가 맡은 서기직을 다른 사람에게 주려고 한다면 빼앗아가야 할 것입니다."

그 일이 있고 난 뒤에도 의회는 별다른 움직임을 보이지 않았다. 그리고 나는 다음 선거에서도 만장일치로 서기에 선출되었다. 그러나 주 의회 일부 의원들이 나를 탐탁해 하지 않는 것만은 사실이었다. 의회는 오랫동안 군비 문제로 골머리를 앓고 있었는데, 자신들의 의견에 반대 입장에 서 있는 의원들이 나와 친하다는 게 그 이유였다. 실제로 그들은 내가 자발적으로 그만두기를 바랐던 것 같다. 하지만 민병대 일에 열성적이라는 이유만으로 나를 쫓아낼 수는 없었다. 어쨌든 별다른 트집거리가 없었기 때문에 결코 그들 뜻대로 되지는 않았다.

　내가 방위 문제에 열성적으로 일한 데는 그만한 이유가
있었다. 이런 문제는 직접 도와주지는 않는다 하더라도 무
조건 반대하는 사람은 없기 때문이었다. 난 그 일을 하면서
침략을 위한 전쟁에는 반대하지만, 방위를 위한 전쟁에는
찬성하는 사람들이 의외로 많다는 것을 알았다. 또 당시에
는 민병대 문제에 관해 찬성 또는 반대 입장의 글들이 많이
발표되고 있었는데, 찬성하는 글 중에는 어떤 독실한 퀘이
커 교도들의 것도 있었다. 어쨌든 이 글 덕분에 많은 퀘이커
교도, 특히 젊은 교도들을 이해시킬 수 있었다.

　난 퀘이커 교도들이 방위에 대해 가지고 있는 일반적인
생각이 무엇인지 이해하게 되는 어떤 사건을 겪게 되었다.
그것은 전에 창설해 운영되어오던 소방대에서 일어났다. 방
위와 관련해 모금이 한창이던 어느 해 우리 소방대에서도
방위 기금 마련에 일조하자면서 조합 돈 60파운드로 발행된
복권을 사자는 의견이 나왔다. 조합의 규칙에 따르면, 돈은
제안이 있고 난 뒤 다음번 모임까지는 지출할 수 없게 되어
있었다. 그때 우리 조합원은 모두 서른 명이었는데, 그중 스
물두 명이 퀘이커 교도였다. 모임이 있던 날 우리 여덟 명은
제시간에 모였다. 그때 나는 퀘이커교들이 모두 찬성해 줄
거라고 생각하지는 않았지만 적어도 몇 명은 우리 의견에

동참해 줄 거라고 믿었다. 그런데 정작 시간 안에 나온 사람은 모리스 씨 한 명뿐이었다. 게다가 그는 이런 제안이 우리 모임에서 나왔다는 게 무척 슬픈 일이라며 유감을 표했다. 그러면서 우리 친구들은 모두 이 제안에 반대하고 있기 때문에 이 일로 불화가 생긴다면 결국에는 소방대를 해체하게 될 것이라고 협박 아닌 협박을 했다. 우리는 그럴 리 없다며 염려하지 말라고 했다.

"그래 봐야 우리는 소수입니다. 다른 사람들이 투표에 참석해 의견을 내고, 그래서 '반대'로 결정 나면 우리는 회칙에 따라 결과에 깨끗이 승복할 것입니다."

드디어 투표할 시간이 되었다. 그러자 모리스 씨는 규칙대로 해도 좋지만 자기 생각에 이 문제에 반대하는 사람들이 몇 명 더 나올 것이 분명하니 그들이 나타날 때까지 좀 기다리자고 했다. 이것은 회칙에 없는 일이었기 때문에 의견이 분분했다. 기다리느냐 마느냐로 한창 옥신각신하고 있는데, 식당 급사가 들어와 나를 따로 불러냈다. 두 명의 신사가 나를 찾아와 아래층에서 기다리고 있다는 것이었다. 그들은 그때까지 투표장에 모습을 드러내지 않았던 퀘이커 교도 측 대원들이었다. 그들 중 하나가 내게 말했다.

"지금 근처 술집에 여덟 명이 모여 있는데, 만일 필요하다면 출석하여 찬성하는 편에 투표할 생각입니다. 하지만 우리가 없어도 이길 수 있으면 굳이 우리를 부르지 않았으면 합니다. 이번 일에 찬성하는 게 장로들이나 친구들 사이에 알려지면 시끄러운 일이 일어날 테니까요."

나로서는 기쁜 제안이었다. 든든한 지원군이 생긴 셈이 었으니까. 이렇게 다수의 지지표를 얻은 나는 그들을 보내고 위층으로 올라갔다. 그리고 마음으로는 더없이 느긋한데도 겉으로는 약간 머뭇거리는 표정을 지으며 모리스 씨 의견대로 한 시간 정도 기다려 보자고 했다. 모리스 씨는 내게 아주 공정하다면서 칭찬을 아끼지 않았다. 그렇게 약속한 한 시간이 흘러갔다. 그러나 모리스 씨가 예상한 것처럼 반대 의견을 낼 그의 친구들은 한 명도 나타나지 않았다. 더 이상 기다릴 수 없게 되자 투표는 진행되었고, 결국 조합비로 복권을 사자는 안은 찬성 8, 반대 1로 통과되었다. 결국 이 의견에 반대하는 퀘이커 교도는 많지 않았던 것이다. 일단 술집에 모여 있던 여덟 명은 우리 편이었다. 그러면 모리스 씨를 제외한 나머지 대원은 모두 열세 명이었다. 그런데 그들은 모두 모임에 참석하지 않았다. 권리를 행사하지 않음으로써 암묵적으로 찬성의 의사를 표한 것이다. 이를 근거로 나는 이 제안에 정말로 반대하는 퀘이커 교도의 수는 21명 중 1명에 불과하다는 결론을 얻었다. 정규 소방대원이 었던 그들은 친구들 사이에서도 평이 좋은 사람들이었는데,

그들 모두 그날 모임에서 어떤 문제를 의논할 것인지 통고를 받아 이미 알고 있었다. 단지 찬성표를 공개적으로 던져 시끄러워지는 것을 원하지 않았을 뿐이었다.

그들과는 달리 공개적으로 방위 문제를 찬성하고 나선 퀘이커 교도도 있었다. 바로 제임스 로건이라고 하는 학식 있고 인품이 뛰어난 사람이었다. 그는 여러 연설문을 통해 방위 문제에 찬성하는 입장을 강력하게 표명했다. 한 번은 내게 60파운드의 돈을 쥐여 주면서 이 돈으로 복권을 사고, 만약 당첨된다면 그 돈도 포대를 건설하는 데 기부해 달라고 했다. 또 한 번은 방위 문제에 얽힌 이야기 하나를 해 주겠다면서 예전에 자기가 모셨던 윌리엄 펜(1644~1718년; 영국의 유명한 퀘이커 교도로 펜실베이니아 식민지의 창립자 — 역자 주) 경과 관련된 일화를 소개해 줬다. 젊은 시절 로건 씨는 영주였던 펜 경의 비서였는데, 한창 전쟁 중에 펜 경과 함께 식민지로 건너왔다. 그런데 항해 중에 적의 군함으로 보이는 배 한 척이 그들이 탄 배를 쫓아오고 있는 것이 보였다. 배의 선장은 방어 태세를 갖췄다. 그러고는 펜 경과 더불어 다른 퀘이커 교도들에게 선실로 들어가 있으라고 했다. 있어 봤자 전투를 도울 그들이 아니라는 것을 잘 알고 있었던 탓이었다. 퀘이커 교도들은 모두 선장이 시키는 대로 모두 선실로 내려갔다. 하지만 로건 씨는 자진해서 갑판에 남았고, 총까지 받아 들었다. 다행히 쫓아오던 배는 아군의 것이었기 때문에 전투는 없었다. 로건 씨는 이 사실을 펜 경에게 알리기 위해 선실로 내려갔다. 그런데 그의 이야기를 다 듣고 난 펜 경이 로건 씨를 몹시 나무랐다고 한다.

"선장이 특별히 부탁한 것도 아닌데 교리까지 어겨가며 왜 굳이 갑판에 남으려 한 건가?"

사람들이 보는 앞에서 꾸지람을 듣자 로건 씨도 가만히 있을 수가 없어서 한마디 했다.

"저는 당신의 비서입니다. 그런데 왜 아까는 내려오라고 명령하지 않으셨습니까? 그건 영주님도 위급한 상황이라고 생각하셨기 때문 아닙니까? 그래서 제가 배 위에서 싸움을 거들기를 바라신 것은 아니십니까?"

오랫동안 주 의회 일을 하면서 나는 다수의 퀘이커 교도 때문에 의회가 난처해지는 것을 수없이 봐왔다. 원칙적으로 전쟁에 반대했던 그들 때문에 의회는 국왕이 군사상 필요한 원조를 보내라는 요구를 해올 때마다 아주 곤란했던 것이다. 노골적으로 거절하게 되면 영국의 노여움을 살 게 뻔했고, 퀘이커 교도들이 반대하는 일을 그대로 추진하자니 그들의 눈총을 견뎌내기가 쉽지 않을 것이 뻔했다. 결국 의회는 갖은 구실을 만들어내 요리조리 피해 다녀야만 했다. 만약 부득이한 경우에는 '국왕께서 사용하시는 것'이란 명목으로 돈을 보냈고, 그 용도에 대해서는 일일이 묻지 않는 방법을 택했다.

하지만 이 방법은 영국 국왕으로부터 직접 하달된 지시가 아니면 사용하기 어려웠다. 그래서 새로운 방법이 고안되었다. 루이버스그 요새에 화약이 부족하다면서 뉴잉글랜드 정부가 펜실베이니아 정부에 보조금을 요구했을 때 사용한 방법이 대표적이다. 그때 토머스 지사는 즉시 원조해 줘야 한다고 주장했지만, 의회는 난감하기 짝이 없었다. 화약이 전쟁에 사용되는 물자였기 때문이었다. 그대로 원조를 했다가는 퀘이커 교도들이 쏟아내는 비난을 견뎌야만 했으니 말이다. 여러 번의 논의 끝에 그들은 빵, 밀가루, 통밀, 그리고 그 외의 곡식들의 구입비 명목으로 3천 파운드를 뉴잉글랜드에 원조한다는 안을 통과시킨 후 지사에게 돈을 전달했다. 몇몇 의원들은 지사에게 '뉴잉글랜드가 원한 것은 식료품이 아니었으니 의회가 준 돈을 받지 말라'라고 충고했는데, 이에 지사는 이런 대답을 했다.

"아니요, 저는 돈을 받겠습니다. 의회의 생각이 무엇인지 너무도 잘 알기 때문입니다. 그들이 말한 '그 외의 곡식'이란 바로 화약을 말하는 것이니 말입니다."

결국 토머스 지사는 그 돈으로 화약을 사서 뉴잉글랜드에 보냈고, 의회는 이런저런 말을 하지 않았다.

나는 소방대 조합비로 복권을 사자는 안이 부결될까 싶어 걱정하고 있던 터에 이 얘기가 생각나서 같은 소방대원이었던 싱 씨에게 이렇게 말했다.

"만약 부결되면 조합비로 파이어 엔진(소방펌프)을 사자고 하세. 그럼 퀘이커 교도들도 반대하지는 않을 걸세. 그리고 집행 위원을 뽑을 때 나는 자네를 추천하고, 자네는 나를 추천하는 거야. 그런 다음 돈을 받으면 대포를 사 버리는 거지. 대포도 엄연히 파이어 엔진이니까 나중에 알게 되어도 뭐라 하지 못할 게 아닌가?"

"그도 그렇군. 그나저나 자네도 의회 일을 오래 하다 보니 꾀만 남았네그려. 동음이의어를 이용하다니, 자네의 계획도 의회의 화약 사건에 견줄 만하겠어."

그는 이렇게 말하며 껄껄 웃었다.

퀘이커 교도들은 '모든 전쟁은 불가하다'라는 교리를 내세웠는데, 이런 교리는 한 번 공표되면 뒤에 생각이 변했어도 간단히 철회할 수가 없었기 때문에 스스로도 곤란해 했다. 이런 부분에서는 나는 독일계의 침례파인 던커 교도들이 좀 더 신중하다고 생각한다. 나는 던커 교도들이 이 땅에 막 뿌리를 내리려 할 때 창시자 중 한 명인 마이클 웰페어와 친분을 맺게 되었다. 그때 그는 다른 교파의 광신자들로부터 얼토당토않은 중상모략을 당하고 있다며 억울해했다.

전혀 들어보지도 못한 혐오스러운 원칙과 의식을 하는 것처럼 모략한다는 것이었다. 나는 그런 일은 새로운 교파가 생길 때마다 으레 있는 일이니, 그런 모략을 방지하기 위해서는 그들의 교리와 실천 규범을 글로 써서 남겨두라고 충고했다. 그러나 웰페어는 이전에도 그런 제안을 받기는 했으나 다음과 같은 이유로 부결이 되었다고 했다.

"처음 교단을 시작했을 때 하나님은 우리에게 큰 깨달음을 주셨습니다. 그때까지 진리라고 생각된 교리가 틀린 것이고, 틀렸다고 생각했던 교리가 진리라는 것을 깨닫게 하신 겁니다. 하나님은 그 뒤에도 가끔 새로운 광명을 우리에게 베푸셨고, 덕분에 교리도 차차 개선되어 갔습니다. 그러나 현재 정신적 내지 신학적으로 완성되었다는 증거가 없습니다. 이런 상황에서 교리와 실천 규범을 인쇄해 버리면, 그것에 속박되어 더 발전할 수 없게 되는 것은 아닌지 우려가 되는군요. 그건 우리보다 우리 후계자들이 더 심할 것입니다. 자신들의 선조와 창시자인 우리가 해놓은 일을 마치 신성한 것으로 오해하고 벗어나지 않으려 할 테니까요."

이처럼 겸손한 생각을 하는 종파는 인류 역사를 통틀어도 유일할 것이다. 대부분의 종파가 저마다 자신들의 믿음만이 절대 진리라고 우겨대는 것과는 확실히 다른 태도였다. 안개 낀 날 거리를 지나가는 사람들은 조금 앞에서 가든 뒤에서 가든 좌우에 있든 법판에 있든 자신을 제외한 모두가 안개에 싸여 있는 것으로 생각한다. 그러나 실은 안개에 싸여 헤매기는 다른 사람들이나 자신이나 다르지 않다. 하지만 던커 교도들 외 종파들은 그렇게 생각하지 않았다.

어쨌든 근래에 와서는 퀘이커 교도 중에 지사나 의원과 같은 공직에 나서는 이가 많이 줄었다. 전쟁처럼 교리에 어긋나는 문제들이 많아지자 그들은 교리를 버리느니 권력을 버리는 쪽을 선택했다.

시간의 순서에 따르면 먼저 써야 했던 얘기가 있다. 1742년의 일이었다. 그때 나는 방을 덥힐 수 있는 난로(일명 프랭클린 스토브 — 역자 주)를 발명했다. 이 난로는 찬 공기가 들어가면서 더워지게 고안되었기 때문에 종래의 벽난로보다 열효율에 있어서 월등했다. 나는 견본 하나를 오랜 친구인 로버트 그레이스에게 보내 의견을 물었다. 용광로를 가지고 있던 그는 판금을 조주해서 난로를 만들면 큰돈을 벌 수 있을 거라고 했다. 그의 말에 자신을 얻은 나는 곧바로 수요를 보다 많이 창출할 수 있도록 〈새로 발명된 펜실베이니아 난로의 구조와 사용법을 파헤친다〉라는 제목으로 소논문을 하나 써서 발표했다. 다른 난로에 비해 우월한 점을 열거하였고, 이전의 난로가 가지고 있던 결점들을 모두 제거했다는 점을 강조하는 데 역점을 뒀다. 그 논문은 상당한 반향을

266

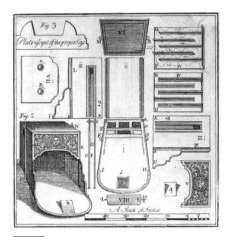

프랭클린 스토브의 설계도면

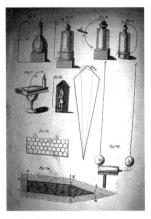

프랭클린이 제작한 다양한 발명품들의 설계도면

불러일으켰다. 특히 토머스 지사는 논문을 읽은 후 난로의 구조가 마음에 든다면서 몇 년 동안 독점 판매를 할 수 있는 특허를 내주겠다고도 했다.

하지만 나는 그의 제의를 거절했다. 그동안 내가 지켜온 원칙에 어긋났기 때문이었다. 그 원칙이란 바로 '우리가 다른 이의 발명으로 큰 도움을 받고 있듯 우리의 발명품도 다른 이에게 도움이 되어야 하며, 그것으로 보수를 바라서는 안 된다'는 것이었다.

물론 다른 사람들도 모두 나와 같은 생각을 하는 건 아니었다. 내 논문을 읽은 런던의 어떤 철물 장수는 그 내용을 바탕으로 난로를 만들었다. 몇 가지를 자기식으로 고쳐서 오히려 효율을 떨어뜨리기는 했지만, 그것만 빼면 내 것과 완전히 같은 것이었다. 그는 이것으로 특허를 냈고 상당한 돈을 벌었다고 한다. 그 사람 말고도 내 발명품으로 특허를 딴 사람은 여럿 있었다. 하지만 모두가 성공한 것은 아니었다. 나는 이런 일들을 다 알고 있었지만, 모르는 척 덮었다.

특허로 돈을 벌고 싶지도 않았고, 또 싸우는 것도 싫었다. 어쨌든 내가 발명한 난로는 필라델피아와 그 이웃에 널리 보급되어 아직도 사용되고 있다. 그 덕분에 많은 가정이 연료를 절약할 수 있었다.

인재를 키우는 요람

드디어 전쟁이 끝났다. 그러자 자연스럽게 민병대 일은 마무리가 되었다. 때문에 나는 잠시 접어뒀던 대학 건설 문제를 고민하기 시작했다. 이 문제를 표면화하기 위해 제일 먼저 내가 취한 행동은 전토 클럽의 회원들을 주축으로 활동적인 친구들을 모은 것이었다. 그런 다음 〈펜실베이니아의 청년 교육에 대한 제안〉이라는 제목의 소논문을 발표해서 지역의 유지들에게 무료로 배포했다. 마지막으로 그들이 그것을 읽고 다소 마음의 준비가 되었을 즈음에 대학 창설과 유지를 위한 기부금을 모집하기 시작했다. 기부금은 5년 동안 나눠서 내도록 했다. 이렇게 분납을 하면 한 번 내

는 것보다 금액이 클 거라고 생각했기 때문이었다. 내 예상
은 적중했다. 그때 모은 돈이 무려 5천 파운드 이상이었다고
기억한다.

이 일 역시 도서관 회원을 모집할 때처럼 내 이름을 내세
우지 않았다. 이 계획안을 발표할 때마다 개인이 아닌 '공공
복지에 관심 있는 인사들'이 발표하는 것으로 했다.

기부금을 낸 사람들은 이 계획을 하루라도 빨리 실현시
키기 위해 자체적으로 스물네 명의 재단 이사를 뽑았다. 그
리고 당시 법무장관이었던 프랜시스 씨와 내게 대학 운영에
따른 법규를 기초하도록 했다. 이렇게 해서 만들어진 법규
는 승인을 거쳤다. 그에 따라 교실로 쓸 건물을 빌렸고, 교수
를 초빙했다. 그리고 1749년에 비로소 수업이 시작되었다.

학교는 선풍적인 인기를 끌었다. 얼마 안 가 교사로 사용
했던 건물이 비좁을 정도로 학생들이 몰려들었고, 결국 건
물을 새로 지어야 한다는 데 의견이 모아졌다. 때문에 우리
는 적당한 땅을 알아봐야만 했다. 그런데 운이 좋았다고나
할까? 큰 건물까지 지어져 있는 땅이 우리 소유가 된 것이
다. 건물은 새것이어서 조금 손대면 충분히 교사로 사용할
수 있었다. 원래 이 건물은 화이트필드 목사의 신자들이 헌
금과 기부금으로 세운 것으로, 임명된 이사들이 관리하고
있었다. 앞에서도 말했지만, 이들에게는 그 어떤 종파에서

270

필라델피아 대학

도 건물을 사용할 수 있게 한다는 원칙이 있었다. 그러다 보
니 특정 종파가 독점할 수 없었다. 때문에 성공회에서 한 사
람, 침례교에서 한 사람, 장로교에서 한 사람, 모라비아교에
서 한 사람 하는 식으로 각 종파에서 한 사람씩 이사로 임명
되었고, 만약 이사 중에 한 사람이 사망해서 공석이 생기면
기부금을 낸 사람들이 모여 투표로 이사를 선출했다. 그런
데 어찌 된 일인지 모라비아교의 이사가 다른 이사들과 사
이가 안 좋았다. 그런 와중에 그가 사망하자 나머지 이사들
은 모라비아교에서 대표를 뽑지 않기로 결정하고 말았다.
하지만 여기에도 문제는 있었다. 잘못하면 한 종파에서 두
사람의 이사가 나올 수도 있었던 것이다. 이는 형평성에 어
긋났기 때문에 어떻게 해결하느냐가 그들의 새로운 고민거

리였다. 여러 사람이 물망에 올랐지만 합의를 보는 것은 말처럼 쉽지 않았다. 그런데 놀랍게도 내가 그 자리에 추천된 것이다. 내가 정직하다는 것과 그 어떤 종파에도 속해 있지 않다는 것이 그 이유였다. 마침내 합의가 이루어졌다. 이렇게 해서 내가 이사로 선출된 것이다.

내가 선출되었을 때는 이 건물이 세워질 당시의 열정이 이미 사라진 후였다. 더구나 이사들은 토지세와 건물 유지에 들어가는 비용을 대지 못해 골머리를 앓고 있었다. 대학 건립 위원이자 이 건물의 이사였던 나는 두 단체의 관계자들을 불러 협상을 벌였다. 그 결과 건물을 대학 측에 양도하는 대신 건물로 인한 빚은 모두 대학 측이 떠맡는다는 조건으로 계약을 체결했다. 대강당의 경우 본래의 취지대로 각 종파에 상관없이 설교가 있을 때마다 개방하겠지만, 평소에는 가난한 아이들을 위한 무료 학교로 이용한다는 데 합의했다. 곧바로 서류가 작성되었고, 빚을 갚아준 것과 동시에 건물의 소유권이 대학 관리 위원회로 넘어갔다.

대학 관리 위원회는 이 건물을 교사로 쓰기 위해 대대적인 수리에 들어갔다. 천장이 높고 넓은 강당을 2층으로 나눴고, 각 층은 칸을 막아서 각 학부의 교실로 만들었다. 또 주변 땅도 조금 더 사들여서 구색을 갖췄다. 모든 것이 우리 생각대로 착착 진행되었다. 특히 난 일꾼들과의 절충, 재

필라델피아 대학 교정에 있는
프랭클린 동상

료의 구입, 일의 감독 등 힘 드는 일을 거의 도맡아 처리했
는데, 그것은 그즈음 사업이 크게 신경 쓰지 않아도 될 만큼
기반이 잡혀 있었기 때문에 가능한 일이었다. 4년 동안 직
공으로 데리고 있으면서 사람 됨됨이를 훤히 알고 있었던
데이비드 홀을 전해부터 동업자로 삼아 일하고 있었는데,
그는 매우 정직하고 부지런했으며 일에 있어서도 유능했기
때문에 믿을 만했다. 그는 나를 대신해 인쇄소의 잡다한 일
을 모두 처리했고, 때마다 내 몫의 수익금을 정확하게 보내
왔다. 우리의 동업관계는 18년 동안이나 아주 만족스럽게

이어졌다. 아무튼 대학 건립은 내게 모처럼 활기를 되찾아 주었다.

대학 재단 이사회는 얼마 있다가 지사의 허가를 얻어 법인이 되었다. 그러자 영국 정부로부터의 기부금, 영주들로부터의 토지 증여, 게다가 주 의회로부터의 상당한 원조까지 더해져 대학의 기금은 나날이 크게 불어났다. 이렇게 해서 세워진 우리의 대학은 현재 필라델피아 대학이 되었다. 나는 창립 당시부터 오늘날까지 거의 40년간이나 그 대학의 이사로 있었는데, 가장 기뻤던 일은 이곳에서 교육을 받고 재능을 연마한 청년들이 세상에 나가 제 이름을 떨치고, 또 공직에 나가 공적을 세우는 등 나라의 자랑이 되는 것을 보는 것이었다.

행복은 횡재로 얻어지지 않는다

앞에서 말한 바와 같이, 나는 생업에 매달리지 않아도 될 만큼이 되었다. 그리고 대단치는 않으나 필요한 만큼 재산도 생겼다. 그래서 학문 연구나 하면서 한가하고 즐겁게 살아가리라 생각했다. 이런 결심이 서자마자 나는 영국에서 필라델피아에 강의하려고 와 있던 스펜스 박사의 실험 기계를 모두 사들여 전기에 관한 실험을 진행해갔다. 나름대로 바쁘게 살고 있었지만 세상 사람들 눈에는 내가 더없이 한가해 보였던 것 같다. 너나없이 나를 자기네 일에 끌어들이려고 안달이었던 것이다. 특히 시정(市政)에 관련된 모든 부서는 거의 동시에 내게 임무를 떠맡겼다. 지사는 나를 치안

판사로 임명했고, 시의 행정 기관은 나를 시의회 의원으로 뽑더니 급기야 참의원으로 만들었다. 게다가 일반 시민들은 그들을 대표하는 주 의회 의원으로 뽑아주었다. 주 의회 의원이 된 것은 무척 기쁜 일이었다. 그즈음 의원들이 논쟁하는 것을 앉아서 듣기만 하는 것에 진력이 나 있던 참이었으니 말이다. 서기란 자리는 그들의 논쟁에 감히 끼어들 수 없는 자리였다. 때문에 눈앞에 사각형이나 원을 그려 보면서 지루함을 달래는 게 내가 할 수 있는 일의 전부였다. 그런데 정식 의원이 되었다는 건 논쟁에 참여할 수 있는 자격을 얻었다는 것이었고, 더불어 좋은 일을 할 힘도 더 커졌다는 것을 의미했다. 내색은 하지 않았지만 은근히 우쭐했음을 부정하지는 않겠다. 실제로 정말 그랬다. 보잘것없었던 내 출발에 비하면 그 지위는 굉장한 것이었다. 특히 나를 기쁘게 한 것은 어느 것 하나 내가 부탁해서 얻은 지위가 아니었다는 것이었다. 즉 모두 다른 사람들이 나를 좋게 평가한 결과였다.

치안판사로 일한 기간은 그리 길지 않았다. 두서너 번 법정에 출석해서 판사석에 앉아 있었던 게 다였다. 나는 자리에 앉아 있는 것 말고는 아무것도 할 게 없었다. 법률적인 지식이 턱없이 부족했던 것이다. 그래서 주 의회 일 때문에 바쁘다는 평계를 대면서 차차 손을 떼었다.

나는 그 후로 10년 동안 해마다 주 의회 의원으로 선출되었다. 그러는 동안 단 한 번도 나를 뽑아달라고 사사로이 부탁하지 않았다. 또 마음으로라도 그래야겠다고 생각한 적도 없었다. 한편 그동안 내가 맡아왔던 서기직은 내 아들에게 돌아갔다. 이 역시 누구에게 부탁하지 않았다.

내가 두 번째로 주 의회 의원이 된 해에는 칼라일의 인디언들과 협상을 벌여야 했다. 지사는 협상을 맡은 자문 위원회에 주 의회 의원 몇 명을 합류시키라는 공식 문서를 보내왔다. 주 의회는 그 일에 의장이었던 노리스 씨와 나를 지명했다. 우리는 곧바로 칼라일로 갔다.

내가 본 인디언들은 술을 좋아해서 일단 마셨다 하면 끝장을 보는 사람들이었다. 또 술에 취할 때마다 난폭해져서는 시끄럽게 싸움을 벌이곤 했다. 우리는 일단 인디언들에게 술을 파는 것을 금지했다. 인디언들은 이 조치에 거칠게 항의했다. 하지만 술을 마신 그들과는 협상 자체가 불가능했기 때문에 조치를 유지해야만 했다. 대신 협상을 하는 동안 술을 마시지 않겠다는 약속을 하면 협상이 끝난 후 럼주를 공짜로 주겠다고 했다. 그들은 흔쾌히 그렇게 하겠다고 약속했다. 그리고 실제로 그 약속을 지켰다. 협상은 순조롭게 진행되었고, 쌍방이 모두 만족할 만한 결과를 얻어냈다. 협상이 끝나자 그들은 약속대로 술을 요구했다. 우리도 약속을 지켰고, 그들은 만족해서 돌아갔다. 그런데 그날 저녁 우리는 요란한 소리에 놀라 모두 밖으로 나와야만 했다. 우리 숙소에서 그리 멀지 않은 곳에 아이들까지 약 1백 명가량 되는 인디언들이 사는 정방형 모양의 움막이 있었는데, 그곳이 바로 소리의 근원지였다. 그때 우리가 본 것은 광장 한가운데 불을 피우고 남녀가 취할 대로 취해서 서로 맞붙어 싸움을 하고 있는 장면이었다. 그들이 질러대는 괴성이 밤공기를 타고 멀리까지 퍼져 나갔다. 그들 중 반은 거무스름한 몸을 반쯤 드러낸 채 관솔 뭉치를 휘두르며 서로를 쫓아다니고 있었다. 어슴푸레한 모닥불 빛에 보이는 그들의 모습은 지옥을 떠올리게 했다. 상황은 좀처럼 진정될 것 같지 않았다. 괜히 끼어들었다가는 봉변을 당할 수도 있었다. 우리는 하는 수 없이 소란을 뒤로한 채 숙소로 돌아와야 했다. 한밤중에 그들 중 몇몇이 우리 숙소 앞으로 몰려와 술을 더 달라고 요구하기도 했지만, 우리는 못 들은 척했다.

다음 날 그들은 그런 소동을 피워서 미안하다고 생각했는지 세 사람의 장로를 보내어 사과를 해왔다. 그들은 자기들의 잘못을 인정은 했지만, 모두 술 때문이라고 변명했다. 그러면서도 술에 대한 옹호를 잊지 않았다.

"이 땅에 만물을 만드신 위대한 영은 각각의 물건마다 존재해야 할 이유를 만들어놓으셨습니다. 즉 쓸모 있도록 만드신 것이지요. 따라서 그분이 의도하신 용도대로 사용하는 것이 우리의 의무입니다. 그분의 뜻에 따르면 럼주는 우리 인디언들이 마시고, 또 취해야 하는 물건입니다. 그러니 그렇게 사용해야 하지 않겠습니까?"

만약 개척자들이 정착할 수 있도록 이 야만인을 몰아내는 것이 하나님의 뜻이라면, 술을 이용하는 게 최선의 방법이 아닐까 싶다. 실제로 연안에 살던 인디언들이 술 때문에 전멸되기도 했다.

1751년에 나는 새로운 일에 관심을 가졌다. 바로 절친한 친구였던 토머스 본드(1713~1784년; 필라델피아의 의사로 아메리카 학술협회 최초 열 명의 회원 중 한 사람 — 역자 주) 박사가 병원을 세우겠다는 계획을 세웠는데, 그것을 돕기로 한 것이다. 그

는 지방과 빈부의 차별 없이 환자를 수용하고 치료하기 위한 병원을 세우려 했다. 한마디로 자선의 성격이 강한 병원이었다. 사람들은 이 병원이 내 계획이었다고 알고 있지만, 실제로는 본드 박사의 발상이었다. 난 기금 마련을 위한 모금 운동에 발 벗고 나섰을 뿐이다. 하

토머스 본드의 초상

지만 자선 병원은 아메리카에서는 처음 시도하는 일이었기 때문에 큰 호응을 얻지 못했다.

고전을 면치 못했던 본드 박사는 마침내 나를 찾아왔다. 그리고 나 없이 공공사업을 추진하는 게 이렇게 힘들 줄 몰랐다며 나를 치켜세웠다.

"그동안은 이 일이 당신이 하시던 일과는 성격이 다르다고 생각해서 그런 것입니다만, 내가 병원 문제로 모금을 하러 가면 사람들은 내게 이런 말을 하더군요. '프랭클린 씨와 상의는 해 보셨습니까? 그분은 뭐라고 하던가요?'라고 말입니다. '그러지 못했다'라고 대답하면 하나같이 '생각해 보겠습니다'라고 말하고는 기부금을 내지 않았습니다."

나는 이 계획의 내용과 그 효용성이 무엇인지 자세히 물어봤고, 박사는 내가 만족할 만한 대답을 해줬다. 나는 그 자리에서 기부금을 전달했다. 그뿐 아니었다. 다른 사람들에게서 기부금을 받아낼 방법을 고민했다. 나는 이런 일을 벌일 때마다 무작정 사람들을 찾아가 기부금을 달라고 조르기 앞서 그와 관련된 글을 써서 사람들의 마음을 먼저 움직이는 방법을 택했다. 이번에도 그 방법을 사용해 보기로 했다.

그 후 얼마 동안은 기부금이 순조롭게 들어왔다. 하지만 그것도 오래가지는 않았다. 점점 줄어들기 시작했다. 그쯤 되자 주 의회의 보조금 없이는 계획 자체가 어려울 것 같았다. 그래서 의회에 안건을 청원해서 승인을 받아냈다. 하지만 지방 출신 의원들은 이 계획을 반기지 않았다. 병원이 세워진다고 해도 어차피 시에 사는 사람들에게만 혜택이 돌아갈 것이라고 생각했기 때문이다. 심지어는 그 비용도 시에 사는 사람들만 부담해야 한다고 주장했다. 시민들 모두가 이 계획에 찬성하진 않을 거라고도 했다. 이에 나는 이미 찬성하는 사람들이 많기 때문에 자발적인 기부만으로도 2천 파운드는 모을 수 있을 거라며 반대 주장을 펼쳤다. 하지만 그들은 내 주장이 터무니없다며 일축해 버렸다.

그래서 나는 구체적으로 계획을 세웠다. 먼저 기부자들을 모아 법인을 만든 다음 일정 조건이 충족되면 주 의회가 그 외에 소요될 경비를 지불한다는 것을 내용으로 한 법안을 제출했다. 주 의회는 일단 허가를 해 주었다. 법안의 내용이 좋지 않으면 그때 가서 부결해도 된다고 생각했기 때문이었다. 나는 법안을 기초하면서 다음과 같은 중요한 조항을 조건부로 달았다.

* 기부자들은 모임을 통해 이사와 회계를 선출한다.
* 기부금이 2천 파운드에 달하고 주 의회 의장이 만족스럽다고 인정하면 의장은 그 병원의 설립과 건축, 설비 등에 소요되는 비용, 2천 파운드를 1년에 1천 파운드씩 병원 회계과에 교부

한다는 지시서에 서명할 수 있고, 또 서명해야 한다.

* 기부금의 이자는 가난한 환자들의 식사, 치료, 처방, 약 등의
경비로 사용한다.

이 조건 덕분에 법안은 무사히 통과되었다. 보조금 부과에 반대하던 의원들이 이번에는 돈을 내지 않고 자선가라는 평을 들을 수 있다고 생각해서인지 안에 찬성했던 것이다. 법안이 통과되자 나는 사람들에게 기부를 권했다. 그럴 때마다 이 조건 조항을 설명해주고, '당신이 기부하면 기금이 두 배로 늘어난다'라는 것을 강조했다. 기부금은 금방 2천 파운드가 넘어섰다. 주 의회로부터 2천 파운드의 보조금을 받은 것은 두말할 것도 없었다. 우리는 계획을 착착 진행했다. 그리하여 얼마 안 가 편리하고 멋진 병원이 세워졌다. 병원은 많은 사람에게 유용한 존재가 되었고, 지금까지도 잘 운영되고 있다. 내가 정치적 수완을 발휘해서 성공시킨 많은 일 중에 이처럼 나를 기쁘게 한 것은 없었던 것 같다. 나중에 생각해 보니 좀 교활한 수단을 쓴 것 같기는 했지만, 후회하지 않는다.

길버트 테넌트 목사가 나를 찾아온 것도 이 무렵이었다. 그는 1743년 필라델피아로 부임해 온 아일랜드 태생의 장로교 목사였는데, 새 교회를 지으려고 하니 모금 운동을 도와

달라고 했다. 화이트필드 목사의 제자였던 장로파의 신자들이 교회를 지으려고 했는데, 그가 자발적으로 돕겠다고 나선 모양이었다. 하지만 너무 빈번하게 모금을 하는 것은 효과도 적을뿐더러 오히려 이미지만 나쁘게 되는 역효과가 날 수도 있었기 때문에 난 단호히 거절했다. 그러자 목사는 기부금을 낼 만한 사람들의 이름만이라도 가르쳐달라고 했다. 하지만 그 역시 거절했다. 내 부탁을 들어주었던 친절한 사람들을 시달리게 하고 싶지 않던 것이다. 또 그렇게 하는 것은 나답지 않은 일이었다. 목사는 그러면 조언이라도 해 달라고 부탁했다. 그거라면 마다할 이유가 없었다.

1751년, 프랭클린과 본드 박사에 의해 세워진 펜실베이니아 병원

"먼저 목사님께서 생각하시기에 기부금을 낼 것 같은 사람들을 찾아가십시오. 그런 다음에는 낼지 안 낼지 판단이 서지 않는 사람들을 찾아가십시오. 그리고 마지막에 절대로 주지 않을 것 같은 사람들을 찾아가십시오. 이 사람들을 빼먹어서는 안 됩니다. 당신의 판단이 잘못된 것일 수도 있으니 말입니다."

목사는 크게 웃으며 충고에 감사하다고 했다. 그는 내 충고대로 한 사람도 빼놓지 않고 찾아다녔고, 그 결과 예상한 것보다 많은 기부금을 모을 수 있었다. 그 덕분에 지금 아치가에는 웅장하고 우아한 교회가 세워져 있다.

우리 도시는 잘 정돈된 형태로 발전해갔다. 길은 넓고 똑바랐으며, 직각으로 교차되어 있었다. 한 가지 흠이 있다면 포장이 잘 되어 있지 않아서 맑은 날이라 하더라도 바람만 불면 거리가 온통 먼지투성이가 되었다. 하지만 무엇보다도 심각했던 건 비 오는 날이었다. 비만 오면 온통 진창으로 변해 버렸기 때문에 다니기가 쉽지 않았다. 그때 나는 시장 근처에 살고 있었는데, 비가 갠 후 식료품을 사기 위해 집을 나선 사람들이 진창을 힘겹게 다니는 것을 볼 때마다 안타까웠다. 시장 중앙만 지나면 벽돌로 포장되어 있었기 때문에 문제가 되지 않았다. 하지만 그곳까지 가려면 꼼짝없이 신발을 진흙투성이로 만들어야만 했다. 결국 나는 글도 쓰고 사람들을 끌어모으기도 해서 이미 포장된 도로와 시장 사이를 돌로 포장하는 데 앞장섰다. 그 결과 얼마 동안은 신발도 적시지 않고 기분 좋게 시장에 출입할 수 있었다.

그런데 여기에도 문제가 있었다. 모든 거리가 포장된 것이 아니었기 때문에 수레가 비포장도로를 달리다 포장도로로 접어들기만 하면 바퀴에서 진흙이 떨어졌기 때문에 포장된 도로가 온통 진흙투성이가 되었던 것이다. 게다가 그 진흙을 치울 사람도 없었다. 그때는 환경미화원도 없던 시절이었다. 비가 온 후 거리가 지저분해지는 것은 정도의 차이는 있었지만 예전과 똑같았다. 그래서 난 한 달에 6펜스를 지불하고 집 앞을 일주일에 두 번씩 청소해 줄 만한 부지런한 사람을 찾아보았다. 동시에 이 일에 동참할 집을 모으기 위해 '한 달에 6펜스를 내면 당신의 집은 깨끗해질 수 있다'는 내용의 인쇄물 하나를 찍었다. 물론 그것으로 얻을 수 있는 이점들을 일목요연하게 늘어놓으면서 말이다. 즉 청소를 하면 사람들이 발에 진흙을 묻혀 들어오는 일이 없게 되므로 집 안이 깨끗해질 것이고, 상점의 경우에는 손님들이 들어오기 쉽기 때문에 매출도 늘 것이며, 또 바람이 부는 날에도 먼지가 물건에 올라앉지 않는다는 등의 이점들을 열거해 놓은 것이다. 나는 이 인쇄물을 집마다 한 장씩 돌렸다. 그런 다음 하루 이틀 지난 뒤에 이 제안에 참여할 사람들이 있는지 조사하러 돌아다녔다. 그러자 놀랍게도 한 집도 빠지지 않고 동참하겠다고 나섰다. 덕분에 거리는 한결 깨끗해졌고, 거리를 지나다니는 사람들도 기뻐했다. 그 일로 도로 포장과 환경미화원의 유용성을 깨달은 그들은 이를 위해서라면 세금이 많아지더라도 기꺼이 내겠다고들 했다.

이번 일로 자신감을 얻은 나는 얼마 후 시가지를 포장하자는 내용의 법안을 기초해서 주 의회에 제출했다. 그때는 내가 영국에 가기 직전이었는데, 그 법안은 내가 영국으로 가기 직전까지는 통과되지 않았다가 과세 방법을 다소 변경한 뒤에 비로소 통과되었다. 변경된 법안이 내 것보다 그다지 나은 것 같지는 않았다. 다만, 가로등을 설치하자는 내용이 추가된 것은 고무적이라고 생각했다.

가로등을 제일 처음 고안해낸 사람은 평범한 시민이었던 고(故) 존 클리프턴 씨였다. 그는 자기 집 현관에 등잔을 달아뒀는데, 이것을 본 사람들이 도시 전체에 그런 등을 밝히는 것이 좋겠다고 생각한 것이었다. 법안을 만든 사람이 나라는 것 때문에 이 일 역시 내게 명예가 돌아왔지만, 실은 그 신사에게 돌아갔어야 할 것이었다. 나는 그저 그가 한 일을 따라 한 것뿐이었다. 내가 한 일이 있다면 런던에서 들여온 이전의 둥근 램프를 보다 편리하고 유용한 모양으로 바꾼 것이 전부였다. 처음 설치된 둥근 모양의 램프는 아래로

프랭클린이 고안한 램프

부터 공기가 들어가지 못했기 때문에 연기가 위로 빠져나가지 못하고 안에서 빙빙 돌게 되어 있었다. 때문에 램프 안이 연기로 꽉 차 빛이 밝지 못했다. 또 램프 안에 그을음이 생겼기 때문에 매일매일 안을 닦아 줘야만 했고, 닦다가 잘못 건드리면 깨져 버리기 일쑤였다. 난 이 점을 개선하기 위해 직접 램프를 만들었다. 먼저 평평한 유리 네 장을 직육면체 모양으로 붙여 세운 후 그 위에 연기를 빼기 위한 깔때기 모양의 통풍구를 붙였다. 또 밑에는 공기 구멍을 만들어서 공기가 빨려 들어갈 수 있도록 했다. 램프는 예상한 대로 성공이었다. 런던의 램프처럼 몇 시간 후면 시커멓게 되는 일이 없어졌다. 또 잘못해서 깨지게 되더라도 고작 한 장이었기 때문에 수리도 간단했다.

사실 런던 복스홀 공원의 둥근 램프는 다른 곳의 램프와는 달리 늘 깨끗했다. 바로 밑 부분에 작은 구멍이 뚫려 있기 때문이었다. 즉 공기 순환이 잘 되었던 것이다. 하지만 본래부터 공기 순환을 목적으로 구멍을 뚫었던 것은 아니었다. 가는 끈을 그 구멍으로 내려뜨림으로써 심지에 불을 쉽게 붙이겠다는 것이 그 의도였다. 구멍이 공기 순환의 한 축을 맡고 있다는 것은 미처 생각하지 못했던 것이다. 어쨌든 이런 이유로 복스홀의 램프는 아침까지도 환하게 빛났다. 하지만 런던의 다른 가로등 램프들은 불을 켠 지 두어 시간만 지나면 시커멓게 변해 버렸다. 난 사람들이 그 원리를 깨닫지 못하는 게 너무도 이상했다.

이 얘기를 하다 보니 문득 떠오르는 일이 있다. 그때 난 영국에서 포더길 박사와 친분을 맺게 되었는데, 그는 다시 생각해 봐도 내가 아는 사람 중 가장 훌륭한 사람이었다. 그는 많은 공공사업을 추진했다. 그런 그에게 내가 어떤 일을 제안했다.

하늘이 맑았던 어느 날이었다. 런던 거리를 바라보고 있자니 한 번도 청소하지 않아서인지 거리가 온통 먼지투성이였다. 그렇다고 비 오는 날이 좋았던 것도 아니었다. 비만 오면 그 먼지들이 온통 진흙으로 변해 버렸던 것이다. 그렇게 며칠이 지나면 거리는 도저히 걸어 다닐 수 없는 지경에 이르렀다. 다닐 수 있는 데라곤 가난한 사람들이 빗자루로 겨우 치워놓은 좁은 길이 전부였다. 그리고 날이 다시 맑아지더라도 켜켜이 쌓인 진흙을 치우는 일은 여간 고된 일이 아니었다. 바닥에 들러붙은 진흙을 온몸으로 떼어낸 후 수레에 던져 넣었는데, 수레에 뚜껑이 없었기 때문에 옮기는 도중에 다시 도로 위로 떨어지는 일이 비일비재했다. 또 떨어지면서 지나가던 사람들에게 튀기도 했다. 애초에 먼지를 제거했다면 그 정도로 곤혹을 치르지는 않았을 것이다. 그러나 청소를 한답시고 비질을 했다가는 오히려 집 안으로 먼지가 들어왔기 때문에 그것도 쉽지 않았다.

그런데 아주 우연한 일로 빠른 시간 내에 비질을 할 수 있는 방법을 찾아냈다. 그날 나는 크레이븐가에 있는 내 집 앞에서 빗자루로 천천히 바닥을 쓸고 있는 어떤 초라한 행색의 여자를 보았다. 그녀는 병석에서 금방 일어난 사람처럼 안색이 창백했다. 나는 그녀에게 다가가 누가 시킨 것이냐고 물었다. 그러자 고개를 가로저으며 이렇게 답했다.

"누가 시켜서 하는 게 아닙니다. 다만 너무 가난한 데다가 할 일도 없고 해서, 이렇게 높으신 분들의 저택 앞을 쓸면 일거리라도 주시지 않을까 싶어서 한 일입니다. 단돈 몇 푼이라도 생기면 더 좋고 말입니다."

나는 여자에게 그 거리를 다 청소해 주면 1실링을 주겠다고 한 후 일이 끝나면 우리 집으로 돈을 받으러 오라고 했다. 그때가 9시였는데, 정오가 되자 여자가 1실링을 받으러 왔다. 느릿느릿 비질을 하던 모습만 보았던 나는 여자가 그렇게 일을 빨리 끝낼 수 있으리라고는 생각지 않았다. 그래서 하인을 내보내서 길을 조사해 보라고 했다. 여자 말대로 거리는 구석구석까지 다 청소가 되어 있었고, 그렇게 모인 먼지들은 전부 길 중앙에 있는 하수로 속에 쌓여 있었다. 그리고 얼마 후 비가 내렸는데, 쌓여 있던 먼지들은 비에 씻겨 하수로를 따라 떠내려가 버렸다. 덕분에 비가 와도 우리 집 앞의 거리는 진창이 되지 않았다.

나는 연약해 보이는 여자가 불과 세 시간 만에 거리를 청소할 수 있었다는 데 주목했다. 만약 기운 센 남자의 손으로 한다면 시간은 그 절반밖에 걸리지 않을 것이 분명했다. 또 좁은 도로에서는 길 양편에 하수로를 만드는 것보다 길 중앙에 하나의 하수구를 만드는 것이 훨씬 편리하다는 것도 알아냈다. 도로에 떨어지는 비가 양쪽에서 한복판으로 흘러들면서 힘센 물살을 이루고, 이 때문에 하수로에 있던 먼지나 진흙들이 모두 쓸려 내려가 버릴 수 있었던 것이다. 반면 하수로가 양쪽에 있으면 물이 모여도 그 힘이 세지 않기 때문에 진흙들을 씻어내 버리기는커녕 오히려 진탕을 만들 것이었다. 그 때문에 마차의 바퀴나 말굽에 채인 진흙들이 보도로 튀어 오를 것이고, 그렇게 되면 길은 점점 더러워지고, 미끄러워질 것이었다. 또 때로는 걸어가는 사람들 옷에 묻을 수도 있었다. 이런 문제에 대한 해답을 발견한 나는 포더길 박사에게 이런 제안을 했다.

"런던과 웨스트민스터 거리를 보다 효과적으로 청소하고, 청결을 유지하기 위해서 몇 사람의 관리인을 뒀으면 합니다. 그들로 하여금 맑은 날에는 먼지를 쓸게 하고, 비가 오는 날에는 진흙을 긁어내는 일을 하게 하자는 것이지요. 여러 도로와 골목을 구역으로 나눠서 관리인 한 사람당 한 구역을 배정하여 빗자루와 그 외 청소 도구를 마련해 줍니다. 그러면 그 관리인은 재량껏 가난한 사람들을 자기 밑으로 고용해서 일을 시키는 겁니다. 청소는 날씨가 좋은 여름철에는 상점이나 각 가정의 창문 열리기 전에 먼지를 싹 쓸어서 적당한 간격을 두고 쌓아두었다가 뚜껑이 달린 수레를 이용해 한꺼번에 실어내 가는 식으로 하면 좋겠습니다.

비가 오는 날에는 먼지 대신 진흙들을 긁어모을 텐데, 진흙을 한군데 모아두었다가는 지나가는 마차 바퀴나 말굽에 흩어져 버릴 염려가 있습니다. 그 점을 해결하기 위해서는 맑은 날에 쓰는 것과는 다른 수레를 만들어 줘야 합니다. 먼저 몸통을 바퀴 위에 높이 달지 말고 낮게 답니다. 또 몸통의 바닥을 격자 모양으로 한 다음 그 위에 짚을 깔아, 먼지는 남고 물기는 빠져나가게 만듭니다. 이렇게 하면 물이 차지하는 무게만큼 줄기 때문에 운반이 훨씬 쉬워질 것입니다. 모아둔 진흙을 옮기는 것은 간단합니다. 이런 수레를 적당한 간격으로 배치한 뒤에 바퀴 하나짜리 수레로 진흙을 날라다가 여기에 싣습니다. 그런 다음 진흙의 물이 다 빠지면 수레에 말을 달아서 옮기는 겁니다."

처음에는 괜찮은 생각 같았는데, 나중에는 과연 실용적인지 확신이 서지 않았다. 도로의 폭이 좁을 경우 도로 한가운데 설치된 하수로는 통행에 불편을 줄 게 뻔했다. 하지만 상점의 문이 열리기 전에 청소하고 먼지를 수거해간다는 계획은 지금 생각해도 훌륭하다고 생각한다. 특히 여름철에는 말이다. 한 번은 아침 7시경에 스트랜드가와 플리트가를 돌아본 적이 있었는데, 그때는 이미 해가 뜬 지 3시간 이상이나 지난 시간이었다. 하지만 문을 연 상점은 하나도 없었다. 당시 런던 사람들은 초를 켜놓고 밤새 이런저런 일을 하다가 해가 뜨면 잠을 자곤 했다. 그러고는 양초세가 많다느니, 양초값이 비싸다느니 하면서 불평을 늘어놓았다. 참으로 어처구니없는 일이었다. 물론 이런 사소한 일들은 마음에 담아둘 것도, 또 일부러 얘기할 것도 없다고 생각하는 사람도 있을 것이다. 하기야 바람이 센 날 먼지가 사람의 눈 속에 들어갔다고 해서, 또 상점 안으로 날아 들어갔다고 해서 큰 일이 나지는 않는다. 그러나 인구가 많은 도시에서 이런 일 이 빈번히 일어나고 반복된다면 중대한 문제가 된다. 이런 관점에서 생각하면 일견 소소하게 보이는 일에 세심하게 주 의한다고 크게 비난하지는 못할 것이다.

인간의 행복이란 어쩌다 생기는 횡재에 있는 것이 아니 라 일상에서 발견하는 소소한 일에 있다. 그러니 한 젊은이 에게 스스로 면도하는 법과 면도칼을 다루는 법을 가르쳐주 는 것이 한꺼번에 1천 기니를 주는 것보다 더 큰 행복을 줄 것이라 믿는다. 돈이란 언젠가는 없어지는 것이다. 남는 것 은 오직 좀 더 잘 쓸 수 있지 않았을까 하는 후회뿐이다. 하 지만 면도하는 법을 배우게 되면 면도를 하기 위해 이발소 에서 기다리지도 않아도 될 것이고, 이발사의 더러운 손가 락과 입 냄새, 그리고 무딘 면도날 때문에 속상할 일도 없을 것이다. 내가 몇 페이지에 걸쳐 길 포장이니 가로등이니 하 는 이야기를 설명한 이유도 바로 여기에 있다. 내 이야기가 내가 오랫동안 행복하게 살아온, 사랑하는 이 도시와 그 밖 의 아메리카의 모든 도시가 모두에게 이익이 되는 일을 하 는 데 조금이나마 보탬이 되었으면 하는 바람이다.

세상을 둘러보라

나는 얼마 동안 아메리카 체신 장관 밑에서 회계 검사관
으로 일했다. 여러 개의 우편국을 관리하고 책임자를 견책
하는 일이었다. 그러던 중 1753년에 장관이 죽으면서 나와
윌리엄 헌터 씨가 공동으로 그 후임으로 임명되었다. 이익
금이 발생하면 우리는 1년에 6백 파운드를 받기로 되어 있
었다. 하지만 그때까지 아메리카 우편국은 영국 우편국에
한 푼도 지불하지 못하고 있을 정도로 재정 상황이 형편없
었다. 또 이윤을 내기 위해 개선해야 할 점이 한두 가지가
아니었다. 이런 문제들을 해결하자면 초기 비용이 들어가게
마련이었다. 결국 우리는 임명된 후 최초 4년 동안 대략 9백

파운드 남짓한 돈을 빌려야만 했다. 하지만 일단 우편국이 제대로 돌아가자 그 돈은 금방 회수되었다. 심지어 아일랜드 체신청의 세 배가 넘는 수입을 올리기도 했다. 그런데 갑자기 영국 정부가 아무 이유 없이 나를 해임했다(영국과 식민지 사이의 관계가 점차 험해졌을 때 프랭클린은 식민지의 대표로서 런던에 있었다. 그때 기밀에 속하는 어떤 편지를 임의로 공표하여 식민지 사람들을 자극했다는 이유로 체신 장관의 직에서 해임됐다. — 역자 주). 그 후 우편국은 다시 적자로 돌아섰고, 결국 영국은 단 한 푼도 받아갈 수 없었다.

한편 우편국 일로 그해에 뉴잉글랜드에 갈 일이 있었는데, 케임브리지 대학(지금의 하버드 대학 — 역자 주)에서 수여한 명예 석사학위를 받게 되었다. 그전에도 코네티컷주의 예일 대학에서 비슷한 학위를 받은 일이 있었는데, 그것은 모두 다 물리학과 전기학 분야에서 그간 내가 보여 줬던 발명 등을 업적으로 인정해 준 결과였다. 이로써 난 대학에서 공부한 일이 한 번도 없었음에도 학위를 두 개나 받았다.

1754년, 영국은 또다시 프랑스와 전쟁을 하게 되었다. 이에 상무 장관은 국토를 어떻게 수비할 것인지 의논하기 위해 각 식민지의 대표들과 여섯 종족의 인디언 추장들을 올버니로 모이게 했다. 지시를 받은 해밀턴 지사는 이 내용을 주 의회에 통고하고, 회담에 참석할 인디언에게 줄 적당한

프랭클린은 위원회 일에도 주도적으로 참여했다.

선물을 장만하라고 지시했다. 또 노리스 의장과 나를 토머스 펜(1702~1775년; 윌리엄 펜의 차남 — 역자 주) 씨와 비서관 피터스 씨와 함께 펜실베이니아 대표 의원으로 지명했다. 주의회는 이 지명에 찬성했고, 선물도 장만했다. 그렇다고 펜실베이니아 밖에서 회담을 여는 것을 반가워했던 것은 아니다. 어쨌든 이렇게 해서 우리는 6월 중순경 올버니로 가게되었다.

올버니로 가는 도중, 나는 국토의 방위와 기타 중요한 공동의 목적을 이루기 위한 한 가지 계획을 구상했다. 바로 각 주 정부들이 한 정부 아래 연합하자는 것이었다. 난 이 구상을 바탕으로 문서를 작성했다. 그리고 뉴욕을 지나면서 만나게 된 제임스 알렉산더 씨와 케네디 씨에게 보여주었다. 그들은 모두 공공사업에 조예가 깊은 분들이었는데, 내 의견에 적극 찬성해 주었다. 이에 자신을 얻은 나는 이것을 회의에 제출하는 모험을 감행했다. 다른 주의 대표 중에 많은 이들이 나와 비슷한 생각을 하고 있었다는 건 정말 다행스러운 일이었다. 선결 문제로 연합체를 만들어야 한다는 논의가 진행되었는데, 만장일치로 가결되었다. 일은 빠르게 진행되었다. 각 주에서 한 사람씩 대표를 내서 위원회를 구성하고 몇 개의 계획안을 심의했다. 그런데 뜻밖에도 내 안이 채택되었고, 한두 가지 수정을 거친 다음 곧바로 회의에 보고되었다.

이 안에 의하면, 연방 정부는 영국 국왕이 임명하고 지지하는 총독을 수반으로 하며, 각 주가 임명한 대표자들이 모여 최고위원회를 선출하게 되어 있었다. 우리는 인디언 문제와 함께 이 문제의 토론을 계속했다. 회의는 생각처럼 순조롭지 않았다. 생각보다 반대 의견이 많았다. 하지만 결국에는 다 해결되었다. 안은 만장일치로 통과되었고, 이 계획안의 복사본은 영국 상무부와 각 주 의회에 전달되었다.

그런데 이 계획안은 기이한 운명을 맞아야만 했다. 중앙

정부에 지나치게 권력이 집중된다는 이유로 주 의회들이 반대하고 나선 것이다. 반면 영국에서는 지나치게 민주적이라는 이유로 반대하고 나섰다. 결국 상무부는 이 안을 인정하지도, 국왕에게 보고하지도 않았다. 대신 같은 목적을 더 잘 실행시켜줄 것이라면서 대안 하나를 제시했다. 그것에 의하면, 각 주의 지사는 각 주 의회의 일부 의원들과 함께 회의를 열어 군대 모집과 요새 건설과 같은 일을 결정하고 추진하되, 그에 소요되는 비용은 영국 국고에서 빌려 써야 했다. 물론 이때 빌린 돈은 뒤에 영국 의회가 결정한 아메리카 과세 법안에 의하여 상환하게 되어 있었다.

그해 겨울 나는 보스턴에 머물며 셜리 지사와 함께 내가 제안한 안건과 영국 상무부가 제안한 안건에 대해 많은 이야기를 나눴다. 이때 나눈 얘기들의 일부분은 내 안건과 그것을 지지하는 이유를 쓴 내 정치 논문 속에 기록되어 있다.

어쨌든 영국과 각 주는 모두 내 의견에 반대했지만 그 이유는 서로 정반대였다. 이런 사실만으로도 내 의견이 가장 중도적이라 할 수 있었다. 만약 내 안이 채택되었더라면 양쪽 모두를 만족시킬 수 있었을 것이다. 아메리카 입장에서 보면 각 주가 연합함으로써 스스로를 지킬 수 있을 만큼 강해졌을 것이다. 그렇게 되면 영국에서 군대를 보낼 필요도 없었을 것이고, 또 과도한 세금 부과로 아메리카인들의 심기를 불편하게 하지도 않았을 것이다. 그리고 무엇보다도 그로 인한 유혈 전쟁도 피할 수 있었을 것이다. 이런 잘못을 그들만 저지른 것은 아니다. 역사는 온통 국가와 군주들의 실수로 가득하니까.

세상을 둘러보라
자신의 행복의 크기를 아는 자가 얼마나 적은지를
또 안다 해도 추구하는 자가 얼마나 적은지를

대개 정치를 하는 자들은 당장 눈앞에 닥친 일들에 쫓겨 새로운 계획을 세우고 실행하는 것을 꺼린다. 만약 최고의 법안이 채택되더라도 그것은 뛰어난 안목과 지혜로 선택한 것이 아니라 상황에 밀려 어쩔 수 없이 선택한 것이 대부분이다. 적어도 펜실베이니아주지사는 내 의견에 찬성해 주었다. 그는 내 안을 주 의회로 내려보내면서 이런 말을 덧붙였다.

"매우 명쾌하고 확고한 견해 아래 작성된 안건이라고 생각합니다. 그러니 부디 엄밀하고도 신중하게 검토해 주시기를 바랍니다."

그러나 주 의회는 지사와 생각이 달랐다. 어떤 의원의 모략으로 내가 출석하지 못한 날을 골라 그 안을 상정한 후 아무 검토도 하지 않은 채 부결시켜 버린 것이다. 이 일로 나는 적잖이 분개했다.

그해에 보스턴으로 가기 위해 뉴욕을 들렀을 때 영국에서 막 도착한 모리스 씨를 만났다. 그와 나는 전부터 아는 사이였는데, 그때 그는 우리 주의 새로운 지사로 임명되어 부임하던 중이었다. 해밀턴 지사가 훈령 문제로 영주들과 주 의회 사이에서 들볶이던 것을 참지 못하고 사직서를 내 버렸던 것이다. 이런 상황은 모리스 씨도 알고 있었다. 우리는 지사 자리와 우리 주 상황에 대해 이런저런 이야기를 나눴다. 그가 물었다.

"편한 자리만은 아니겠지요?"

"아니, 그 반대일 수도 있습니다. 주 의회와 대결하지만 않으면 말입니다."

그러자 모리스 씨가 껄껄 웃었다.

"그게 가능한 일이겠소? 당신도 내가 논쟁을 좋아한다는 걸 잘 알고 있지 않소? 논쟁은 내가 제일 즐기는 일이란 말이오. 하지만 친구가 일부러 충고를 해 줬으니, 가능한 한 피하도록 해 보겠소."

그가 논쟁을 좋아하는 데는 다소 이유가 있었다. 그는 말도 잘했고, 상대의 말꼬리를 잡아 궤변을 늘어놓는 데 대가였다. 때문에 말싸움에서 지는 일이 거의 없었다. 그에게 들은 얘기로는, 그가 논쟁을 즐기게 된 데는 아버지의 영향이 컸다. 모리스 씨가 어렸을 때 그의 아버지는 저녁 식사가 끝나면 자식들을 불러 모아놓고 토론을 시키곤 했다는 것이다. 하지만 논쟁을 좋아하는 것이 그리 좋은 습관은 아니다. 잘 따지고 반대나 논박을 잘하는 사람들치고 일이 잘 풀리는 경우가 드물기 때문이다. 간혹 승리를 쟁취하기도 하지만, 결코 다른 사람들에게 좋은 감정을 사지는 못한다. 타인의 호의는 승리보다 귀중한 것인데도 말이다.

우리는 작별 인사를 나누고 그는 필라델피아로, 나는 보스턴으로 향했다. 돌아오는 길에 뉴욕에서 펜실베이니아주 의회의 의사록을 우연히 보게 되었는데, 그것을 통해 지사가 이미 주 의회와 격렬한 논쟁을 벌였다는 것을 알게 되었다. 나와의 약속을 잊은 채 말이다. 이때부터 시작된 그들의 싸움은 모리스 씨가 지사로 있는 내내 계속되었다. 나도 그 싸움에 낄 수밖에 없었다. 나는 주 의회로 돌아가자마자 위원회에 불려 다니며 모리스 지사의 연설과 교서에 답하는 초안을 작성해야만 했다. 지사의 교서나 의원들의 대답이나 모두 신랄했다. 심지어 점잖지 못한 욕설도 오고갔다. 특히 주 의회를 대변하는 글을 쓰고 있는 것이 나였기 때문에 모리스 지사와 내가 만나기만 하면 서로 잡아먹을 것같이 으르렁거릴 거라고 생각하는 사람도 적지 않았다. 하지만 모리스 지사는 의회와의 논쟁 때문에 나에게 개인적인 감정을 가질 만큼 속이 좁은 사람은 아니었다. 우리는 가끔 식사도 같이하면서 여전히 좋은 관계를 유지했다. 양쪽의 대립이 고조에 달했던 어느 날, 거리에서 우연히 만난 그는 내 팔을 잡아끌며 저녁 식사에 초대를 했다.

"프랭클린, 함께 우리 집으로 가서 저녁이나 합시다. 당신이 좋아할 만한 사람도 오기로 되어 있소."

저녁 식사 후 포도주를 마시면서 재미있게 얘기를 하던 중에 지사는 소설 《돈키호테》에 나오는 산초 판사의 생각을 칭찬하며 이렇게 말했다

"산초는 돈키호테가 나라를 하나 주겠다고 하자 기왕이면 흑인들의 나라를 달라고 했소. 만일 그들과 뜻이 맞지 않으면 미련 없이 팔아 버릴 수 있기 때문이라면서 말이오. 정말 멋진 생각 아니오?"

그러자 내 옆에 앉아 있던 그의 친구가 말했다.

"프랭클린 씨, 왜 당신은 언제나 그 망할 놈의 퀘이커 교도 편을 드는 거요? 아예 팔아 버리는 게 좋지 않겠소? 그러면 영주들이 후하게 값을 쳐 줄 텐데 말이오."

나는 빙그레 웃으며 이렇게 대답했다.

"그건 지사께서 그 사람들을 팔아 버릴 정도로 검게 만들지 못하셨기 때문입니다."

실제로 모리스 지사는 교서를 낼 때마다 주 의회를 먹칠하기 위해 안간힘을 썼다. 하지만 주 의회는 먹칠을 당한 즉시 깨끗이 씻어냈을 뿐만 아니라 자신들이 당한 만큼 지사에게 돌려주었다. 그대로 가게 되면 오히려 지사가 검게 되고 말 터였다. 지사 자신도 그렇게 생각했던지 해밀턴 지사가 그랬던 것처럼 마침내 두 손 들고 사직해 버렸다.

실제로 이런 논쟁이 일어난 건 지사의 책임이라기보다는 세습 권력자였던 영주들 때문이었다. 그들은 자신들의 주에 방위 문제가 대두될 때마다 온갖 비열한 수단으로 지사에게 지령을 내려서 그들의 소유지만은 세금 부과 대상에서 제외시키도록 했고, 만약 이것이 명시되지 않았을 때는 방위에 필요한 그 어떤 세금도 징수하지 못하도록 법안 통과를 막았다. 심지어는 지사들에게 명시한 바를 반드시 실행하겠다는 각서까지 받았다. 우리 주 의회는 이런 부정한 행위에 무려 3년 동안이나 맞서야 했다. 나중에 다시 기술하겠지만, 모리스 지사 후임이었던 데니 대위의 경우에는 영주들에게 불복하는 모험도 감행했다. 하지만 결국 이 양자 간의 싸움은 주 의회가 굴복하는 것으로 끝났다.

이야기가 조금 급하게 진행되는 것 같아, 모리스 씨가 지사로 있었던 시절 얘기를 좀 더 하겠다.

그즈음 프랑스와의 전쟁이 마침내 시작되었다. 매사추세

츠주 정부는 크라운 포인트를 공격한다는 계획을 세우고 퀸시 씨를 펜실베이니아로, 또 후에 지사가 된 포널 씨를 뉴욕에 파견하여 원조를 청했다. 그때 나와 고향이 같았던 퀸시 씨는 의회 의원이었는데, 내게 내 영향력을 이용해서 원조를 받을 수 있도록 도와달라고 했다. 내부 사정이 밝았던 나는 그의 청원을 의회에 전했고, 의회는 그 청을 쾌히 받아들여 군사 식량 비용으로 1만 파운드를 원조한다는 법안을 의결했다. 그런데 이번엔 지사가 반대하고 나섰다. 그 법안에는 영국에 헌납하기 위한 세금에 대해서도 명시되어 있었는데, 비록 필요한 세금일지라도 영주의 소유지를 세금 부과 대상에서 면제한다는 조항을 집어넣지 않으면 찬성할 수 없다고 한 것이다. 주 의회로서는 난감한 일이었다. 원조를 보내고 싶었지만 지사가 그렇게 나온 이상 다른 방법을 찾아야 했기 때문이다. 퀸시 씨도 지사의 동의를 얻으려고 여러모로 애썼지만 지사는 완강했다.

그래서 나는 지사와 상관없이 이 문제를 해결할 방법을 제시했다. 바로 공채국(식민지 정부가 재원 조달을 목적으로 민간에게서 대부를 받기 위해 설치한 기관 — 역자 주)의 보관위원 앞으로 된 어음을 발행하는 것이었다. 어음 발행의 권한은 엄연히 주 의회에게 있었으므로 지사가 반대해도 추진할 수 있었던 것이다. 하지만 그때 공채국에는 현금이 거의 없는 상태였다. 때문에 어음의 기한을 1년 이내로 하고 5부의 이자를 붙이도록 제안했다. 군사 식량을 사는 데는 이 정도의 어음으로도 유용할 것이라 여겼던 것이다. 주 의회는 바로 이 안을 채택했다. 어음은 즉시 발행되었고, 내가 그 어음에 서명했다. 또 나는 어음을 관리하는 위원회 위원 중 하나로 임명되었다. 다른 지방에 대출해준 유통 지폐에서 나오는 이자와 소비세로 얻어지는 세금으로 어음을 지불할 것이라는 게 알려지면서 신용을 얻게 되자 현금을 가지고 있던 부자들이 앞다퉈 어음에 투자했다. 일단 사놓기만 하면 저절로 이자가 붙고, 필요할 때면 그것으로 식량을 구입할 수도 있었으며, 때론 현금처럼 바로 사용할 수도 있었기 때문에 여러모로 이익이었던 것이다. 발행한 어음은 2, 3주 만에 다 팔려버렸다. 덕분에 중요한 문제 하나가 훌륭히 해결되었다. 퀸시 씨는 정중한 서한으로 주 의회에 사의를 표했고, 자신의 사명을 달성한 것에 기뻐하며 매사추세츠로 돌아갔다. 그 후로도 그는 나에게 친밀하고도 변함없는 우정을 보여주었다.

펜 대신 총을 들고

그 와중에도 영국 정부는 답답한 고집만 부리고 있었다. 올버니 회의에서 제출한 식민지 연합 건은 물론이고 식민지 연합이 스스로 방위 체제를 갖추는 건에도 반대했던 것이다. 그들은 식민지가 결속하는 것도, 군사적으로 힘을 갖추는 것도 달가워하지 않았다. 독립 요구라도 하게 될까 봐 두려워하고 있었다. 그런 의심이 커져만 가는 가운데 영국 정부는 마침내 브래드독 장군의 지휘 아래 영국군 2개 연대를 아메리카에 파견했다.

장군과 군대는 버지니아주 알렉산드리아에 상륙한 후 메릴랜드주의 프레더릭까지 진군했다가 마차를 징발하기 위해 잠시 멈춰 섰다. 그런데 우리는 어느 소식통으로부터 안 좋은 소식을 전해 듣게 되었다. 바로 장군이 주 의회에 적대적인 반감을 가지고 있다는 것이었다. 주 의회는 장군의 반감을 무마시키기 위해 나를 파견했는데, 주 의회 의원이 아니라 체신 장관으로서 만나라고 했다. 사실 장군은 각 주의 지사들과 서한을 주고받아야 했다. 때문에 서한을 보다 신속하고 확실하게 전달하기 위한 방법을 의논하려 왔다고 하면 문제될 게 없었다. 여행에 소요되는 비용은 주 의회가 지불하는 걸로 하고 난 아들과 함께 길을 떠났다.

장군은 우리가 프레더릭에 도착할 때까지 진군을 멈춘 채 그곳에 머물고 있었다. 마차를 징발하기 위해 메릴랜드와 버지니아의 벽지로 마차를 보냈던 군사들이 아직 돌아오지 않고 있었던 것이다. 며칠 동안 나는 매일 식사를 같이하며 장군과 시간을 보냈다. 그러던 중 주 의회를 향한 장군의 반감을 없앨 만한 기회를 포착했다. 나는 장군이 오기 전부터 지금까지 장군의 일이 잘 진행될 수 있도록 주 의회가 물심양면으로 돕고 있다고 말했다. 하고 싶은 말을 다 하고 일어서려는 때에 마침 징발하러 갔던 군사들이 돌아왔다. 낡아빠진 스물다섯 대의 마차와 함께. 그나마도 몇 개는 도저히 사용할 수 없는 상태였다. 눈이 빠지게 마차를 기다리고 있던 장군과 장교들은 기가 막혀 했다. 적어도 150대의 마차가 필요했는데 고작 서른 대도 되지 않다니……. 이대로라면 더 이상의 진군은 불가능했다.

"식량과 무기를 옮길 마차도 없는 곳으로 군대를 보내다니, 이건 명백한 정부의 실수다."

그들은 본국을 원망하며 한숨을 쉬었다. 그때 내가 무심결에 한 말이 그들의 귀를 번쩍 뜨이게 했다.

"우리 펜실베이니아에는 농가마다 마차 한 대씩은 있는데, 장군이 우리한테 오지 않은 게 유감입니다."

장군은 내 말을 놓치지 않았고 정중하게 부탁했다.

"당신은 그 지방의 유력자니까 우리에게 마차를 얻어 주실 수 있겠군요? 제발 꼭 좀 부탁드립니다."

내가 마차 주인들에게 어떤 조건을 내놓겠느냐고 묻자,  그는 조건으로 어떤 게 좋을지 생각한 게 있으면 써 보라고 했다. 나는 그 말대로 했고, 그들은 내가 내건 조건에 찬성했다. 곧바로 위임장과 지시 사항이 준비되었다. 그때 내가 내건 조건은 커스터에 도착함과 동시에 발표한 공고문에 자세히 나와 있다. 신기하게도 이 공고문은 순식간에 큰 반응을 불러일

브래드독 장군의 초상

으켰다. 전문을 여기에 적어보겠다.

⟨공고⟩

1755년 4월 26일 랭커스터에서.

지금 윌스크릭 요새에 집결할 국왕의 군대가 네 마리의 말이 끄는 마차 150대와 승용마와 수레용 말을 합쳐 총 1천5백 마리의 말을 필요로 하는 바, 브래드독 장군이 위임해 준 권한에 따라 다음과 같이 공고한다.

임대 계약은 오늘부터 오는 수요일 저녁까지는 랭커스터에서, 오는 목요일 아침부터 금요일 저녁까지는 요크에서 각각 진행될 것이며, 임대 조건은 다음과 같다.

1. 말 네 마리와 마부 한 사람이 딸린 마차 한 대는 하루 15실링, 짐 싣는 안장 외 다른 안장과 마구를 가진 말 한 마리는 하루 2실링, 안장이 없는 말 한 마리는 하루 18펜스를 지불한다.
2. 지불은 임대 물품이 윌스크릭에 있는 군대와 합류한 시점부터 개시한다. 합류 날짜는 오는 5월 20일까지 완료되어야 하며, 합류와 귀향에 소요되는 시일에 대해서도 적당액을 지불한다.

3. 각 마차와 그에 부속하는 말, 승용말, 수레 끄는 말의 가격은 나와 소유자가 선정한 제3자가 평가한다. 복무 중 분실이나 파손 등 재산상 손실이 생길 시 그 평가를 기준으로 하여 적당한 대가를 지불한다.

4. 계약 체결 시 주인이 요구하면 임대하는 물품에 따른 일주일 치 임대료를 즉시 주인에게 지불한다. 잔금은 브래드독 장군이나 군 당국이 계약 완료 후, 또는 정한 시기에 지불한다.

5. 임대한 말을 관리하는 사람에게는 어떤 경우에도 군 업무를 강요하지 않는다. 마차와 말을 끄는 일 외에 다른 일은 하지 않는다.

6. 마차 혹은 말이 진지로 실어간 귀리, 옥수수 등의 말 먹이가 남을 경우 남은 양만큼 군대가 적당한 대가를 지불하고 사들인다.

* 주지 사항

내 아들 윌리엄 프랭클린도 이상과 같은 권한을 위임받아 컴벌랜드에서 계약을 대리한다.

B. 프랭클린

〈랭커스터, 요크, 컴벌랜드 군의 주민들에게 고함〉

동포 여러분!

수일 전 저는 프레더릭에서 브래드독 장군과 휘하 장교들이 말과 마차를 구하지 못해 난감해하는 것을 보고, 우리가 그들이 필요한 만큼 말과 마차를 보급해 줄 수 있을 것이라 생각했습니다. 하지만 우리에게는 이미 지사와 주 의회의 의견 차이 때문에 원조를 보내기는커녕 그 어떤 조치도 취하지 못했던 기억이 있습니다.

한편 이렇듯 마차 차출에 차질이 빚어지자 영국 군대 내에서는 무장한 부대를 지방 여러 곳에 파견해 강제로 필요한 만큼의 마차와 말을 징발하고, 마부를 징용해야 한다는 의견이 나오고 있습니다. 그러나 영국 군대가 이런 식으로 우리 땅을 통과하게 되면, 현재 그들이 갖게 될 노여움과 우리가 갖게 될 반감을 생각할 때 심히 우려되는 일이 아닐 수 없습니다. 그런 고로 저는 서로에게 다소 불편한 일이겠지만 비교적 평화적인 제안을 하나 하고자 합니다. 이 제안은 최근 화폐가 부족하다는 호소를 많이 해온 주 외곽 주민들을 위한 최선의 방법이기도 합니다. 즉 원정이 120일은 족히 넘을 것이라는 계산하에 마차나 말을 임대함으로써 생기는 이익금은 총 3만 파운드가 넘을 것입

311

니다. 물론 이 돈은 영국 금화나 은화로 받게 될 것입니다.

군대의 하루 행군은 12마일을 넘지 않습니다. 운반하는 물품이 군인들의 생활에 필요한 식료품 등의 필수품이기 때문에 마차는 군대보다 더 많이 이동해서는 안 되기 때문입니다. 또 야영 시에도 가장 안전한 곳에 배치될 것입니다. 그 일은 결코 고되지도, 힘들지도 않을 것입니다.

만일 여러분이 내가 믿는 것처럼 진정으로 선량하고 충성스러운 시민이라면, 지금이야말로 여러분의 충성을 보일 때입니다. 이는 봉사의 기쁨을 얻는 동시에 나 자신의 행복과 이익을 추구하는 일이 될 것입니다.

경작 사정상 개인만으로는 마차 한 대, 말 네 마리, 마부 한 사람을 제공하기 어렵다면 서너 집에서 공동으로 참여할 수도 있습니다. 한 사람은 마차를, 다른 사람은 말을, 또 한 사람은 마부를 제공하는 식으로 제공하고, 임대 조건에 따른 수익금은 적당한 비례로 분배하는 것입니다.

이렇게 충분한 보수와 온당한 조건이 제시되었음에도 자발적으로 참여하지 않는다면, 여러분은 국왕과 나라를 향한 충성심을 의심받게 될 것입니다. 국왕의 일은 반드시 수행되어야 합니다. 여러분을 지키기 위해 멀리 바다를 건너온 용감한 군대가 여러분의 태만으로 하는 일 없이 시간만 보내게 해서는 안 될 것입니다. 그들은 지금 마차와 말이 필요합니다. 그것을 얻지 못하면 강제적 수단을 동원할 것입니다. 그렇게 되면 여러분은 배상을 받기 위해 사방으로 뛰어다녀야 할 것입니다. 그러나 그 누구도 여러분을 동정하지 않을 것입니다.

이번 일이 성사된다고 해도 제게는 그 어떤 이득도 없습니다. 개인적 이익이 아니라 좋은 일을 한다는 자기만족과 피로가 있을 뿐입니다. 만약 제가 제시한 방법으로도 마차와 말을 구할 수 없게 되면, 전 14일 이내에 상황을 장군에게 보고해야만 합니다. 그렇게 되면 경기병 존 세인트클레어 경이 군대를 거느리고 와서 말과 마차를 강제로 징발할 것입니다. 저는 여러분의 진정한 친구로서 충심으로 여러분의 행복을 빌고 있습니다. 만에 하나라도 이런 사태가 일어나지 않기를 바랄 뿐입니다.

B. 프랭클린

나는 장군에게 선금으로 마차의 주인에게 지불할 돈 8백 파운드를 받았다. 하지만 그것만으로는 부족했다. 결국 2백 파운드 이상을 내 돈으로 대신 지불해야 했다. 내 계획은 성공이었다. 2주일 후 150대의 마차와 259마리의 말을 끌고 윌스크릭 요새로 갈 수 있었다. 공고문에는 마차와 말이 분실되면 평가에 따른 금액으로 장군이 보상한다고 되어 있었지만, 대부분의 사람은 브래드독 장군을 몰랐다. 그렇기 때문에 내가 지불의 보증을 서야 한다고 주장했다. 나는 흔쾌히 그들의 요구를 들어주었다.

요새에 머물던 어느 날 밤 난 던바 대령 연대의 장교들과 식사를 하고 있었는데, 대령은 그때 하급 장교들의 일이 걱정이라는 얘기를 했다. 이 황량한 대륙을 행군하자면 개인적으로도 필요한 물품이 많은데, 가난한 그들이 돈을 쓰기에 이 나라의 물가가 너무 비싸다는 게 그의 걱정이었다. 난 그들의 처지가 딱했다. 그래서 위문품을 모아 주어야겠다고 결심했다. 물론 대령한테는 내 생각을 말하지 않았다.

이튿날 날이 밝자마자 주 의회 의원에게 편지를 보내 장교들의 딱한 사정을 설명하고 일용품이나 기호품을 기증하면 어떻겠냐고 제안했다. 주 의회에는 자유롭게 쓸 수 있는 약간의 여윳돈이 있었기 때문에 결정만 되면 사용하는 것은 그리 어려운 일이 아니었던 것이다. 난 군대 생활의 경험이 있었던 아들의 도움을 받아 필요한 품목을 작성해 동봉했다. 주 의회는 내 제안에 찬성했고, 게다가 아주 부지런하게 움직여 주었다. 덕분에 마차가 도착한 것과 같은 시기에 위문품도 도착했다. 이때 지휘는 내 아들이 했다. 위문품은 모두 20포대였는데, 다음과 같은 것들이 들어 있었다.

설탕 6파운드

고급 흑설탕 6파운드

고급 녹차 1파운드

고급 홍차 1파운드

고급 가루 커피 6파운드

초콜릿 6파운드

최고급 흰 비스킷 50파운드

후추 반 파운드

최고급 식초 1쿼트

글로스터 치즈 1개

고급 버터 20파운드들이 한 통

묵은 마데이라주 24병

자메이카주 2갤론

겨자 가루 1병

훈제 햄 2덩이

말린 소의 혀 반 다스

쌀 6파운드

건포도 6파운드

20포대는 잘 포장되어 말 한 마리당 하나씩 실렸다. 장교들은 각각 말 한 마리와 한 포대의 위문품을 받았다. 장교들은 매우 고마워했는데, 특히 두 연대장은 더 할 수 없이 정중한 언어로 감사의 편지를 내게 보내기까지 했다. 만족해한 것은 장군도 마찬가지였다. 마차 징발 건이나 위문품 건이나 모두 흡족했던 것이다. 그는 선금을 지불하느라고 쓴 내 돈을 갚아 주며 인사를 되풀이했고, 더불어 자신이 떠난 후라도 계속 물자를 원조해 달라고 부탁했다. 나는 이 일을 맡은 덕분에 그가 패전했다는 보고를 받기 전까지 바쁘게 뛰어다녔다. 나는 그 일로 무려 1천 파운드가 넘는 돈을 썼다. 다행히 내가 보낸 명세서를 전투가 있기 이삼 일 전에 장군이 보았다. 그는 곧바로 회계 주임에게 1천 파운드를 지불하라는 명령을 내렸고, 나머지는 다음 회계 때 주겠다고 약속했다. 하지만 그가 전투에 패하면서 그 약속은 물거품이 되었다. 그나마 1천 파운드를 건진 건 행운이라 할 수 있었다. 이 일에 관해서는 뒤에 다시 나온다.

내가 본 브래드독 장군은 용감한 인물이었다. 유럽에서 일어난 전쟁이었더라면 그는 분명히 큰 공을 세웠을 것이다. 그러나 그는 지나치게 자신만만했다. 또 정규군의 강함을 과신한 반면 아메리카군이나 인디언군들을 너무 얕잡아 봤다. 우리 측 인디언 통역을 맡았던 조지 크로건도 1백 명이나 되는 인디언을 데리고 그의 부대에 합류했었는데, 그들은 얼마 후 하나둘씩 부대를 떠나 버렸다. 바로 영국 장교들과 장병들의 무시를 견디지 못했던 것이다. 아마 그들이 인디언들에게 조금만 더 친절하게 했더라면 안내와 정찰에 큰 도움을 받았을 텐데, 아무튼 아쉬운 일이었다.

한 번은 이런 대화를 한 적도 있었다. 그날 장군은 앞으로의 계획을 설명했다.

"듀케인 요새를 빼앗으면 나이아가라까지 진군할 생각입니다. 나이아가라까지 빼앗은 후 날씨만 허락한다면 바로 프런트넥으로 향할 예정인데, 어렵지 않을 겁니다. 듀케인에서 3, 4일 이상은 지체하지 않을 테고, 거기서부터 나이아가라까지 우리의 진군을 막는 것은 없기 때문이지요."

군대가 산림과 숲을 헤쳐 가게 되면 긴 열을 지어 행군해야 한다는 점이나 이전에 1천5백 명이나 되는 프랑스군이 이로쿼이 인디언족이 살고 있는 지방에 침입했다가 패배했던 것을 생각하면 그의 계획이 어딘지 미심쩍었지만, 난 아무 말도 하지 않았다. 대신 다음과 같이 말했다.

"장군님이 말씀하신 대로입니다. 충분한 대포를 장비하고 있는 군대가 무사히 듀케인에 도착만 한다면 방비가 허술하고 수비병도 그다지 강하지 않은 듀케인 요새쯤은 금방 점령할 수 있을 것입니다. 다만 걱정스러운 것은 행군 중에 만날지도 모르는 인디언들입니다. 그들은 늘 숨어 있다가 갑자기 공격하는데, 4마일에 가까운 긴 행렬을 지어서 행진해야 하는 장군의 군대로서는 여간 껄끄러운 상대가 아닐 겁니다. 측면에서 기습을 받으면 실처럼 여러 군데가 끊어질 염려가 있기 때문입니다. 게다가 길게 늘어져 있으면 도우려 해도 제때에 돕기도 어려울 테고 말입니다."

그러자 장군은 내가 아무것도 모른다는 듯이 웃으며 이렇게 대답했다.

"제대로 훈련받지 못한 당신네들 아메리카 민병대들에게는 그런 야만인들이 무서운 적일 겁니다. 하지만 우리는 정식으로 훈련받은 정규군입니다. 걱정할 것 없습니다."

군인과 군대 문제로 논쟁을 벌이는 일은 쓸데없는 짓 같아 난 더 이상 대꾸하지 않았다. 다행히 내가 걱정했던 일은 벌어지지 않았다. 듀케인 요새에서 9마일 떨어진 지점까지 행군하는 동안 긴 행렬의 군대는 그 누구의 습격도 받지 않았다. 그러나 산림이 끝나 탁 트인 곳에 이르렀을 때, 나무와 숲 속에서 맹렬한 포화를 퍼부으며 적이 전위 부대를 공격해왔다. 그때 장군의 부대는 둘로 나눠서 강을 건넜는데, 먼저 강을 건넌 선두 부대가 뒤의 부대를 기다리느라 잠시 주춤하고 있을 때였다. 장군은 공격을 받은 후에야 비로소 적이 가까운 곳에 있다는 것을 깨달았다. 선두 부대가 혼란에 빠졌기 때문에 장군은 그들을 돕기 위한 구원병을 급파했다. 하지만 선두 부대 쪽으로 가기 위해서는 마차와 짐과 가

브레드독 장군은 듀케인 요새를 목전에 두고 공격을 받아 큰 부상을 당했다.

축 사이를 지나야 했다. 결국 일대 혼란이 일어났다. 그러자 적의 포화가 측면으로 쏠렸다. 특히 장교들은 말을 타고 있었기 때문에 표적이 되기 쉬웠다. 장교들이 전사하자 군인들은 혼란에 빠졌다. 명령하는 자도 없었고, 설혹 있다고 해도 귀에 들리지 않았다. 그냥 멍하니 서 있다가 적의 총알을 맞았다. 그렇게 3분의 2가 죽었고, 남은 자들은 공포에 휩싸여 허둥지둥 도망쳐 버렸다. 마부들은 마차에서 말 한 마리씩을 끌러서 그것을 타고 도망쳤다. 결국 마차, 양식, 대포, 그 밖의 군수품들이 모두 적의 손에 들어가게 되었다. 장군은 다행히 부상만 입고 무사히 구출되었다. 하지만 그의 비서 셜리 씨는 바로 그의 곁에서 전사했다.

그 전투로 86명의 장교 중 63명이 사상하고, 1천1백 명의 군인 중에서 714명이 전사했다. 이 1천1백 명은 전체 부대에서 선발되어 온 군인들이었다. 나머지는 던바 대령의 지휘로 무게가 많이 나가는 군수품들과 식량, 그리고 그 밖의 짐들을 싣고 장군 부대를 뒤따르게 되어 있었다.

전투에서 간신히 살아남은 패잔병들은 추격을 받지 않고 무사히 던바 대령이 나머지 군인들과 대기하고 있던 요새에 도착했다. 그러나 패잔병들의 가슴속에 새겨진 공포는 곧 대령에게는 물론 전 요새에 전염병처럼 퍼져 나갔다. 그때 던바 대령에게는 1천 명이 넘는 군인들이 있었다. 브래드독 장군의 부대를 격파한 인디언과 프랑스군이 고작 4백 명밖에 되지 않았던 것에 비하면 엄청난 수적 우세였다. 하지만 대령은 잃어버린 명예를 다소라도 회복하려는 노력을 하지 않았다. 대신 양식과 탄약 등을 모두 버리라고 명령했다. 식민지 정착 지역까지 도주하려면 말이 필요했고, 그러기 위해서는 운반할 짐이 될 수 있는 한 적어야만 했기 때문이었다. 그는 준비가 되는 대로 바로 요새를 버리고 도망쳤다. 그는 도망치는 동안 거치게 된 버지니아와 메릴랜드, 펜실베이니아에서 지사들로부터 군을 국경에 배치하여 주민을 보호해 달라는 요청을 받았다. 그러나 필라델피아까지 가기 전까지는 위험하다고 생각한 그는 요청들을 묵살하고 행군을 계속했다. 그 사건으로 우리는 영국의 정규군이 강하다는 지금까지의 생각을 의심하기 시작했다.

던바 대령의 부대는 행군 중에 주민의 재산을 약탈하는 일까지 자행했다. 가난한 몇몇 집을 무참히 짓밟아 버리기도 했고, 불평하는 사람에게 모욕을 주고 욕설을 퍼부었다. 심지어 감금까지 했다. 일이 이쯤 되자 군대는 필요했지만 영국 군대는 그 대안이 아니라는 생각이 사람들 사이에 퍼져 나갔다. 반면 우리의 적이었던 프랑스군은 로드아일랜드에서 버지니아까지 행군하는 동안 인구가 조밀한 지방을 거의 7백 마일이나 행군했음에도 돼지 한 마리, 닭 한 마리, 사과 한 개 빼앗은 일이 없었다.

브래드독 장군의 부관의 한 사람이던 옴 대위는 그 전투에서 중상을 입고 장군과 함께 구출되었다가 며칠 동안 장군과 함께 있었는데, 그가 내게 말한 바에 의하면 장군은 첫날은 온종일 말 한 마디 없었다고 한다. 그러다가 밤이 되어서야 겨우 딱 한 마디를 했다.

"누가 이런 일이 일어나리라고 상상이나 했겠나?"

그뿐이었다. 다음 날도 온종일 한 마디 없다가 겨우 입을 열어 이렇게 말했다.

"이번에 만나면 그놈들을 어떻게 해야 할지 알 수 있는데……."

장군은 이 말을 남기고 몇 분 후에 숨을 거뒀다고 한다. 장군이 가지고 있던 명령서나 훈령, 우편물들은 그날 모두 적의 손에 떨어졌다. 그들은 그중 몇 개를 프랑스어로 번역해서 인쇄했다. 그리고 그것들을 이용해 영국 정부가 선전 포고 이전에 이미 싸울 생각이 있었다는 것을 세상에 알렸다. 그 가운데에는 지사가 장군에게 보낸 편지도 있었는데, 내가 군대에 큰 공헌을 했으니 나를 잘 봐 달라는 내용이었다. 또 나중에 알게 된 거지만, 장군은 나를 적극 추천하는 편지를 썼던 모양이었다. 훗날 친분을 맺은 데이비드 흄(1711~1776년; 스코틀랜드 출신의 철학자 — 역자 주) 씨도 관청 공문서 가운데에서 나를 칭찬하는 브래드독의 편지를 몇 통 보았다고 했다. 하지만 이와 같은 추천서들이 아무 소용도 없었던 것을 보면, 원정이 실패로 돌아가면서 내가 한 일도 그다지 인정받지 못했던 모양이다.

난 군대를 돕기로 하면서 장군에게 한 가지 약속을 받아냈다. 군대에서 고용한 하인들을 절대로 군인으로 복역시키지 말 것과 이미 복역하고 있는 사람은 곧바로 제대시킨다는 것이었다. 그는 그 자리에서 한 마디로 승낙했고, 그 결과 여러 명이 주인에게 돌아갔다. 하지만 브래드독 장군이 패하고 던바 대령이 지휘권을 갖게 된 뒤부터는 전처럼 관

브래드독 장군은 그레이트 메도우 근처에 매장되었다.

대하지 않았다. 그가 필라델피아까지 퇴각, 아니 도망쳐 왔을 때 나는, 그가 랭커스터의 가난한 세 농가에서 강제로 징집한 고용인들을 제대시켜달라고 신청했다. 그러면서 이전에 장군과 한 약속을 상기시켰다. 그는 뉴욕으로 가는 도중에 들르게 될 트렌턴으로 원래 주인들이 출두하면 고용인들을 돌려보내 주겠다고 약속했다. 이 소식을 전해 들은 주인들은 돈과 시간을 들여서 트렌턴까지 가지 않으면 안 되었다. 하지만 그는 약속을 이행하지 않았고, 그 때문에 주인들은 큰 손해를 보고 실의에 빠졌다.

한편 던바 대령이 마차와 말들을 모두 적에게 넘겨 버린 것이 알려지면서 그 임자들은 모두 내게 몰려왔다. 내가 보증을 섰으니 내가 물어줘야 한다는 것이 그들의 주장이었다. 난처한 일이었지만 틀린 말은 아니었다. 나는 언제든지 군의 회계 주임에게 돈을 받을 수는 있었지만, 그러기 위해서는 셜리 장군으로부터 지급 명령이 떨어져야 했다. 일단 나는 청구를 해놓았다. 하지만 장군이 워낙 먼 곳에 있었기 때문에 지급 명령서는 쉽게 오지 않았다. 나는 조금만 더 기다려야 한다고 마차 주인들을 달래는 수밖에 없었다. 개중에는 나를 고소한 사람도 있었다. 다행히 셜리 장군은 내가 보낸 청구서를 위원회가 검토하게 한 후 지급 명령을 내줬고, 덕분에 나는 거우 끔찍한 시달림에서 벗어날 수 있었다.

배상 액수는 거의 2만 파운드에 달했다. 만약 군에서 배상해 주지 않았다면 난 그대로 파산하고 말았을 것이다.

장군이 패배하기 전에 이런 일도 있었다. 듀케인 요새를 점령했다는 소식이 전해지자 두 사람의 본드 박사(필라델피아 병원의 토머스 본드와 물리학자인 피니어스 본드 ― 역자 주)가 나를 찾아왔다. 그들은 기부금 용지를 가지고 왔는데 그 돈으로 듀케인 요새 함락을 축하하는 큰 불꽃 축제를 벌이려 한다고 했다.

"축하는 일이 확실히 끝난 뒤에 해도 늦지 않을 겁니다."

내가 그들의 제안에 시큰둥해 하는 것을 그들은 의아하게 생각했다.

"당신은 영국 군대가 실패할 거라고 생각하시는 건가요?"

그들 중 하나가 내 생각을 물었다.

"요새를 탈환할지 못할지는 아직 모르는 것 아닌가요? 전쟁의 결과는 예측할 수 없으니 말입니다."

그런 다음 내가 불안하게 생각하는 이유를 하나하나 설명해주었다. 그들은 곧바로 계획을 철회했다. 이로써 그들은 불꽃놀이를 했더라면 당했을 창피를 겨우 면할 수 있었다. 그 일 때문인지 본드 박사는 프랭클린의 예언은 겁이 날 정도라고 말하곤 했다.

한편 모리스 지사는 브래드독 장군의 패전 이전에도 계

속 교서를 보내 주 의회를 괴롭혔다. 영주의 소유지를 과
세 대상으로 삼지 않는다는 조항을 넣은 방위비 징수 법안
을 만들라는 게 그 이유였다. 지사는 이 조항이 포함하지 않
은 법안은 모두 기각 처리했다. 마침 장군의 패배로 방위비
에 대한 법안을 더 미룰 수 없게 되자 지사는 이제는 주 의회
도 어쩔 수 없을 거라고 생각했고, 그래서 더욱 맹렬하게 다
그쳤다. 그러나 주 의회는 자기네 주장이 옳다고 믿었다. 또
의회가 결정한 법안을 지사가 마음대로 수정하는 것을 용납
지 않았다. 그것은 자신들의 권리를 포기하는 것이라 여겼
기 때문이다. 그러던 중 주 의회가 5만 파운드를 보조하자
는 지출안을 결의하자 지사는 단어 하나만 고치자고 제의해
왔다. 법안 중에 "동산·부동산은 모두 과세 대상이다. 영주
의 동산·부동산도 제외하지 않는다."라는 문구에 있는 'not'
을 'only'로 수정하자는 게 그의 제안이었다. 이렇게 되면 "영
주의 동산·부동산은 제외다."가 되는 것이다. 말이 단어 하
나였지 그 의미의 차이는 실로 컸다. 당시 주 의회는 지사와
주 의회 간에 오간 교서와 법안들을 영국에 전해 주고 있었
는데, 이번 일도 마찬가지였다. 그 일을 알게 된 영국에서는
지사에게 그렇게 비열하고 공정하지 못한 일을 시킨 영주들
을 맹렬히 비난하고 나섰다. 어떤 이는 영주들이 눈앞의 이
익 때문에 자국의 방위를 방해해 오히려 자기 자신과 재산

을 위험에 빠뜨리게 되었다고 비난했다. 결국 영주들도 어쩔 수 없었는지, 아니면 장군의 패배를 목격하고 위협을 느꼈기 때문인지 이전까지의 입장을 버리고 방위 목적으로 5천 파운드를 납입하겠다고 세금 징수원에게 통고했다.

이 통고를 접한 주 의회는 그 돈을 영주들이 내야 할 일반 세금 명목으로 받기로 했고, 대신 이전에 그들이 요구했던 면세 조항을 포함하는 새 법안을 만들어 통과시켰다. 이 법안에 의해 나는 6만 파운드의 방위비를 처리하는 위원 중 하나로 임명되었다. 나는 이 법안의 기초와 통과 과정에 적극적으로 참여했다. 또 이와 동시에 자발적인 시민병을 조직했고, 그들을 훈련시키기 위한 법안도 기초했다. 이 법안 역시 반대 없이 주 의회를 통과했다. 퀘이커 교도들이 자유의사에 따라 거부할 수 있도록 한다는 조항 덕분이었다. 이 법안이 통과되자 이번에는 시민병을 조직하는 데 필요한 조합을 만들기 위해 글을 써서 발표했다. 그것은 시민병을 향한 반대 여론을 모아 열거한 뒤 각각에 대한 반박 답변을 단 형식의 글이었는데, 상당한 효과를 거뒀다.

그 일이 있고 난 뒤 몇 개 중대가 실제로 필라델피아 시내와 시골에서 훈련을 받게 되었다. 이때 지사는 내게 적군이 출몰하는 북서 국경 지방에 군대를 주둔시키고, 요새를 세워서 주민을 보호하는 일을 맡아 달라고 부탁했다. 나는 내가 적임이라고 생각지 않았지만 어쩔 수 없이 그 임무를 맡기로 했다. 지사는 나에게 전권 위임장과 함께 일할 장교를 임명할 수 있는 백지 위임장을 한 다발 주었다. 사람들을 모으는 데는 그리 많은 시간이 걸리지 않았다. 얼마 안 되어 나는 휘하에 560명이나 되는 장병들을 두게 되었다. 더구나 캐나다와의 전쟁에서 장교로 활약했던 내 아들이 이번에는 내 부관으로 일하면서 큰 도움을 줬다.

요새는 인디언들이 마을을 불태우고 주민을 학살하기 전까지 모라비아 교도들이 살던 그나덴헛 마을에 세우기로 했다. 그곳으로 행군해 가기 위해 나는 모라비아 교도들의 중요한 근거지인 베들레헴에 중대를 집합시켰다. 그나덴헛 마을은 파괴된 일 때문인지 제법 방어 체계를 갖추고 있었다. 중요 건물들에는 방책이 둘러쳐 있었고, 뉴욕으로부터 사들인 무기와 탄약도 많았다. 또 고층 석조 건물의 창과 창 사이에는 조약돌들을 쌓아둠으로써 만약 인디언이 침입해 들어왔을 경우 여자들이 인디언들의 머리를 향해 돌팔매질할 수 있도록 해 놨다. 그뿐 아니었다. 여느 군대처럼 무장한 교인들이 교대로 보초를 섰다. 놀라운 일이었다. 그들은 본국 의회의 법률에 따라 병역의 의무가 면제되어 있었고, 더구나 교인으로서 무기를 드는 것은 결코 쉬운 일이 아니었기 때문이었다. 스판겐버그 주교를 만났을 때 내가 의외라

328

며 놀라워하자 그는 담담하게 이런 대답을 했다.

"전쟁을 반대한다는 사상은 확정된 교리가 아닙니다. 그
저 그것을 정할 당시의 교리일 뿐입니다."

어쨌든 내가 그곳에 갔을 때 그들 중에 무기를 들지 말라
는 교리에 찬성하는 사람은 거의 없었다. 확실히 눈앞에 위
험이 닥쳐오면 변덕스러운 생각보다는 상식이 강해지는 법
인 듯싶다.

요새를 세우는 일에 착수한 것은 1월 초순이었다. 나는
미니싱크 마을의 북쪽과 남쪽에 각각 부대를 보내 요새를
세우게 한 후 나머지 부대원들과 함께 가장 시급한 그나덴
헛으로 갔다. 모라비아 교도들은 연장과 자재, 그리고 식량
등의 짐을 실을 수 있는 마차를 다섯 대나 빌려주었다.

한 번은 인디언에게 쫓기어 농토를 버리고 도망해 온 열
한 명의 농부들이 나를 찾아와 '두고 온 가축을 가지고 오고
싶으니 총을 좀 빌려 달라'라고 했다. 마침 그때는 우리가 베
들레헴을 떠나기 직전이어서 나는 그들 각자에게 총 한 자
루씩과 적당한 양의 탄약을 서둘러 준 후 곧바로 행진을 시
작했다. 그런데 몇 마일도 가지 않아 비가 오기 시작하더니
좀처럼 그칠 줄 몰랐다. 도중에는 비를 피할 집이라고는 없
었기 때문에 우리는 해 질 무렵 어느 독일인 집에 도착할 때
까지 계속 행진을 해야 했다. 우리는 그 집 헛간에서 흠뻑

젖은 몸을 잔뜩 웅크린 채 밤을 지새우게 되었다. 사실 행진 중에 습격을 당하지 않은 것만으로도 천만 다행한 일이었다. 만약 습격을 당했다면 우리는 전멸하고 말았을 것이다. 그때 우리가 가진 총은 젖은 상태에서는 무용지물이었기 때문이었다. 게다가 인디언들은 전술이 교묘했다. 그 점에서는 우리가 당할 재간이 없었다. 아니나 다를까 내가 총을 주어 보냈던 열한 명의 농부 중에서 무려 열 명이 그날 인디언들에게 죽임을 당했다. 간신히 살아 돌아온 사람이 말하기를 총이 비를 맞자 총알이 나가지 않았다고 했다.

다음 날은 다행히 맑았다. 우리는 행진을 계속해 황폐해진 그나덴헛에 도착했다. 제재소 주위에 버려진 널빤지가 여러 장 쌓여 있었는데, 그것으로 임시 막사를 지었다. 추운 날씨였지만 우리에게는 텐트가 없었다. 임시 막사가 무엇보다도 절실했다. 그다음 한 일은 아무렇게나 묻고 가버린 시신들을 찾아내서 정식으로 다시 매장하는 것이었다.

그다음 날에는 요새 설계가 이루어졌다. 그리고 요새가 세워질 터도 잡혔다. 요새는 그 둘레가 455피트였기 때문에 지름 1피트의 기둥 455개를 엮어서 울타리를 만들어야 했다. 우리가 가져온 70자루의 도끼가 일제히 나무를 찍었다. 모두 도끼질을 잘해서 일은 빠르게 진행되었다. 나무가 너무 쉽게 넘어가는 것을 보고 있자니 나는 나무 하나가 쓰러지는 데 걸리는 시간이 궁금해졌다. 그래서 두 사람이 소나무를 베기 시작할 때 시간을 재 보았다. 지름 14인치 정도 되는 나무가 6분 만에 넘어졌다.

어쨌든 우리는 쓰러진 소나무를 3등분해서 18피트짜리 기둥으로 만들었다. 각 기둥은 끝이 뾰족하게 다듬어졌다. 그런 다음 기둥을 세울 구멍을 3피트 깊이로 팠다. 각 기둥은 마차를 이용해 날랐다. 사륜마차의 차체를 떼고, 마부가 앉는 자리의 두 부분을 연결하고 있는 핀을 뽑아 앞뒤 바퀴를 따로 분리해서 이륜마차로 만든 후 말 두 마리씩 붙여서 벌목 현장으로부터 공사 현장까지 기둥을 운반했다. 우리는 이런 마차를 모두 열 대 마련했다. 기둥이 제자리를 찾아서자 이번에는 목수들이 움직였다. 그들은 그 안쪽에 뼁 둘러서 높이 약 6피트의 나무 발판을 만들었다. 군인들이 바로 이 위에서 총을 발사하게 되는 것이다. 이 작업까지 끝나자 우리는 하나 가지고 있던 회전식 대포를 한 모퉁이에 걸어놓고 한 번 쏘아 보았다. 근방에 있을지도 모르는 인디언들에게 우리에게 이런 무기가 있다는 것을 알리기 위해서였다. 이렇게 해서 비록 규모도 작고 초라하기는 하지만 우리의 요새가 단 2주일 만에 완성되었다.

그 일을 하면서 나는 사람들이 일을 하고 있을 때 가장 만족한다는 것을 발견했다. 그들은 일하는 낮 동안에는 언제나 쾌활했고, 친절했다. 그런 날에는 하루 일을 끝냈다는 뿌듯함으로 즐거운 저녁을 보냈다. 그런데 비가 와서 일을 못한 날에는 쉽게 난폭해졌다. 돼지고기가 어떠니, 빵이 어떠니 하면서 괜한 트집을 잡기가 일쑤였다. 이런 모습을 보면서 나는 어떤 선장의 얘기가 생각났다. 그는 부하들에게 항상 일을 줘야 한다는 신조를 가진 사람이었다. 그러던 어느날 항해사가 와서 일이 다 끝나 더 시킬 일이 없다고 말하자, 그는 이렇게 말했다고 한다.

"그러면 닻이 윤이 날 때까지 닦으라고 하게."

아무리 보잘것없다고는 해도 지휘관이 없는 인디언을 막기에는 이 정도의 요새로도 충분했다. 이제 부대도 안전하게 배치되었고, 경우에는 따라서는 퇴각할 곳도 생긴 우리는 부대를 소대로 나눠서 근처를 수색했다. 수색 결과 인디언을 만나지는 않았으나 근처 언덕 위에 그들이 잠복해 있었던 흔적을 발견했다. 우리가 공사하는 것을 지켜보고 있었던 모양이다. 이때 우리는 그들이 있던 장소에서 아주 획기적인 흔적을 발견했는데, 아주 가치가 있기 때문에 여기서 자세히 설명해 보겠다.

그때는 겨울이었다. 한데서 잠복을 해야 했던 그들에게는 불이 필요했다. 하지만 땅 위에다 그냥 피우게 되면 불빛 때문에 위치가 발각될 우려가 있었다. 그래서 그들은 땅속

332

으로 지름 3피트, 깊이는 3피트쯤 되는 구덩이를 팠다. 그런 다음 숲 속에서 불에 탄 통나무를 도끼로 찍어서 숯을 떼어 낸 후 이 숯으로 그들은 구덩이 속에 조그맣게 불을 피우고 언 발을 녹였던 것이다. 그들이 구덩이를 중심으로 빙 둘러 서 발을 구덩이 속에 늘어뜨린 채 엎드려 있었던지, 구덩이 주변에는 잡초와 풀이 드러누워 있었다. 이렇게 함으로써 불빛 때문에 발각될 위험을 없애고, 발만이라도 따뜻하게 해서 추운 겨울 날씨를 이겨냈던 것이다. 아무튼 그들이 그 대로 떠나 버린 것을 보면 자신들의 수가 적었기 때문에 우 리를 습격을 해도 승산이 없다고 판단한 것 같았다.

우리는 출발할 때 장로교의 비티 목사를 군목으로 데리고 갔다. 그는 가끔 군인들이 그의 예배나 설교에 잘 참석하지 않는다고 불평했다. 군인들은 급료와 식량 이외에 매일 럼주 한 질(약 0.14리터 — 역자 주)씩을 받는다는 조건으로 입대했다. 술은 아침에 반, 저녁에 반씩 나누어서 지급되고 있었는데, 그 시간만큼은 정확히 엄수하고 있었다. 그래서 나는 비티 목사에게 이렇게 말했다.

"목사님 권위에 손상이 가는 일일지도 모르겠지만, 럼주를 관리해보시는 게 어떻겠습니까? 예배나 설교 뒤에 럼주를 나눠 주신다면 틀림없이 참석할 것입니다."

비티 목사는 괜찮은 생각이라면서 내 충고를 받아들였

다. 그는 두세 사람의 도움을 얻어 예배가 끝난 후 정량의 럼주를 나눠 주었다. 그랬더니 많은 군인이 예배에 참석했다. 게다가 지각하는 일도 아예 없어졌다. 이로써 알 수 있듯 예배에 참석 안 한다고 벌을 주느니보다는 이런 방법이 훨씬 효과적이라고 생각한다.

요새가 어느 정도 안정을 갖췄을 때 지사로부터 편지가 왔다. 국경에서의 일이 어느 정도 마무리되었다면 주 의회에 출석해 달라는 내용이었다. 편지를 보낸 건 주 의회의 친구들도 마찬가지였다. 그들도 어서 돌아와 주 의회에 출석하라고 나를 재촉했다. 나는 계획했던 세 개의 요새가 세워졌고, 주민들도 그 보호 아래에서 안심하고 생업에 종사할 수 있었기 때문에 친구들의 권고대로 돌아가기로 결심했다. 그런 결정을 내린 데는 우리 요새를 찾아온 뉴잉글랜드의 장교 클래펌 대령이 나 대신 요새의 지휘를 맡기로 승낙한 것이 크게 작용했다. 그는 인디언 전쟁에 경험이 있었기 때문에 나보다 훨씬 잘 지휘해줄 것이라 믿었다. 나는 곧바로 대령에게 위임장을 주고, 수비대를 사열했다. 그리고 군인들에게 대령을 소개하면서 군사적으로 전문가이므로 요새를 지휘하는 데 적임자라고 했다. 그런 다음 짧은 훈시를 끝으로 일동과 요새에 작별을 고했다.

호위를 받으며 베들레헴까지 온 후 나는 그간의 피로를

풀기 위해 그곳에서 며칠 머물렀다. 도착한 첫날, 나는 훌륭한 침대에 누웠으면서도 전혀 잠을 이루지 못했다. 어느새 헛간 바닥에서 담요 한두 장으로 견디며 자던 것이 몸에 익숙해져 버린 탓이었다. 베들레헴에 있는 동안 나는 모리비아 교도들을 자세히 관찰했다. 그들은 재산을 공동으로 소유하고 있었고, 함께 일했으며, 식사도 함께했다. 심지어 잠도 공동 숙소에서 잤다. 그들의 숙소에는 천장 바로 밑에 일정한 간격을 두고 작은 구멍이 여러 개 있었는데, 내가 보기엔 환기를 위한 장치 같았다. 제법 괜찮은 생각이었다. 그들은 모두 친절했다. 어떤 이는 나를 데리고 다니면서 마을의 이곳저곳을 보여주기도 했다. 덕분에 난 그들의 교회에도 가 보았다. 그곳에서 난 바이올린, 오보에, 플루트, 클라리넷 등의 악기가 오르간과 어울려 만들어낸 아주 훌륭한 음악을 들을 수 있었다. 그런데 그들은 기혼 남자들, 부인들, 젊은 남자들, 젊은 여자들, 그리고 어린아이들로 나눠서 따로 예배를 보았다. 그중에서 내가 본 예배는 어린아이들의 것이었다. 아이들은 들어오는 순서대로 줄을 지어 의자에 자리를 잡았다. 이들은 다시 남자와 여자로 나뉘어서 각각 같은 성별의 선생에게 지도를 받았다. 설교는 착한 행동을 하도록 구슬리는 내용이었는데, 아이들 수준에 잘 맞춰져 있었고, 또 재미있었다. 아이들은 끝까지 질서정연하게 행동했다. 그런데 얼굴빛이 창백한 것이 어딘지 아파 보였다. 내 생각에는 집 안에만 있다 보니 운동이 부족한 것 같았다.

나는 전에 모라비아교에서는 제비를 뽑아서 배우자를 정한다는 소리를 들은 적이 있었다. 그래서 한 사람에게 넌지시 물어본즉 그렇기는 한데 그건 특별한 경우에만 국한된다고 했다. 보통은 청년이 결혼을 하고 싶으면 자기가 속한 그룹의 연장자에게 얘기하고, 그러면 청년의 연장자가 젊은 여성들을 감독하는 여성 연장자와 어울릴 만한 처녀를 의논한다. 연장자들은 자신들이 관리하는 젊은이들의 성미와 기질을 잘 알고 있기 때문에 누구와 누구를 결혼시키는 것이 좋을지 가장 잘 판단할 수 있다는 게 그들의 생각이었다. 그리고 모두는 그들이 정한 결과에 동의했다. 하지만 한 청년에게 어울릴 만한 처녀가 두서넛이 된다면 문제였다. 이처럼 어느 누구로 결정하기가 쉽지 않을 때, 제비를 뽑아 결정한다고 했다. 즉 그들은 자신들의 선택과 의지로 결혼을 하는 게 아니었다. 난 이 때문에 불행해질 수도 있지 않겠느냐고 물었다. 그러자 그는 이렇게 대답했다.

"본인들 멋대로 결혼해도 불행한 일은 생깁니다."

맞는 말이었다. 결국 난 입을 다물고 말았다.

필라델피아에 돌아와 보니, 퀘이커 교도를 제외한 거의 모든 주민이 시민병에 참여해서 여러 중대를 편성했을 뿐만 아니라 법안에 따라 대위, 중위, 소위를 임명하는 등 잘 진척되고 있었다. B 박사는 나한테 와서 새로운 법안에 시민들이 관심을 갖게 하는 데 자신이 애를 썼다고 말했다. 난 내가 쓴 ≪대화집≫ 덕분이라고 속으로 우쭐하고 있었지만 그의 말이 맞을지도 모른다고 생각했다. 그래서 늘 하던 대로 아무 대꾸도 하지 않았다.

한편 장교들은 회의를 열어 나를 연대장으로 추대했다. 나는 전과 달리 흔쾌히 승낙했다. 지금은 중대가 몇 개였는지 잊었지만, 대략 1천2백 명쯤 되는 믿음직한 군인과 여섯 개의 야전포, 그리고 1분에 열두 발이나 쏠 수 있는 숙련된 포병 1개 중대를 사열했다. 내가 처음 연대를 사열하던 날 군인들이 집에까지 배웅해 줬는데, 경의를 표한다고 문 앞에서 총을 몇 발 쏘는 바람에 유리로 된 전기 실험 기구 몇 개가 깨져 버렸다. 그런데 새로 얻게 된 연대장이란 직함도 유리 기구처럼 얼마 안 있어 깨져 버리고 말았다. 영국에서 이 법률을 폐지하면서 우리 임무도 사라져 버린 것이다.

다음은 내가 연대장을 하고 있던 짧은 기간에 생긴 일이다. 그때 난 버지니아에 갈 일이 있었는데, 도시 경계까지 나를 경호하는 것이 타당하다고 생각한 내 연대의 장교들이 우리 집 앞으로 몰려왔다. 그들이 도착한 건 내가 막 말을 타려고 했을 때였다. 30명 내지 40명이나 되는 군인들이 모두 제복을 반듯하게 차려입고 있었다. 물론 난 그들의 계획에 대해 사전에 들은 바가 없었다. 만일 내가 알고 있었더라면 그런 짓은 못하게 했을 것이다. 높은 자리에 있다고 티를 내는 것은 내 비위에 맞지 않았기 때문이다. 그렇다고 이미 와 있는 이들을 물리칠 수만은 없는 노릇이었다. 하는 수 없이 경호를 받았는데, 그들은 나를 더욱 거북하게 만들었다. 장교들이 내 좌우에서 칼을 빼 든 채로 말을 타고 따라왔던 것이다. 그 일은 영주를 화나게 하고 말았다. 누군가가 편지로 영주에게 이 우스꽝스러운 경호를 알려줬는데, 자신이나 자신이 임명한 지사들도 그렇게 지극한 예를 받아 본 일이 없다고 생각한 것이 문제였다. 그는 그런 예우는 왕족 중에서도 왕자쯤은 되어야 받는 것이라는 말도 덧붙였다. 지금도 그렇지만 그때 나는 궁중 예법이라고는 하나도 몰랐다. 그래서 어쩌면 그의 말이 옳을지도 모르겠다고 생각했다. 어쨌든 면세 법안 문제에 있어 영주들에게만 특혜를 주는 것은 옳지 않다고 주장한 내게 별로 좋지 않은 감정을 가지고 있던 영주는 그 일로 인해 나에게 더 큰 반감을 갖게 되었다. 불난 집에 기름을 부은 꼴이 된 것이다. 결국 영주는 장관에게 '주 의회에서의 영향력을 이용해서 현금 징수 법안의 통과를 방해하고 있다'라는 내용으로 나를 고발했다. 이는 국왕의 업무에 큰 걸림돌이며, 특히 장교들과 벌인 분에 넘치는 행진은 무력으로 이 지역 영주의 권한을 빼앗고 말겠다는 의지의 표현이라고 주장했다. 영주는 여기에 그치지 않고 체신 장관 에버라드 포크너 경에게 내 지위를 박탈하라는 청원을 넣었다. 하지만 에버라드 포크너 경은 나를 불러 가볍게 충고하는 것으로 끝냈다.

지사와 내가 속해 있던 주 의회 사이의 분쟁은 여전히 계속되고 있었다. 하지만 지사와 나 사이의 우정은 변함없었다. 여전히 예의 바른 교제가 계속되었다. 개인적으로 충돌한 일은 한 번도 없었다. 여기에는 변호사였던 그의 직업적인 습성도 한몫했다. 그도 자신의 교서에 대한 반박문을 작성하는 것이 나라는 것은 잘 알고 있었다. 하지만 그는 내게 단 한 번도 그 일로 화를 낸 적이 없었다. 자신은 영주 측 변호사이고 나는 주 의회 측 변호사일 뿐이라고 단순하게 생각했기 때문이었다. 심지어 그는 어려운 문제가 있을 때면 내게 의논을 하러 오곤 했다. 그리고 자주는 아니었지만 내 충고를 받아들이기도 했다.

그런 우리가 한마음으로 한 일이 있다. 바로 브래드독 장군의 부대에 식량 등 물자를 공급한 일이었다. 그런데 브래드독의 패전 소식이 들리자마자 그는 내게 사람을 보내 변방의 경계를 어떻게 해야 할지 의견을 물어왔다. 그때 내가 어떤 충고를 했는지는 잊었지만, 짐작하건대 던바 대령에게 편지를 보내서 그를 설득하라고 했던 것 같다. 즉 그의 부대를 변방에 배치해서 수비한 후 우리 군대가 그곳에 도착하면 그때 다시 원정을 떠나게 한다는 계획이었다. 내가 전방에서 돌아왔을 때 지사는 내게 우리 주 군대의 사령관이 돼서 듀케인 요새를 탈환하기 위한 원정을 떠나라고 했다. 던바 대령과 그의 휘하 장교들은 다른 일을 하고 있어서 그 일을 맡을 수 없는 상황이었다. 하지만 나는 지사의 말처럼 군사적 능력이 뛰어난 사람이 아니었다. 실제로 지사도 자신이 생각하는 것보다 과장해서 나를 치켜세우고 있는 것 같았다. 하지만 나에 대한 사람들의 지지가 군인을 모집하는 데 유용하리라는 것은 분명한 사실이었다. 또 주 의회는 내가 사령관이 되면 영주에게 세금을 거두지 않더라도 기부금 조로 영주들로부터 많은 돈을 받아낼 수 있을 거라고 생각했던 것 같다. 하지만 난 그 제의를 거절했다. 지사는 내가 기대한 것만큼 움직여주지 않자 그 계획 자체를 취소하고 곧바로 지사직을 그만뒀다. 그의 후임으로는 앞서도 말했듯이 데니 대위가 임명되었다.

하늘로 연을 날리다

    신임 지사 재임 시절에도 나는 열심히 공무 활동을 했다. 그 얘기를 하기 전에 내가 과학자로서 유명해지게 된 경위를 좀 설명해두는 것도 나쁘지 않을 것 같다.

    1746년에 보스턴에 간 나는 그곳에서 최근 스코틀랜드에서 왔다는 스펜스 박사라는 사람을 만났는데, 그는 내게 전기 실험 몇 가지를 보여주었다. 하지만 그는 그리 숙달된 과학자는 아니었다. 그래서 실험을 완전하게 해내지 못했다. 그렇다고 해서 실험 자체가 흥미롭지 않았던 것은 아니다. 내게는 전혀 새로운 분야였기 때문이었다. 그런데 내가 필라델피아로 돌아온 지 얼마 안 있어서 런던 왕립학회의 회원인 콜린슨 씨로부터 소포 하나를 받았다. 그것은 우리 회원제 도서관 앞으로 온 것이었는데, 사용 설명서와 함께 실험에 사용하는 유리 시험관이 들어 있었다. 나는 시간이 날 때마다 보스턴에서 본 실험을 되풀이해 봤다. 수없이 연습한 끝에 설명서에 나와 있는 실험 외에 몇 가지 새로운 실험도 할 수 있게 되었다. 내 실험은 사람들에게 신기한 구경거리였다. 얼마 동안 우리 집은 이 새로운 광경을 보러 오는 사람들로 언제나 북적대야만 했다. 사실 실험을 할 때 방문자가 많다는 것은 그리 달가운 일이 아니었다. 그래서 그 짐을 친구들과 좀 나눠질 계획을 세웠다. 즉 유리 공장에 부탁해서 똑같은 유리관을 여러 개 만들어 이것을 친구들에게 주었던 것이다. 이렇게 해서 나 말고도 실험가들이 여러 명 생겨났는데, 그중에서도 가장 능숙한 솜씨를 보여준 건 키너슬리 씨였다. 그래서 나는 그에게 돈을 받고 실험을 보여주는 게 어떠냐고 제안했다. 그러고는 실험 내용을 순서대로 기록하고 그에 대한 해설을 곁들인 강의록도 두 개나 써주었다. 키너슬리 씨는 내 제안을 받아들였고, 공개 실험을 위해 멋진 실험 기구들을 마련했다. 모두 내가 그때그때 대충 만들어 사용했던 것들을 전문가에게 맡겨 세련되게 정비한 것들이었다. 그의 공개 실험은 언제나 만원이었고, 결과도 만족스러웠다. 얼마 후 그는 각 지방을 순회하며 공개 실험을 했고, 그로 인해 상당히 많은 돈을 벌었다. 다만 서인도 제도에서는 다른 곳보다 습기가 많아서 실험이 다소 어려웠다고 한다.

우리가 이렇게 실험에 매달릴 수 있었던 것은 모두 다 콜린슨 씨가 유리 시험관들을 보내줬기 때문이었다. 나는 그 기구를 이용하여 성공을 거둔 실험의 결과를 그에게 알려주는 것이 당연하다고 생각했다. 나는 몇 통의 편지를 써서 우리가 한 실험과 그 결과를 알려줬다. 그는 그 내용을 런던 왕립학회에 제출했는데, 회원들은 회보에 실을 만한 가치가 없다고 생각했는지 별로 관심을 두지 않았다. 그중에는 번갯불과 전기가 동일하다는 내용의 논문도 있었는데, 나는 이것을 학회의 회원이자 옛날부터 아는 사이였던 미첼 박사에게 따로 보냈다. 하지만 박사는 답장을 통해 그 논문을 학회에서 읽었다가 전문가들의 비웃음을 샀다고 전해왔다. 하지만 다른 생각을 하는 사람도 있었다. 바로 포더길 박사였다. 그는 이 논문을 보더니 그냥 썩히기에는 아깝다면서 출판을 권유했다. 이에 힘입은 콜린스 씨가 내 논문을 〈젠틀맨스 매거진〉의 발행인인 케이브 씨에게 주었다. 하지만 케이브 씨는 잡지에 싣는 대신 소책자로 만들었고, 거기에 포더길 박사가 쓴 서문을 실었다. 그편이 돈벌이가 될 거라고 생각한 것 같았다. 그의 예상은 적중했다.

그 책은 후에 내용이 더 추가되어 사절판짜리 책 한 권이 되었고, 2쇄, 3쇄를 넘어 5쇄까지 찍었다. 결국 그는 인세 한 푼도 지불하지 않고 큰돈을 벌어들였다. 그러나 대중적 인기와는 달리 논문이 영국 학회의 주목을 받게 된 것은 한참 뒤였다.

한편 학회의 주목을 받기 전 이 논문을 읽은 프랑스인이 있었는데, 그가 바로 프랑스는 물론이고 유럽 전역에서 명성이 자자했던 과학자 뷔퐁 백작이었다. 그는 논문을 식물학자였던 달리바르 씨에게 프랑스어로 번역시킨 후 파리에서 출판했다. 그런데 이 책은 놀레 신부의 기분을 상하게 했다. 그는 궁정 물리학 교사이자 훌륭한 실험가였는데, 이미 전기에 관한 이론을 세우고 발표한 그 분야의 전문가였다. 그런 그에게 이 논문은 지금까지 통용되던 자신의 이론을 뒤흔드는 것이었다. 게다가 이런 논문이 식민지에 불과한 아메리카에서 나왔다는 것을 믿을 수가 없었다. 그는 자신의 이론에 흠집을 내기 위해 파리의 적들이 농간을 부린 거라고 생각했다. 하지만 후에 필라델피아에 프랭클린이란 사람이 실제로 존재하고, 그가 쓴 것이 확실하다는 것을 알게 되자 내게 보내는 편지 형식으로 글을 써서 책으로 출판했다. 그 책은 자신의 학설을 변호하고, 내가 한 실험과 그것으로부터 도출된 명제들이 틀렸다는 것을 주장하는 내용으로

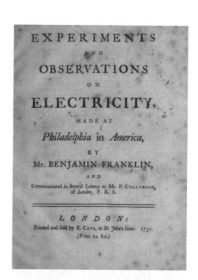

전기에 관한 프랭클린의
논문 표지

프랭클린은 연을 이용해
전기와 번개가 근본적으로
같은 것임을 밝혀냈다.

채워져 있었다.

　상황이 이쯤 되니 나도 놀레 신부에게 내 실험과 이론을 옹호하는 편지를 쓰지 않을 수 없었다. 하지만 이내 마음을 바꿨다. 내 글이 실험의 내용을 설명하는 것뿐이어서 누구나 따라 해 보면 금방 입증할 수 있을 것이지만, 만에 하나 실험에 실패해서 다른 결론이 나오면 내 이론을 옹호하기보다는 오히려 반박의 빌미를 줄 것이기 때문이었다. 게다가 내 이론은 아무 뒷받침 없이 마구잡이로 공표한 것이 아니었다. 관찰의 결과로 도출한 가설의 하나였다. 그렇기 때문에 일일이 변명할 필요가 없다고 생각했다. 더구나 나와 놀레 신부는 사용하는 언어가 달랐다. 때문에 잘못했다가는 서로의 뜻을 달리 이해하여 의미 없는 논쟁을 계속할 수도 있었다. 실제로 놀레 신부가 쓴 편지 중에는 번역이 잘못되었기 때문에 생긴 오해에서 비롯된 것도 있었다. 이런 이유로 난 아무 대응도 하지 않았다. 그럴 시간이 있으면 차라리 새로운 실험을 하나라도 더 하는 게 낫다고 생각했고, 결국 놀레 신부에게 반박 편지를 쓰지 않았다. 내 선택은 현명했다. 왜냐하면 내 친구이자 프랑스 왕실과학협회 회원이었던 르 로이 씨가 나를 대신해서 내 이론을 지지하고 나선 것이다. 이를 계기로 내 논문이 실린 책은 이탈리아어, 독일어, 라틴어로 번역되어 유럽 전역에 퍼져나갔다. 그와 더불어 놀레 신부의 이론을 밀어내고 유럽과학자들 사이에서 유력한 학설로 채택되었다. 결국 놀레 신부는 직계 제자인 B 씨를 제외하고는 자신의 이론을 신봉한 마지막 사람이 되고 말았다.

내 책이 갑자기 세상에 알려지게 된 데는 그만한 이유가 있었다. 달리바르 씨와 르 로이 씨 두 사람이 책에 나와 있는 실험 중 하나에 실제로 성공했기 때문이었다. 그들은 마레에 모여 구름 속에서 번개를 유도하는 실험을 했는데, 이 실험이 성공했다는 것이 알려지자 모든 사람의 관심이 일제히 내 책으로 쏟아졌다. 특히 물리학 실험 장비를 가지고 물리학 강의를 하던 르 로이 씨는 이 실험에 '필라델피아 실험'이라는 이름을 붙이고 여러 차례 실험을 반복했다. 심지어 국왕과 궁정인들 앞에서도 실험을 거행했다. 그러고 나자 너도나도 실험을 보기 위해 모여들었다. 르 로이 씨의 실험 얘기나 그로부터 얼마 안 있어 내가 동일한 실험을 위해 필라델피아에서 연을 띄웠고, 그로 인해 전기의 정체를 밝히는 데 성공했을 때의 기쁨은 굳이 여기에 쓰지 않겠다. 둘다 전기 역사를 다룬 책에 나올 것이기 때문이다.

이렇게 유럽에서 큰 반향을 일으키고 있는 동안에도 영국 학회는 잠잠하기만 했다. 그때 영국 의사인 라이트 박사가 파리에 갔다가 내 실험이 크게 인정받고 있는 것을 알게

전기의 정체를 밝히기 위해 연을 날리고 있는 프랭클린

되었다. 그는 곧바로 런던 왕립학회의 회원이었던 친구에게 이 사실을 편지로 알리고 '왜 이 실험이 영국에서 주목을 받지 못했는지 알 수 없다'라고 했다. 이 일로 학회는 전에 받았던 편지를 다시 심의했다. 그리고 그 유명한 왓슨 박사가 그 편지에 실린 실험과 내가 제시한 이론을 요약한 후 나에 관한 칭찬을 써서 학회 회보에 실었다.

여기에 재주꾼이던 켄튼 씨가 끝이 뾰족한 낚싯대를 이용해 구름 속에서 번개를 찾는 실험을 해 성공했다는 보고를 학회에 하자 학회는 전에 나와 내 이론을 경시한 것을 만회하고도 남을 만큼 보상을 해 주었다. 또 내가 부탁하지도 않았는데 나를 런던 왕립학회의 회원으로 추대했을 뿐만 아니라 관례상 내야만 하는 회비 25기니도 면제해 주었으며, 무료로 회보를 보내 주기까지 했다. 그뿐 아니었다. 1753년에는 영광스럽게도 '고드프리 코플리 상'을 내게 수여했다. 수상 당일 학회 회장 맥클스필드 경은 멋진 연설로 나를 향해 경의를 표하기도 했다.

메달은 데니 지사가 영국에 가서 직접 학회로부터 받아왔다. 그리고 시가 나를 위해 마련한 특별한 연회에서 내게 전달해 주었다. 지사는 그 자리에서 '오래전부터 명성을 익히 듣고 존경하고 있었다'면서 정중하게 존경심을 표현해 주었다. 식사가 끝난 후 가볍게 술을 마시고 있자니 지사가

프랭클린의 업적을 기리는 기념비

나를 따로 불렀다. 그는 나를 별실로 데리고 가서는, 행정 업무를 해나가는 데 있어서 최고의 조언을 해 줄 사람은 나뿐이라는 얘기를 영국 친구들에게 들었다면서 조언을 부탁했다. 또 나와 좋은 관계를 유지하고 싶다고도 했다. 그날 우리는 참으로 많은 얘기를 나눴다. 그는 영주가 우리 주에 특별한 호의를 가지고 있다면서 그동안 끌어온 면세 문제만 양보해 주면 우리 모두, 특히 나에게 이익이 될 것이고, 자신과 주민들 사이에도 신뢰가 회복될 것이라고 했다. 만약 그렇게 될 수 있도록 도와주면 충분한 사례와 보상을 받게 될 것이라고도 했다.

우리의 얘기가 길어지자 연회장에 있던 사람들이 마데리아주 한 병을 별실로 들여보냈다. 지사는 술을 꽤 마셨고, 취기가 올라갈수록 회유와 보상의 크기를 더욱 부풀려 말하기 시작했다. 하지만 그가 그럴수록 내 정신은 말짱해져만 갔다. 그때 나는 이렇게 대답해 주었다.

"고맙게도 전 영주님의 신세를 져야 할 형편은 아닙니다.

설사 신세를 지고 싶어도 주 의회의 한 사람으로서 그럴 수는 없다고 생각합니다. 물론 개인적으로는 영주님께 반감을 품고 있지 않습니다. 또 지사님께서 하시는 공무가 여러 사람에게 유익하다고만 하면 저보다 열렬하게 지지하는 사람도 없을 겁니다. 그런 제가 그 조항에 지금껏 반대해 온 이유는, 그것이 영주님 한 개인의 이익을 위한 것이자 주민들에게는 큰 손해가 되는 것이기 때문입니다. 오늘 지사님께서 저를 생각해 주시는 마음은 고맙게 받겠습니다. 그리고 앞으로도 지사님께서 행정 업무를 수월히 해나가실 수 있도록 힘껏 도와드리겠습니다. 단지 전임자들처럼 불행한 훈령을 내세워 대립을 만드시지는 않으셨으면 좋겠습니다."

그날 지사는 아무 대꾸도 하지 않았다. 하지만 업무가 시작되자마자 주 의회와 지사는 또다시 같은 문제로 첨예하게 대립하기 시작했다. 나는 여전히 면세 조항을 반대했다. 서기로서 영주의 훈령을 받아 본 후 비평을 쓰곤 했는데, 그에 대한 기록은 의회 의사록과 훗날 출판한 ≪역사적 개관≫이란 책 속에서 찾을 수 있을 것이다.

그런 와중에도 토머스 지사와 그랬던 것처럼 나와 데니 지사 사이에 개인적인 감정은 하나도 없었다. 우리는 자주 만나 어울리곤 했다. 그는 박식한 사람이었다. 세상사에도 밝아서 그와 얘기를 하고 있으면 좀처럼 화제가 떨어지는 일이 없었다. 그와 함께 보내는 시간은 언제나 재미있었고 유쾌했다. 어느 날 그는 내게 뜻밖의 소식을 전해 주었다. 나의 옛 친구인 랠프가 아직 살아 있으며, 현재 영국에서 제일 가는 정치 평론가로 명성을 날리고 있다는 것이었다. 프레드릭 왕자와 국왕 사이의 논쟁을 중재한 사람도 바로 그라고 했다. 그 덕분에 그는 3백 파운드를 받았다고 했다. 지사는 랠프가 산문 쪽에서는 제법 일류급으로 인정받고 있다는 말도 했다. 하지만 포프가 빈정댔던 것처럼 정작 시인으로는 그리 이름을 날리지 못했다.

무능한 지휘관은
사태를 악화시킨다

지사와 주 의회 간의 대립은 끝나지 않을 것 같았다. 결국 주 의회는 영주가 주민의 권리뿐 아니라 국왕을 향한 봉사에도 어긋나는 훈령을 지속적으로 주장함으로써 지사를 구속하고 있다고 보았고, 국왕에게 영주를 고발하는 탄원서를 보내기로 했다. 나는 이번에도 그들의 대표가 되어 그 탄원서를 가지고 영국에 가게 되었다. 이 결정에 앞서 주 의회는 6만 파운드 — 그중 1만 파운드는 장군인 로던 경에게 주기로 했다 — 를 영국 왕실에 헌납한다는 법안을 지사에게 제출했는데, 지사는 영주의 훈령에 따라 이 법안의 통과를 단호히 거절했다.

어쨌든 나는 위임받은 대로 영국으로 가기 위해 모리스 선장과 함께 마침 뉴욕에 정박하고 있던 우편선을 타기로 했다. 그래서 배에다 필요한 짐과 식료품을 실었는데, 그때 로던 경이 필라델피아에 도착했다. 로던 경은 '지사와 주 의회의 분쟁 때문에 국왕 폐하를 위한 봉사가 방해받아서는 안 되기 때문에 양자의 조정을 도모하기 위하여 일부러 왔다'라고 했다. 그러면서 쌍방의 이유를 듣는다며 지사와 나에게 회견을 청해왔다. 지사와 나는 그의 요청에 응했다. 나는 주 의회를 대표해서 당시 공문서에 기록된 여러 가지 주장을 말했다. 그것들은 내가 써서 주 의회의 의사록과 함께 인쇄한 것이었다. 지사는 영주들에게 하달받은 훈령을 변호하면서, 자신은 그것을 지켜야 할 의무가 있으며 만일 그렇지 못한 경우에는 지사 자리를 내놓아야 할 것이라고 했다. 하지만 내가 보기에는 일단 로던 경이 권하면 모험을 해 볼 심산인 것도 같았다.

나는 내가 로던 경을 설득했다고 생각했다. 그래서 지사에게 훈령을 따르지 말라고 권유할 것이라고 여겼다. 그런데 결과는 반대였다. 오히려 나에게 주 의회를 설득해 달라고 했다. 아울러 국왕의 군대는 국경 방위를 위해서라면 더는 파견되지 않을 것이며 방위에 소요되는 비용 역시 우리가 모두 책임져야 한다고 했다. 또 만약 그렇지 않으면 국경은 적으로부터의 위험에 노출될 것이라는 말을 덧붙였다.

　나는 회담의 결과를 주 의회에 보고하고, 몇 가지 결의안을 기초해 제출했다. 그것은 우리의 권리를 선언함과 동시에 지금은 외부의 압력과 강제로 잠시 권리의 이행을 연기한다는 내용을 골자로 했다. 이는 근본적인 권리 포기와는 달랐다. 이 결의안에 따라 주 의회는 지금껏 고수하던 법안 대신 영주의 훈령에 순응하는 다른 법안을 작성해 통과시켰다. 그로써 나는 자유가 되었고, 마음 놓고 여행을 떠날 수 있게 되었다. 그런데 내가 회담과 법안 통과를 위해 기다리는 사이 내 물건들을 실은 우편선이 먼저 떠나 버렸다. 그 때문에 난 상당한 손해를 입었다. 그리고 그 손해에도 불구하고 내게 돌아온 것이라고는 로던 경이 내게 전한 감사의 인사가 전부였다. 법안 통과에 따른 모든 공은 로던 경에게 돌아갔던 것이다.

　로던 경은 나보다 먼저 뉴욕으로 떠났는데 원래 우편선의 출발 시일을 결정하는 것이 그의 임무였다. 당시 뉴욕에는 두 척의 우편선이 정박하고 있었고 로던 경은 내게 그중 한 척이 얼마 안 있어 출발할 거라고 알려줬다. 나는 배를 놓치지 않기 위해 정확한 출항 날짜와 시간을 알려 달라고 부탁했다. 경은 이런 대답을 주었다.

　"배는 다음 토요일에 출항하도록 명령을 내려놨습니다.

하지만 월요일 아침까지만 가면 충분히 탈 수 있을 것입니다. 이것은 당신에게만 말하는 것이니 혼자만 알고 계십시오. 그 이상 늦어서는 안 됩니다."

그런데 나는 시간을 지키지 못했다. 나룻배에 사고가 난 탓이었다. 결국 내가 도착한 것은 월요일 점심이 지나서였다. 그날은 바람이 잔잔해서 출항하기에 더없이 좋았다. 그 때문에 나는 배가 이미 떠나 버렸겠거니 하며 걱정을 했다. 하지만 배는 아직 항구에 정박해 있었고, 출항은 다음 날에 한다고 했다. 나로서는 천만 다행한 일이었다. 이제 나는 마음 놓고 배가 떠나기를 기다리기만 하면 된다고 생각했다. 나뿐 아니라 모두 곧 유럽으로 출발하게 될 것이라고 여겼다. 하지만 그것은 로던 경을 잘 모르고 한 소리였다. 그는 결단력이 없다는 큰 단점을 지니고 있었다.

그때 내가 뉴욕에 도착한 것은 4월 초순이었다. 그런데 배가 항구를 벗어난 것은 6월 말이 되어서였다. 내가 도착했을 당시만 해도 우편선은 두 척이나 출항 준비를 마쳐 놓고 있었다. 하지만 경이 자꾸만 '내일', '내일' 하고 미루는 통에 출항일은 계속해서 뒤로 미뤄졌다. 영국에 보내야 할 편지가 잘 써지지 않는다는 게 그 이유였다. 그러는 동안에 또 다른 우편선이 도착했다. 그 배 역시 한동안 뉴욕 항을 떠나지 못했다. 6월 말 우리가 출항하기 직전에는 네 번째 배가 머지않아 도착하게 되어 있었다. 내가 타기로 한 배는 그중에서 가장 오랫동안 항구에 머물고 있었다. 그래서 출항도 제일 먼저 하게 되어 있었다. 출항일이 미뤄지는 동안 항구에 묶여 있던 우편선들은 예약이 모두 끝났고, 승객들은 승선하기만을 손꼽아 기다렸다. 하지만 날이 갈수록 사람들은 초조해졌다. 상인들은 편지와 어음, 그리고 가을 물건 때문에 걱정이 이만저만이 아니었다. 그러나 로던 경은 사람들의 걱정은 조금도 개의치 않았다. 그의 편지는 좀처럼 완성되지 않았다. 그가 늘 펜을 들고 책상에 앉아 있었기 때문에 쓸 편지가 많은 모양이라고 생각할 수밖에 없었다.

그러던 어느 날 아침이었다. 나는 인사를 하기 위해 경을 찾아갔다가 대기실에서 필라델피아에서 온 이니스라는 심부름꾼을 만났다. 그는 데니 지사가 로던 경에게 보내는 편지를 가지고 왔다고 했다. 그리고 필라델피아의 친구들이 내게 보낸 편지도 있다면서 몇 통의 편지를 내게 건네줬다. 나는 답장을 그가 돌아가는 편에 보내려고 언제 떠나는지, 어디에서 숙박하고 있는지 물어보았다. 그러자 그는 내일 아침 9시에 로던 경이 답장을 받으러 오라고 했다면서 용무가 끝나면 바로 떠날 것이라고 했다. 그래서 나는 그날 안으로 편지를 그에게 주었다. 2주일 후에 나는 같은 장소에서 그를 또 만났다.

세인트 조지(라파엘 作)

"아니, 이니스? 벌써 갔다 온 건가?"

"갔다 오다니요? 아직 가지도 못했습니다."

"뭐? 그게 무슨 소린가?"

"2주일 동안 저는 매일같이 이곳에 와서 로던 경이 답장을 주시기만을 기다렸지만, 아직도 편지를 다 쓰지 못했다고만 하시네요."

"굉장한 문필가이신 것 같은데 그럴 리가 있겠나? 늘 책상에 앉아 뭔가를 쓰고 계시던 것 같았는데……."

"그건 그렇죠. 하지만 로던 경은 그림 속의 세인트 조지(용을 퇴치했다고 전해지는 잉글랜드의 수호신. 항상 말을 타고 용과 싸우고 있는 그림으로 그려진다. — 역자 주) 같은 사람인 것 같습니다. 말은 타고 있지만 뛰는 법이 없으니까 말입니다."

이 심부름꾼의 관찰은 더없이 정확했다. 얼마 후 피트 수상은 로던 경을 해임하고 애머스트 장군과 울프 장군을 임명했는데, 런던에서 들은 바로는 그 이유가 그에게서 어떤 보고도 받은 일이 없기 때문이라는 것이었다.

"보고를 받은 일이 없어서 난 도대체 그가 무엇을 하고 있는지 전혀 알 수 없었소."

아무튼 이제나저제나 출항만을 기다리고 있던 세 척의 우편선은 샌디훅에서 정박 중이던 함대와 합류했다. 그러자 승객들은 별안간 출항 명령이 떨어지기라도 해서 배를 놓치는 것이 아닌가 싶어 차라리 배 안에서 기다리기로 했다. 내 기억이 틀림없다면, 우리는 무려 6주나 배에 머물러 있었다. 그래서 항해 중에 먹으려고 실었던 식량이 바닥났고, 결국 다시 사들이지 않으면 안 되었다. 그러던 중 어느 날 갑자기 로던 경과 그의 전 군대는 함대를 타고 요새 공격을 위해 루이스버그로 떠나 버렸다. 떠나기 전 로던 경은 정박해 있던 우편선들에게 편지가 준비되는 대로 받아 가라는 명령을 내렸다. 우편선들은 그의 말을 믿고 함대 가까이에 머물렀다. 그렇게 닷새가 지났다. 그리고 마침내 내가 탄 배에 출항 명령이 내려졌다. 그리하여 나는 겨우 함대 곁을 떠나 영국으로 향할 수 있었다. 하지만 나머지 두 척의 우편선은 출항 명령서를 받기 위해 장군을 따라 핼리팩스까지 끌려갔다. 장군은 거기서 얼마간 머물며 요새에 대한 모의 공격을 실시했다. 그러더니 이번에는 갑자기 루이스버그를 공격하려던 계획을 포기한 후 전 군대를 이끌고 뉴욕으로 돌아와 버렸다. 두 척의 우편선과 그 배에 타고 있던 승객을 거느린 채로 말이다. 그런데 로던 경이 뉴욕을 비운 사이 조지 요새는 프랑스군과 인디언의 공격을 받고 적의 손에 떨어졌다. 이때 항복했던 많은 수비병이 인디언에게 학살되었다. 어쨌든 그때 발이 묶였었던 우편선 중에 한 척의 선장인 보넬 씨를 런던에서 만났는데, 그의 얘기로는 한 달 동안 출발하지 못한 탓에 조개껍데기나 해초 등이 들러붙어 배 밑창이 심하게 더러워졌다는 것이었다. 속도가 생명인 우편선의 기능을 하지 못할 정도였다. 그래서 보넬 씨는 배 밑창을 청소해야겠으니 사나흘의 여유를 달라고 로던 경에게 부탁했다. 그랬더니 장군은 이렇게 대답했다고 한다.

"하루 만에 끝내게. 더는 안 돼. 왜냐하면 자네 배는 모레 출발해야 하니까 말일세."

선장은 하는 수 없이 청소를 포기했다. 하지만 그 후로도 배는 석 달 동안이나 출항하지 못했다.

또 나는 보넬 선장이 이끄는 배의 승객이었던 사람과 만

난 일도 있었다. 그는 로던 경에게 손해 배상을 청구하겠다고 할 정도로 몹시 분개하고 있었다. 그도 그럴 것이 로던 경은 금방이라도 출발할 것처럼 그들을 오랫동안 뉴욕에 붙잡아두었을 뿐만 아니라, 심지어는 핼리팩스까지 끌고 갔다가 다시 뉴욕으로 데려왔다. 물론 나는 그가 정말로 소송을 제기했는지 어쨌는지는 잘 모른다. 하지만 그의 마음은 이해했다. 그 일로 인해 그가 입은 상업상의 손해는 실로 막대했을 테니 말이다.

일련의 일들을 지켜보면서 나는 대체 이런 사람이 어떻게 해서 대군을 지휘하는 중책을 맡게 되었는지 알 수 없었다. 그러나 세상일을 조금 더 많이 알게 된 지금은 그런 자리에 오를 수 있는 자격이나 기준이 무엇인지 궁금해하지 않는다. 어쨌든 브래드독 장군이 전사한 뒤 로던 경이 아니라 셜리 장군이 지휘를 맡았다면 전쟁을 훨씬 훌륭하게 치렀을 것이라는 건 분명하다. 1757년에 로던 경이 한 종군은 어리석은 짓이었다. 순전히 혈세를 낭비한 것이었으며, 우리에게는 씻을 수 없는 치욕을 안겨줬다. 반면 셜리 장군은 직업 군인도 아니었지만 분별력이 있고 총명했으며, 타인의 충고에 귀 기울일 줄 알았다. 또 현명한 계획을 세우는 것이나, 그것을 실행에 옮기는 것이 민첩하고 적극적이라는 점에 있어서도 로던 경보다 나았다.

로던 경은 식민지를 수비하는 대신 대군을 거느리고 핼리팩스까지 가서 쓸데없는 짓을 하다가 조지 요새를 적에게 빼앗겼다. 그뿐 아니었다. 오랫동안 곡물 수출을 금지시키는 등의 조치를 해서 무역을 압박했고, 우리의 상거래를 어렵혔다. 명목상 적의 군량 보급을 막기 위해서라고 했지만, 사람들은 영국 본토 상인들에게 유리하게 곡물 가격을 낮추려고 한 수작이었을 거라고 수군거렸다. 그리고 곡물 수출 금지 조치를 해제했을 때는 찰스턴에 그 소식을 즉각 통지해 주지 않아 캐롤라이나 함대가 석 달이나 항구에 더 묶여 있어야만 했다. 때문에 배 바닥은 상당 부분 썩었고, 결국 영국으로 돌아가는 도중 바닷속으로 가라앉고 말았다.

　내 생각에 셜리 장군은 군대의 최고 지휘관이 되는 걸 별로 달가워하지 않았던 것 같다. 사실 군 업무에 경험이 없는 사람이었으니 그럴 만했다. 로던 경이 장군으로 취임할 때 나도 초대를 받았는데, 셜리 장군도 전임자로 참석했다. 취임식 만찬은 뉴욕시가 주관했는데 장교, 시민, 다른 주에서 온 축하 사절 등으로 장소가 비좁을 정도였다. 때문에 준비한 의자가 모자라서 근처에서 빌려와야만 했다. 그중에는 아주 낮은 의자가 있었는데 공교롭게도 바로 그 의자에 셜리 장군이 앉게 되었다. 그때 나는 바로 옆에 앉아 있었다.

　"장군님 의자가 너무 낮군요. 다른 걸 가져오라고 해야겠습니다."

내가 이렇게 말하자 설리 장군은 손사래를 쳤다.

"아닙니다. 원래 낮은 의자가 더 편한 법이랍니다."

어쨌든 나도 우편선이 출발하지 않아 오랫동안 뉴욕에 붙들려 있었다. 그러는 사이 나는 내가 브래드독 장군에게 납품한 식량 등 물품에 대한 회계 보고를 받았다. 나는 그 일을 할 때 많은 사람을 고용했었기 때문에 큰 비용이 소요되었고, 새롭게 청구해야 하는 것도 있었다. 어쨌든 나는 회계 보고서를 로던 경에 제출하고 잔금을 지불해 줄 것을 요구했다. 그는 이것을 담당 장교에게 검토해 보라고 했고, 장교는 영수증과 물건을 일일이 대조한 후 틀림없다고 증명해 줬다. 로던 경은 담당 장교의 보고를 받자 지불계에 지불 명령서를 내리겠다고 약속했다. 하지만 그것은 어디까지나 말뿐이었다. 여러 차례 그를 찾아가 봤지만 결국 출발하기 직전까지도 받을 수 없었다. 대신 이런 말을 했다.

"전임자가 쓴 비용을 내가 지불할 수는 없다는 결론을 내렸소. 하지만 영국에 가서 이 회계 보고서를 재무성에 제출하면 곧 받아낼 수 있을 거요."

나는 기가 막혔다.

"전 이번에도 뜻하지 않게 지체하는 통에 큰 비용이 들었습니다. 그러니 지금 받았으면 좋겠습니다. 또 전 그 일로 수수료를 받은 것도 아니고, 그저 일이 원활하게 진행되는 걸 돕기 위해 제 사비를 들인 것입니다. 그런데도 제 돈을 받는 것이 이렇게 번거롭게 지연되는 것은 부당합니다."

하지만 그는 꿈쩍도 하지 않았다.

"이봐요, 프랭클린 씨. 비록 공식적으로 수수료를 받은 것은 아니지만, 그 일로 당신이 아무 이익도 얻지 못했다고는 하지 마시오. 이런 일이 대체로 어떻게 돌아가는지는 잘 알고 있으니까. 군대에 납품하다 보면 으레 자기 주머니를 채우는 방법쯤은 알게 되는 것 아니오?"

"아닙니다. 단 한 푼도 제 주머니에 넣지 않았습니다."

그러나 그는 믿지 않았다. 실제로 그런 일에 종사하면서 막대한 재산을 만든 사람이 많았다. 하지만 나는 그런 사람들이 있다는 것도 나중에 알았다. 결국 나는 지금까지도 그 돈을 받지 못했다. 이 일에 대해서는 후에 다시 말하겠다.

한편 내가 탄 배의 선장은 출항하기 전부터 자신의 배가 무척 빠르다고 떠벌렸다. 하지만 실상은 달랐다. 그때 바다에 떠 있던 아흔여섯 척의 배 중에서 우리 배가 가장 느렸던 것이다. 우리만큼이나 느렸던 어떤 배조차도 우리를 저만큼 앞질러 가 버릴 정도였다. 그 원인을 고민하던 선장은 하루는 배에 탄 모든 사람에게 모두 배 뒤쪽으로 가서 될 수 있는 대로 돛대에 바짝 붙어 서 있으라고 했다. 배에는 승객까지

합해서 40명쯤 타고 있었다. 우리는 선장이 시키는 대로 했다. 그러자 속도가 빨라지더니 다른 배들을 추월하기 시작했다. 뱃머리에 짐을 너무 많이 실었던 게 원인이었던 것이다. 선장은 선원들에게 짐을 배 뒤로 옮기라고 했고, 덕분에 그의 말처럼 가장 빠른 배가 되어 대서양을 건넜다.

선장은 이 배가 한때는 평균 13노트, 즉 한 시간당 13마일의 속력을 냈다고 했다. 하지만 승객 중에 한 사람이었던 영국 해군 케네디 대령은 그것은 불가능한 일이라면서 선장의 주장을 반박하고 나섰다. 아마도 측정기의 눈금이 잘못되었거나 속도를 잘못 측정한 것이었을 거라고 했다. 결국 두 사람은 내기를 걸었고, 바람이 잘 불 때를 기다려 판결을 내기로 했다. 케네디 대령은 직접 측정기에 문제가 없는지 꼼꼼하게 조사한 후 아무 이상이 없자 직접 측정하기로 했다. 며칠 후, 강한 순풍이 부는 상쾌한 날이 왔다. 선장은 오늘 속도가 13노트는 충분히 날 거라고 호언장담했다. 케네디 대령의 측정 결과 선장의 말은 사실로 판명되었다. 결국 대령은 내기에 지고 말았다.

이 이야기를 한 이유는 그 일을 보면서 느낀 것이 있었기 때문이다. 그때는 새로 만든 배가 빠른지 아닌지는 실제로 띄워 보지 않고는 알 수 없는 기술적 한계를 가지고 있었다. 때문에 빠른 배를 본떠서 만들어도 속도가 나지 않기도 했다. 그런데 내 생각에는 기술적인 문제라기보다는 그 배의 선원들이나 화물을 싣는 방법, 항해하는 방식 등이 속도에 영향을 미치는 것 같았다. 같은 배라도 선장이 누구인지, 화물을 어디에 실었는지, 또 어떻게 실었는지에 따라 그 속도에 큰 차이가 있었다. 실제로 배를 만드는 사람이 배를 운행하고 짐을 싣지는 않았다. 배를 만드는 사람, 배를 바다에 띄우는 사람, 짐을 싣는 사람, 항해를 하는 사람이 각각 다르다. 그만큼 각각의 전문 분야가 다르기 때문에 배에 대해 종합적으로 알기란 매우 어려웠다. 심지어 돛을 조작하는 것도 같은 조건임에도 항해사마다 각기 그 방법이 달랐다. 어떤 이는 팽팽하게 조이는가 하면, 어떤 이는 느슨하게 했다. 정해진 규칙이 없는 듯했다.

나는 이 문제를 해결하기 위해서는 실험을 통해 가장 빨리 달릴 수 있는 방법을 찾아야 한다고 생각한다. 그 방법이란 첫째, 경험을 통해 가장 속도를 많이 낸 선체의 모양을 결정하는 것이다. 둘째, 바람을 가장 많이 받을 수 있는 효과적인 위치에 돛대를 설치한다. 셋째, 가장 효과적인 돛의 모양과 수를 정하고 바람에 따른 각도를 조절한다. 그다음 마지막으로, 짐을 속도에 방해가 되지 않도록 싣는다. 이것은 모두 경험에 의해, 즉 실험에 의해 그 정확한 데이터를 찾아낼 수 있다. 그렇게 되면 큰 이익을 얻게 될 것이라고 믿는다.

지금은 실험의 시대다. 그래서 나는 머지않아 어떤 천재 물리학자가 그 일을 추진하게 될 것이라고 확신한다. 물론 나는 그 사람의 성공을 진심으로 바란다.

우리는 항해 중 몇 번이나 적함의 추격을 받았다. 하지만 짐을 뒤로 옮겨놓은 덕분에 재빨리 도망칠 수 있었다. 그리고 마침내 출항한 지 30일 만에 무사히 바다 바닥까지의 거리를 측정할 수 있는 곳까지 갔다. 선장은 위치를 확인해보더니 승객들에게 목적지인 팔머스 항이 멀지 않다고 말했다. 밤 동안 잘 달린다면 내일 아침에는 항구 입구에 닿을 것이라고도 했다. 또 선장은 야간 항해를 하면 민간 선박으로 위장해 영국 해협 근처를 떠돌고 있는 적함의 눈을 피할 수도 있을 거라는 말을 덧붙였다. 배는 돛을 있는 대로 다 올렸다. 바람은 순풍이었고, 제법 강했기 때문에 배는 쏜살같이 앞으로 나아갔다. 실리 군도에 왔을 때는 암초를 피하기 위해 멀리 돌아갔지만, 대체로 순조로운 항해였다.

한편 세인트 조지 해협에는 때때로 심한 조류가 생겨 지나가던 배를 집어삼키는 일이 종종 있었다. 클라우드즐 리셔블 경의 군대가 탔던 배가 침몰한 것도 바로 그 지점이었다. 그런데 우리에게 그런 일이 닥쳤다. 당시 뱃머리 망루에서 한 명이 앞을 살피고 있었는데, 선원들은 가끔 그에게 "앞을 잘 봐."라고 소리쳤다. 그러면 망루에 있던 선원은 "알았어. 알았다고." 하고 대답했다. 망 보는 자가 한눈을 팔거나 조는 일이 없도록 하기 위해서였다. 그런데 졸고 있었던 것인지, 아니면 눈을 감고 있었던 것인지 그는 바로 눈앞에 나타난 등대의 불빛을 보지 못하고 말았다. 아래쪽에 있는 조타석이나 다른 망루에 있던 선원들은 커다란 돛 때문에 시야가 가려져 있었기 때문에 미처 확인할 방법이 없었다. 결국 바람에 돛이 흔들리면서 불빛이 발견되었고, 갑판에는 한바탕 소란이 일었다. 그 불빛은 어느새 수레바퀴만큼 크게 보일 정도로 가까이 와 있었다. 하지만 그때는 깊은 한밤중이었다. 선장은 깊은 잠에 빠져 있었다.

결국 문제를 해결한 건 케네디 대령이었다. 그는 갑판으로 뛰어나와서 확인하더니 돛은 그대로 둔 채 뱃머리를 바람 부는 쪽으로 돌아가도록 내버려 두라고 명령했다. 이것은 돛이 달린 배에는 무척 위험한 조치였다. 하지만 그 덕분에 충돌을 피할 수 있었다. 배가 등대가 서 있는 바위 위로 똑바로 올라가려고 했기 때문이었다. 이 일로 나는 등대가 얼마나 유용한지 뼈저리게 깨달았다. 그래서 필라델피아로 돌아가면 그곳에 더 많은 등대를 세우겠다고 결심했다.

다음 날 아침이 되자 갑판이 떠들썩해졌다. 항구가 저만치에 있었던 것이다. 그러나 안개가 심해서 육지는 보이지 않았다. 안개가 걷힌 건 9시경이었다. 극장의 막이 열리듯이

지혜와 기술의 여신 미네르바와 과학자들 사이에 있는 프랭클린

수면에서부터 항구와 배들, 그리고 도시를 둘러싼 평원이 모습을 드러냈다. 오랫동안 바다밖에는 볼 게 없었던 사람들에게는 무척 황홀한 광경이었다. 특히 이제는 적함의 공격을 받지 않게 되었다는 사실에 모두 진심으로 기뻐했다.

　나는 아들과 함께 곧장 런던을 향해 출발했다. 가는 도중에 솔즈베리 평원에 있는 석기 시대 유물 스톤헨지와 월턴에 있는 펨브로크 경의 저택과 정원을 구경하기도 했다. 그렇게 해서 우리는 1757년 7월 27일에 런던에 도착했다.

의회의 대표로서

　나는 찰스 씨가 주선해 준 숙소에 짐을 푼 후 곧바로 포더길 박사를 찾아갔다. 떠나기 전 친구들이 런던에 도착하면 그분을 찾아가 어떻게 해야 좋을지 충고를 받으라고 했기 때문이었다. 포더길 박사는 곧바로 정부에 탄원하기보다는 먼저 개인적으로 영주를 만나 보라고 충고했다. 영주들의 마음을 누그러뜨리고 회유하여 좀 더 평화적으로 일을 수습하라는 게 그의 의견이었다.

　나는 포더길 박사와 만난 후 곧바로 오랜 친구로서 편지 왕래를 했던 콜린스 씨를 만났다. 그런데 콜린스 씨는 나를 보자 버지니아의 거상인 존 헨베리 씨로부터 내가 오면 알러 달라는 부탁을 받았다고 했다. 이유인즉 당시 영국 의회의 의장이었던 그랜빌 경이 나를 보고 싶어 하는데 헨베리 씨 자신이 직접 나를 데려가고 싶어 한다는 것이었다. 나는 다음 날 아침에 보자고 헨베리 씨에게 전갈을 보냈다. 다음 날 헨베리 씨는 나를 찾아왔고, 마차로 그랜빌 경의 저택으로 데리고 갔다. 그랜빌 경은 정중하게 나를 맞이했다. 그리고 아메리카의 정세에 대해서 몇 가지 물은 다음 본론을 꺼냈다.

"당신네는 법률의 본질을 잘못 알고 있는 것 같소이다. 왜냐하면 당신네는 국왕이 지사에게 내리는 훈령을 법률이 아니라면서 거부하고 있기 때문이오. 뿐만 아니라 당신네는 국왕이 내리는 훈령을 당신들 멋대로 따를 수도 있고 따르지 않을 수도 있다고 생각하고 있소. 프랭클린 씨, 본래 훈령이라는 것은 작은 기념식에서 외교 사절에게나 하는 그런 사소한 것이 아니오. 법에 능통한 판사들이 작성한 초안이 의회에서 심의며 토론을 거쳐 수정된 후에 국왕의 서명을 받아 완성된 것이 바로 훈령이란 말이오. 때문에 훈령은 사소한 지령 따위가 아니라 바로 당신네가 지켜야 하는 국법이오. 당신네가 사는 땅의 최고 입법자가 국왕이라는 것을 명심하시오."

"저는 그런 원칙은 처음 듣는군요. 식민지의 법률은 우리

의회가 만든 후 국왕의 재가를 받는 것이며, 일단 재가가 나면 국왕께서도 그것을 취소하거나 폐기할 수 없는 거로 알고 있습니다. 또한 우리 의회가 국왕의 재가 없이는 법을 만들 수 없듯이 국왕께서도 우리의 동의 없이는 식민지의 법을 만들 수 없는 것으로 알고 있습니다."

하지만 그랜빌 경은 내가 완전히 잘못 알고 있다고 딱 잘라 말했다. 그렇다고 해서 내 생각이 변한 건 아니었다. 그렇게 그랜빌 경과 이야기를 나누면서 한 가지 놀라운 사실을 알게 되었다. 바로 영국 궁정이 우리가 사는 식민지를 어떻게 생각하고 있는가 하는 것이었다. 그날 숙소로 돌아온 나는 그것을 기록으로 남겨두었다.

그 일이 있기 약 20년 전에 이런 일이 있었다. 당시 영국 정부는 국왕의 훈령을 식민지의 법으로 하자는 법안을 의회에 제출했다. 하지만 하원이 이를 부결시켰고, 이 때문에 우리는 하원 의원들을 우리의 친구이며 자유의 수호자이자 동지로 인정하고 칭송했다. 그런데 1765년 의회는 가당치도 않은 인지세법을 통과시켰다. 그로써 우리는 의회가 애초에 정부의 법안을 부결한 것은 식민지의 자유를 옹호해 주기 위한 것이 아니라 자신들의 특권을 보전하기 위함이었다는 것을 알게 되었다.

어쨌든 그랜빌 경을 만나고 며칠 후 나는 포더길 박사의 주선으로 스프링 가든에 있는 토머스 펜 씨의 저택에서 영주들을 만났다. 우리의 이야기는 '가능하면 상식적인 선에서 합의하자'라는 선언에서부터 시작되었지만, 영주와 내가 생각하는 '상식적인 선'이 너무 달랐다. 우리는 내가 열거한 불만 사항들을 면밀하게 짚어나가면서 나는 나대로, 영주들은 영주들대로 각자의 입장을 정당화하느라고 애썼다. 그러면 그럴수록 우리의 의견차는 점점 더 벌어지기만 했다. 결국 끝내 합의를 보지 못했고, 내 의견을 서면으로 제출하기로 하고 헤어지고 말았다. 그러면 그것을 가지고 영주들이 다시 한 번 숙고해 보겠다는 것이었다. 하지만 영주들은 내가 제출한 서류를 자신들의 일을 봐 주고 있는 퍼디낸드 존 패리스라는 변호사에게 바로 넘겨 버린 후 그와 논의해 보라고 통고해 왔다.

패리스 변호사는 펜실베이니아와 메릴랜드의 경계선 문제로 70년이나 계속되고 있던 소송을 맡으면서 영주들에게 신뢰를 얻었고, 그로 인해 주 의회와 논쟁이 벌어질 때마다 영주들을 대표해 공식 서류와 교서를 도맡아 작성하고 있었다. 그런데 그는 매우 거만했고, 성격 또한 불같았다. 그런 성격 탓인지 그의 문장은 표현 자체가 건방졌을 뿐만 아니라 논점도 흐릿했다. 그래서 나는 의회에 그가 출석할 때마다 혹독하게 비판했었다. 결국 그는 내게 앙심을 품었고, 나를 볼 때마다 자신의 불편한 심기를 노골적으로 감추지 않고 있었다. 그 때문에 난 그와 논의해 봤자 아무 결론도 얻을 수 없을 거라고 생각했다. 나는 즉시 영주들의 제의를 거절하면서 영주들이 아닌 그 누구하고도 논의하지 않을 거라고 했다. 그러자 패리스 변호사는 내가 영주들에게 보낸 서류를 법무 장관과 차관들에게 보이고 그들의 의견과 충고를 받으라고 권했다. 하지만 답은 오지 않았다.

서류는 1년에서 꼭 8일이 모자라는 긴 시일 동안 영국에 머물러야만 했다. 나는 여러차례 답을 달라고 영주들에게 요청했지만, 그들은 여전히 같은 대답만 했다.

"우린 아직 법무 장관과 차관으로부터 아무 조언도 받지 못했소."

나로서는 법무부에서 영주들에게 어떤 조언을 했는지 또는 영주들 말처럼 아무 조언을 안 했는지 도통 알 길이 없었다. 그런데 패리스가 작성하고 서명한 장문의 교서가 주 의회에 제출되었다. 거기에서 그는 내 서류를 언급하면서 '무례하게도 형식도 갖추지 않은 서류'라고 했다. 물론 영주들의 행동에 대한 속 보이는 변명을 하는 것도 잊지 않았다. 게다가 본래 목적을 잘 수행할 수 있는 '공평무사한 사람'을 보낸다면 타협에 응할 용의가 있다고도 했다. 즉 내가 이 일에 적임자가 아니라는 말이었다. 여기에서 패리스 변호사가 말하는 갖추지 않았던 형식이란 서류 맨 앞에 '존경하는 펜실베이니아주의 영주들에게'라는 칭호를 붙이지 않았다는 것이었다. 내가 그것을 생략한 이유는 스프링 가든에서 내가 말로 전했던 내용을 정확성을 기하기 위해 글로 기록한 것에 불과했기 때문이었다.

일이 이렇게 우물쭈물 지체되고 있는 사이, 주 의회는 데니 지사를 설득해서 영주의 재산에도 일반인과 똑같은 세금을 붙인다는 법안을 통과시키고 말았다. 때문에 패리스 변호사의 교서는 논쟁의 중심이 되지 못했고, 교서에 답하는 일도 생략되어 버렸다. 하지만 이 법안이 국왕의 재가를 받기 위해 영국으로 보내졌을 때, 영주들은 재가를 받지 못하도록 방해했다고 한다. 물론 패리스 변호사의 조언에 따른 행동이었다. 영주들은 그 충고에 따라 추밀원에 탄원서를 냈고, 그 결과 청문회가 열렸다. 영주들과 나는 각자의 주장을 변호하기 위해 각각 두 명씩 변호사를 선임했다.

그들의 주장은 이랬다. 이 법안은 일반 시민들이 내야 할 세금을 영주들에게 부과하려는 속셈으로, 계속 강행될 경우 시민들은 영주들을 우습게 볼 것이 뻔하며 종국에는 영주의 파산이 야기된다는 거였다. 이에 우리는 절대로 그와 같은 의도는 없으며, 그런 결과는 발생하지도 않을 거라고 했다. 또 세금 평가원은 성실하고 사려 깊은 사람들인 데다가 공

프랭클린은 아메리카 대
표 자격으로 영국에 가서
협상을 벌였다.

평하고 정당하게 평가하겠다는 서약을 하고 있다고도 했다.

만약 실제로 일반인들의 세금 부담을 줄여주기 위해 영
주들에게 더 많은 세금을 부과한다고 해도 그렇게 해서 생
기는 이익은 근소하기 때문에 서약을 깨면서까지 그런 짓을
할 리 없다고 말했다. 그런 다음 이 법안이 철회되면 틀림없
이 유해한 결과가 발생하게 될 거라고 강력하게 주장했다.
왜냐하면 현재 국왕이 사용한다는 명목으로 10만 파운드의
지폐가 인쇄되어 일반 시장에 유통되고 있는데, 만약 이 법
안이 철회된다면 지폐 가치가 하락할 것이고 이로 인해 많
은 사람이 파산하게 될 것이기 때문이었다. 그러면 앞으로
정부의 일로 모금을 하게 될 때도 순조롭게 진행되지 않을

것이라는 말을 잊지 않았다.

또 우리는 '영주들은 자신들에게 세금이 부당하게 부과될지도 모른다는 근거 없는 걱정을 하면서도 일반 시민들이 지폐 가치의 하락으로 입게 될 재난 따위는 아무 상관 없다는 이율배반적인 태도를 보이고 있다'라면서 영주들을 맹렬하게 공격했다. 이런 와중에 고문관 중 한 사람인 맨스필드 경이 조용한 손짓으로 나를 불렀다. 그는 나를 서기실로 데리고 가더니 이렇게 물었다.

"그 법률을 시행해도 영주들이 재산상 큰 손해를 보지 않는다는 게 확실하오?"

나는 자신 있게 '그렇다'고 대답했다.

"그럼 그 점을 보증한다는 계약서를 쓰는 데 이의는 없겠지요?"

"물론입니다."

그러자 맨스필드 경은 패리스 변호사를 따로 부르더니 뭔가를 의논하는 것 같았다. 그러더니 우리 측 제안을 수락하겠다고 했다. 이에 의회 서기가 이를 내용으로 하는 서류를 작성했고, 나와 식민지 대표로서 일반 사무를 대행하던 찰스 씨가 각각 그 서류에 서명했다. 맨스필드 경은 서명을 확인한 후 의회 회의실로 돌아가 마침내 법안을 통과시켰다. 영주들 쪽에서는 몇몇 개의 조항을 수정한다는 조건을 프랭클린의 묘비문. 프랭클린은 많은 업적에도 묘비에 오직 인쇄인만을 표기했다.

제시했지만, 우리는 개정할 때 반영하겠다고 했다. 그러나 주 의회는 그럴 생각이 없었다. 영국 의회의 명령이 오기도 전에 1년 치 세금을 부과시켰다. 또 세금 평가원들을 감시하기 위한 기구로 위원회를 조직했는데, 이 위원회에는 영주와 친분이 있는 사람들도 포함되어 있었다. 그리고 얼마 후 위원회 위원들은 충분히 조사한 후에 세금이 공정하게 부과되었다는 데 의견을 모았다. 만장일치였다.

주 의회는 앞서 말한 계약을 체결함으로써 이 일을 성사시킨 내 공적을 크게 인정해 주었다. 이 법안이 통과되면서 지폐가 전 지역에 유통되었고, 또 신용을 얻어가고 있었기 때문이었다. 덕분에 나는 귀국과 동시에 주 의회가 주는 감사장을 받게 되었다. 하지만 모두가 이 결과를 기뻐했던 것은 아니었다. 영주들은 데니 지사가 이 법안을 통과시킴으로써 영국에서 통과하게 하는 원인을 제공했다고 생각했다. 그래서 그를 지켜야 할 훈령을 무시했다는 이유로 고소하겠다고 협박했다.

이에 지사는 장군의 요구에 부응하고 국왕에게 충성하기 위해 한 일이라고 반박했다. 또 영국 궁정에는 그를 후원하는 강력한 지지자들이 있었다. 때문에 지사는 영주가 하는 협박에 조금도 신경 쓰지 않았다. 결국 그 협박은 끝내 실현되지 않았다.

1706년 보스턴에서 태어나다.

1714년 8세에 그래머스쿨에 입학하다.

1716년 아버지의 양초·비누 사업을 돕다.

1718년 제임스 형의 인쇄소에서 수습공으로 일하다.

1721년 〈뉴잉글랜드 커런트〉에서 자유기고가로 남몰래 활동하다.

1723년 집을 나와 필라델피아에 정착하다. 키머 인쇄소에서 일하다.

1724년 키드 지사의 권유로 런던행 배에 오르다.

1726년 필라델피아로 돌아오다.

1727년 전토 클럽을 결성하다.

1728년 메러디스와 동업으로 키머의 인쇄소를 인수하다.

1730년 데보라 리드와 결혼하다.

1731년 회원제 도서관을 시작하다.

1732년 ≪가난한 리처드의 달력≫을 발표하다.

1733년 프랑스어, 이탈리아어, 스페인어, 라틴어를 배우다.

1736년 '유니언 소방대'를 창설하다.

1737년 필라델피아 우체국장에 임명되다.

1742년 '프랭클린 스토브'를 발명하다.

1744년 '아메리카 철학가 협회'를 발족하다.

1746년 논설 〈명백한 진실〉을 발표하다. 전기 실험을 시작하다.

1748년 인쇄업에서 은퇴하다.

1749년 펜실베이니아 대학을 설립하다.

1751년 주 의회 의원으로 선출되다. 필라델피아 병원을 설립하다.

1752년 연을 이용해 전기와 번개가 근본적으로 같은 것임을 밝히다.
     피뢰침을 발명하다.

1753년 '고드프리 코플리 상'을 수상하다. 아메리카 체신 장관이 되다.

1754년 올버니로 가는 도중 연방 정부를 구상하다.

1757년 필라델피아 대표로 영국으로 가다.

1762년 아메리카로 돌아오다.

1764년 펜실베이니아 대표로 임명되다.

1768년 조지아 대표로 임명되다.

1769년 뉴저지 대표로 임명되다.

1770년 매사추세츠 대표로 임명되다.

1772년 프랑스 아카데미 외국인 회원으로 위촉되다.

1773년 미국 독립전쟁이 발발하다.

1774년 체신 장관직에서 해임되다.

1775년 아메리카로 돌아오다.

1776년 펜실베이니아 대표로 미국 독립선언문에 서명하다.

　　　　사절단으로 프랑스에 파견되다.

1779년 프랑스 전권 공사로 임명되다.

1782년 평화를 위한 예비 협정에 서명하다.

1783년 정식 평화 협정에 서명하다.

1785년 아메리카로 돌아오다.

1787년 제헌 회의에 참여하다.

1788년 모든 공직에서 물러나다.

1790년 4월 17일, 늑막염으로 사망하다.

≪프랭클린 자서전≫의 역사

1. 1791년, 프랑스어로 프랑스 파리에서 최초 출판
— 역자 미상

2. 1793년, 로빈슨 판(Robinson Edition)과 파슨 판(Parson Edition)
— 1791년에 출판된 프랑스어 판의 영역본

3. 1818년, 윌리엄 템플 프랭클린 판(William Temple Franklin Edition)
— 조부의 유언에 따라 일체의 원고 및 서류 등을 입수하여 영국에
  서 전집 편찬

4. 1789~1866년, 스파크스 판(Sparks Edition)
— 하버드 대학 교수 겸 전기학자 재러드 스파크스(Jared Sparks;1789~1866)
  가 윌리엄 판을 보충·수정하여 전집 10권을 발표

5. 1887~1888년, 존 비글로우 판(John Bigelow Edition)
— 프랭클린의 친구였던 르 베이야르에게 맡겨졌다가 윌리엄이 보
  관하던 원고의 행방이 묘연해진 이후 파리 영사였던 존 비글로

우(John Bigelow; 1817~1911)가 그 소재를 파악하여 2만5천 프랑이라는 거액으로 원본을 구입한 후 세 권짜리 자서전으로 발표

6. 1905~1907년, 스미스 판(Blbert Henry Smyth Edition)
― 비글로우 판을 기초로 편집하여 출판

7. 1949년, 맥스 패런드 판(Max Farrand's Edition)
― 윌리엄 판과 르 베이야르가 가지고 있던 원고를 대조해 작업하던 중 사망한 캘리포니아 대학 교수이자 헌팅턴 도서 관장이었던 맥스 패런드의 유지를 이은 헌팅턴 도서관 관계자에 의해 ≪The Autobiography of Benjamin Franklin: A Restoration of a Fair Copy≫라는 표제로 캘리포니아 대학 출판부에서 출판

프랭클린 어록

교육받지 못한 재능은 광산 안에 있는 은과 같다.

Genius without education is like silver in the mine.

당신은 지체할 수도 있지만, 시간은 지체할 수 없다.

You may delay, but time will not.

당신의 재능을 숨기지 마라. 재능은 쓰라고 주어진 것이다. 그늘 속의 해시계 꼴이 아니고 무엇인가.

Hide not your talents. They for use were made. What's a sundial in the shade.

많이 읽어라. 그러나 많은 책을 읽지는 마라.

Read much, but not many books.

말을 잘하는 것보다 행실을 잘하는 것이 더 낫다.

Well done is better than well said.

변명을 잘하는 이는 변명 외에는 잘하는 것이 없다.

He that is good for making excusers is seldom good for anything else.

사소하고 일시적인 안위를 위해 근본적인 자유를 포기하는 자는 안위와 자유 모두 누릴 자격이 없다.
They that can give up essential liberty to obtain temporary safety deserve neither liberty nor safety.

오늘 일을 내일로 미루지 마라.
Never leave that till tomorrow which you can do today.

유리, 도자기, 그리고 명성은 쉽게 깨진다. 그리고 결코 원상태로 돌리지 못한다.
Glass, China and reputation are easily cracked, and never well mend-ed.

일찍 자고 일찍 일어나는 것은 사람을 건강하고, 부유하며, 현명하게 한다.
Early to bed and early to rise makes a man healthy, wealthy, and wise.

젊은 의사와 늙은 이발사를 조심하라.

Beware of the young doctor and the old barber.

지식에 대한 투자는 항상 최고의 이자를 낸다.

An investment in knowledge always pays the best interest.

참을 줄 아는 자는 그가 바라는 것을 가질 수 있다.

He that can have patience can have what he will.

행복한 사람이란 일하는 사람이다. 비참한 사람이란 한가한 사람
이다.

It is the man who is the happy man. It is the idle man who is the
miserable man.

활기와 끈기는 모든 것을 정복한다.

Energy and persistence conquer all things.

1. 절제 Temperance

배부르도록 먹지 말자.
Eat not to dullness.

취하도록 마시지 말자.
Drink not to elevation.

2. 침묵 Silence

자타에 이익이 없는 말은 하지 말자.
Speak not but what may benefit others or yourself.

쓸데없는 말을 하지 말자.
Avoid trifling conversation.

3. 질서 Order

모든 물건은 제자리에 두자.
Let all your things have their places.

일은 모두 때를 정해서 하자.
Let each part of your business have its time.

4. 결단 Resolution

해야 할 일이 있다면 반드시 하겠다고 결심하자.
Resolve to perform what you ought

결심한 것은 반드시 실행하자.
Perform without fail what you resolve.

5. 절약 Frugality

나나 남에게 유익하지 않은 일에는 돈을 쓰지 말자.
Make no expense but to do good to others or yourself.

쓸데없는 낭비는 하지 말자.
That is, waste nothing.

6. 근면 Industry

시간을 낭비하지 말자.
Lose no time.

언제나 유용한 일을 하자.
Be always employed in something useful.

무익한 행동은 끊어 버리자.
Cut off all unnecessary actions.

7. 진실 Sincerity

사람을 속이지 말자.
Use no hurtful deceit.

순수하고 공정하게 생각하자.
Think innocently and justly.

언행을 일치시키자.
Speak accordingly.

8. 정의 Justice

남에게 피해를 주는 일은 하지 말고, 남에게 응당 줘야 하는 이
익은 꼭 주자.
Wrong none by doing injuries ; or omitting the benefits that
are your duty.

9. 중용 Moderation

극단을 피하자.
Avoid extremes.

상대가 나쁘다 하더라도 상대에게 상처를 주지 말자.
Forebear resenting injuries so much as you think deserve.

10. 청결 Cleanliness

신체, 의복 등 습관상 모든 것에 청결을 유지하자.
Tolerate no uncleanliness in body, clothes, or habitation.

11 침착 Tranquility

사소한 일, 일상적인 일뿐만 아니라 불가피한 일을 당해도 흔들리지 말자.
Be not disturbed at trifles or at accidents common or unavoid- able.

12. 순결 Chastity

건강과 자손을 위해서만 잠자리를 하자.
Rarely use venery but for health or offspring.

감각이 둔해지고, 몸이 쇠약해지고, 부부의 평화와 평판에 해가 될 정도로 하지 말자.

Never to dullness, weakness, or the injury of your own or another's peace or reputation.

13. 겸손 Humility

예수와 소크라테스를 본받자.

Imitate Jesus and Socrates.